人间滋

汪曾祺
散文精选

汪曾祺 著
（1920—1997）

读客三个圈经典文库

经典就读三个圈　导读解读样样全

文匯出版社

读客

读客三个圈经典文库

经典就读三个圈　导读解读样样全

在写作之余有三样爱好：

写写字、
画画画、
做做菜，

免得像一部写作机器从早写到晚。

——汪曾祺

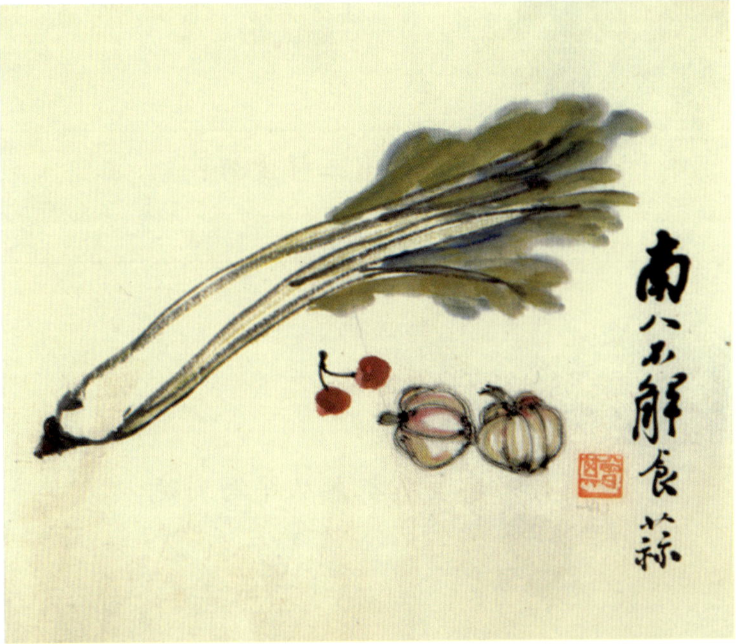

南人不解食蒜

一九八六年四月
曾祺写

有绦皆曲　无瓣不垂

丙子秋　曾祺

曾在张家口
沙岭子葡萄园劳动
一九八二年再往
葡萄老林俱已伐尽矣

吾乡有红萝卜白萝卜　无青萝卜
八五年十一月廿二日记

少年不识愁滋味
一九八七年曾祺试宣安纸

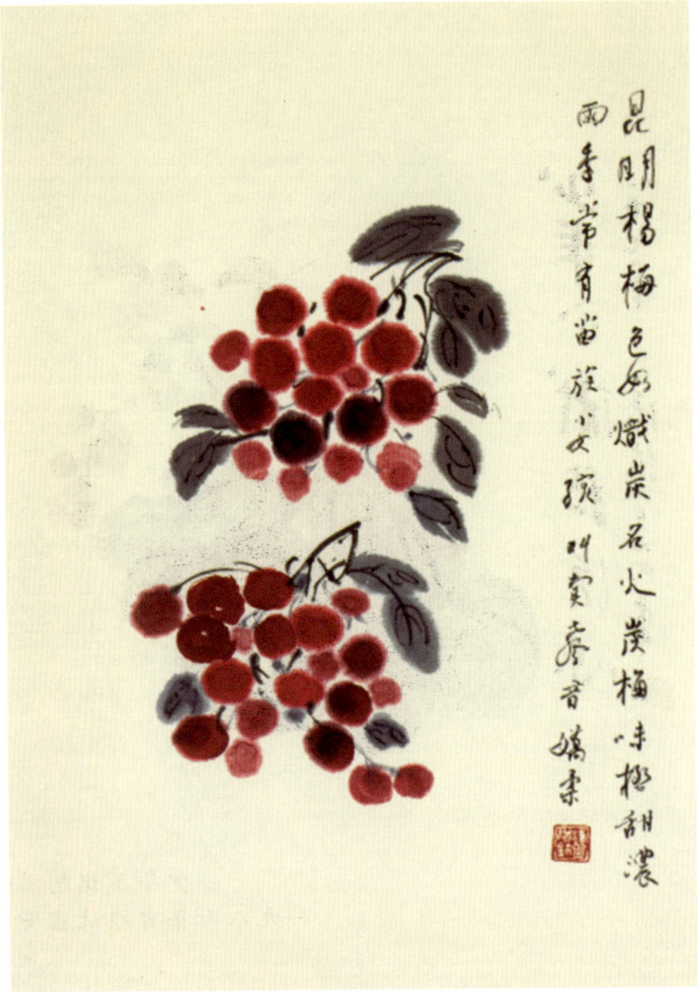

昆明杨梅　色如赤炭　名火炭梅　味极甜浓
雨季常有苗族小女孩叫卖　声音娇柔

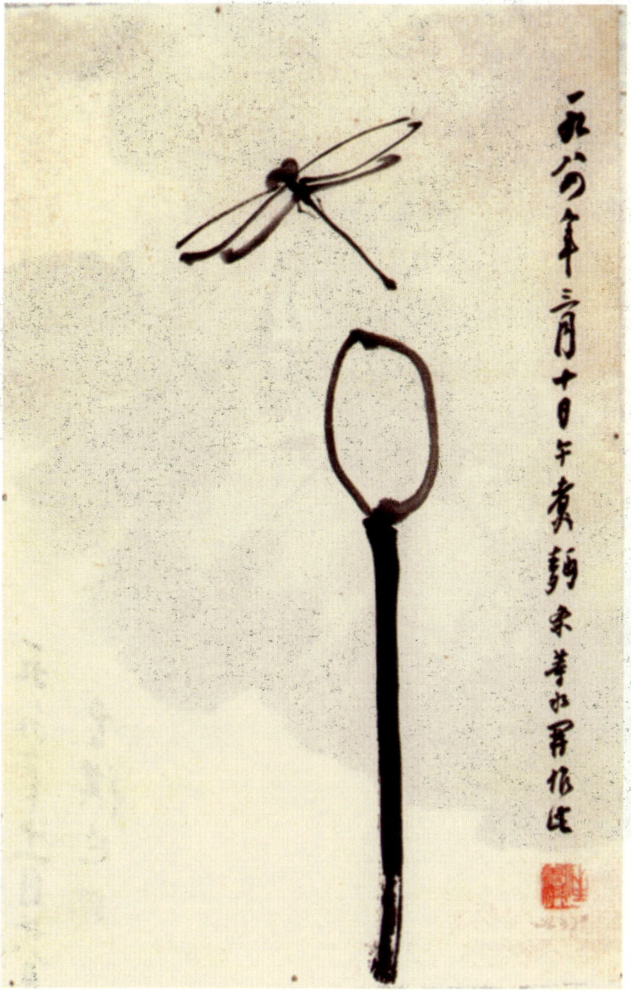

一九八四年三月十日午
煮面条等水开作此

一九八九年十一月廿八日
曾祺题

跟汪曾祺学做菜

熏烧

“熏烧”除回卤豆腐干之外，主要是牛肉、蒲包肉和猪头肉。这地方一般人家是不大吃牛肉的。吃，也极少红烧、清炖，只是到熏烧摊子去买。这种牛肉是五香加盐煮好，外面染了通红的红曲，一大块一大块的堆在那里。买多少，现切，放在送过来的盘子里，抓一把青蒜，浇一勺辣椒糊。

——《异秉》

蒲包肉

蒲包肉似乎是这个县里特有的。用一个三寸来长直径寸半的蒲包，里面衬上豆腐皮，塞满了加了粉子的碎肉，封了口，拦腰用一道麻绳系紧，成一个葫芦形。煮熟以后，倒出来，也是一个带有蒲包印迹的葫芦。切成片，很香。猪头肉则分门别类的卖，拱嘴、耳朵、脸子，——脸子有个专门名词，叫“大肥”。要什么，切什么。

——《异秉》

卤味

豆腐脑

我们那里的豆腐脑不像北京浇口蘑渣羊肉卤，只倒一点酱油、醋，加一滴麻油——用一只一头缚葱花、蒜泥、榨菜末、药芹末——我们那里没有旱芹，只有水芹即药芹，我很喜欢药芹的气味。我觉得这样的豆腐脑清清爽爽。

——《故乡的食物》

茶干

茶干是连万顺特制的一种豆腐干。豆腐出净渣，装在一个一个小蒲包里，包口扎紧，入锅，码好，投料，加上好抽油，上面用石头压实，文火煨煮。要煮很长时间。煮得了，再一块一块从麻包里倒出来。这种茶干外皮是深紫黑色的，掰开了，里面是浅褐色的。很结实，嚼起来很有咬劲，越嚼越香，是佐茶的妙品，所以叫做“茶干”。

——《桥边小说三篇》

豆腐

高邮咸鸭蛋

高邮咸蛋的特点是质细而油多。蛋白柔嫩，不似别处的发干、发粉，入口如嚼石灰。油多尤为别处所不及。鸭蛋的吃法，如袁子才所说，带壳切开，是一种，那是席间待客的办法。平常食用，一般都是敲破“空头”用筷子挖着吃。筷子头一扎下去，吱——红油就冒出来了。

——《故乡的食物》

红烧鸭块

拔野鸭毛是不能用开水烫的。野鸭子皮薄，一烫，皮就破了。干拔。……野鸭的吃法通常是切块红烧。清炖大概也可以吧，我没有吃过。野鸭子肉的特点是细、“酥”，不像家鸭每每肉老。野鸭烧咸菜是我们那里的家常菜。里面的咸菜尤其是佐粥的妙品。

——《故乡的食物》

高邮咸鸭蛋

虎头鲨氽汤

虎头鲨样子不好看，而且有点凶恶。浑身紫褐色，有细碎黑斑，头大而多骨，鳍如蝶翅。这种鱼在我们那里也是贱鱼，是不能上席的。苏州人做塘鳢鱼有清炒、椒盐多法。我们家乡通常的吃法是氽汤，加醋、胡椒。虎头鲨氽汤，鱼肉极细嫩，松而不散，汤味极鲜，开胃。

——《故乡的食物》

五香螺丝

螺蛳处处有之。我们家乡清明吃螺蛳，谓可以明目。用五香煮熟螺蛳，分给孩子，一人半碗，由他们自己用竹签挑着吃。

——《故乡的食物》

虎头鲨氽汤

清炒枸杞头

枸杞头可下油盐炒食；或用开水焯了，切碎，加香油、酱油、醋，凉拌了吃。那滋味，也只能说“极清香”。春天吃枸杞头，云可以清火，如北方人吃苣荬菜一样。

——《故乡的食物》

凉拌荠菜“塔”

江南人惯用荠菜包春卷，包馄饨，甚佳。我们家乡有用来包春卷的，用来包馄饨的没有，——我们家乡没有“菜肉馄饨”。一般是凉拌。芹菜焯熟剁碎，界首茶干切细丁，入虾米，同拌。这道菜是可以上酒席做凉菜的。酒席上的凉拌荠菜都用手抟成一座尖塔，临吃推倒。

——《故乡的食物》

春天的野菜

盐水煮毛豆

北京的小酒馆里盐水煮毛豆，有的酒馆是整棵地煮的，不将豆荚剪下，酒客用手摘了吃，似比装了一盘吃起来更香。

——《食豆饮水斋闲笔》

香椿豆

香椿豆甚佳。香椿嫩头在开水中略烫，沥去水，碎切，加盐；毛豆加盐煮熟，与香椿同拌匀，候冷，贮之玻璃瓶中，隔日取食。

——《食豆饮水斋闲笔》

盐水煮毛豆

马齿苋包子

我们祖母每于夏天摘肥嫩的马齿苋晾干，过年时做馅包包子。她是吃长斋的，这种包子只有她一个人吃。我有时从她的盘子里拿一个，蘸了香油吃，挺香。马齿苋有点淡淡的酸味。

——《故乡的野菜》

豆沙包

红小豆最大的用途是做豆沙。……豆包、炸糕的馅都是这样的粗制豆沙。水滤去皮，成为细沙，北方叫“澄沙”，南方叫“洗沙”。做月饼、甜包、汤圆，都离不开豆沙。豆沙最能吸油，故宜作馅。

——《食豆饮水斋闲笔》

包子

夹沙肉

四川菜有夹沙肉，乃以肥多瘦少的带皮臀肩肉整块煮至六七成熟，捞出，稍凉后，切成厚二三分的大片，两片之间肉皮不切通，中夹洗沙，上笼蒸扒。这道菜是放糖的，很甜。肥肉已经脱了油，吃起来不腻。但也不能多吃，我只能来两片。

——《食豆饮水斋闲笔》

夹沙肉

炸酱面

北方人吃炸酱面，必须有几瓣蒜。在长影拍片时，有一天我起晚了，早饭已经开过，我到厨房里和几位炊事员一块吃。那天吃的是炸油饼，他们吃油饼就蒜。我说，“吃油饼哪有就蒜的！”一个河南籍的炊事员说：“嘿！你试试！”果然，“另一个味儿”。我前几年回家乡，接连吃了几天鸡鸭鱼虾，吃腻了，我跟家里人说：“给我下一碗阳春面，弄一碟葱，两头蒜来。

——《食豆饮水斋闲笔》

焖扁豆面

焖扁豆面挺不错。扁豆焖熟，加水，面条下在上面，面熟，将扁豆翻到上面来，再稍焖，即得。扁夏不管怎么做，总宜加蒜。

——《食豆饮水斋闲笔》

炸酱面

豌豆黄

豌豆黄

北京以豌豆制成的食品，最有名的是“豌豆黄”。这东西其实制法很简单，豌豆熬烂，去皮，澄出细沙，加少量白糖，摊开压扁，切成5寸×3寸的长方块，再加刀割出四方小块，分而不离，以牙签扎取而食。

——《食豆饮水斋闲笔》

目录

1941年

私生活

图象与教训

在浮着虹的影子的水里（一切物质在这里开始领取生命）投下一块酥松的泥砖，跳上去，快，再投下一块，跳上去，快！在手□的错误的铺设下前进。从起点通过过渡过渡的过度，跳吧，带一点惊慌，同量的镇定。一切运动的目的无非在求疲倦，直到你投下最后一块泥砖，你用复仇的眼睛看它消溶如一块未经压制的吸墨纸，一块看过许多雨天的方糖。

作客的摹想

我租一座房子安放自己。很久以前我知道这房子式样很平凡，但也不少其别致处，我知道那房子有数不清的窗子，像海绵的孔。

连我的居停都未有机缘一见，我差不多一直就被一个偶然安排在墨绿而银灰的线条的四壁之中，用一种奇异的纸糊住一切可以伸一根牵牛的触须的缝隙，一切光用多坚诚的朝山的苦心来我的眼睛里沉沦呵。

我并非不知道我有很多邻舍，他们无声无息的嚣闹着，令我莫名其妙，如落进一个漩涡里，我有时大声咳嗽，打喷嚏，想要他们知道我，但是他们似乎全不注意。一天我忽然走出房门，像一个大病新瘥的那么虚晕。我与邻舍一一见过。

一片早安与晚安的声音如早潮与晚潮一时涌向了我。我的眼球转遍了数字以外的度数。

外面的空气与里面的完全不同。

我很虚怀若谷的逐一叩问他们的姓名。

您？——您？——您？——

天，他们的答复像一个图章上印出来的。

于是我不得不问问自己。

蛊

中年人的游戏大都在没人看见的时候。

（我在中年人前显然比不上他们，在年轻人里面则比谁都老一点。）

我有一个回廊，用平滑的大理石砌成，发着透明的热铁投入冷水里后发出蓝色光泽，有郁□的虞美人□瓣子的浮游的图案，这图案是大理石上生就的，决非画上去的，浮游着，如反映在桥的洞里的波浪的光。是无数穹门连缀起来的。深和空弥漫在里面，因为是圆的，所以和天一样高。

我散步在里面，当我把自己完全还给自己以后。（平常我把自己不计价出租给人家）我可以随意划分昼和夜了，因为回廊内有无数不同光度的灯，如清明时节大苗圃里点种树秧的小潭，整整齐齐的排开，有许多开关，像舞台上用的电闸板一样，一伸手即可调节它们，配合成心的需要。

一天，我跨进回廊，开了第一盏灯，最暗与最近的，一只蛾子飞进来了，差不多由我的头发里飞了出来。——后来我发现它觉得和肺病一样，我觉得头上有一个影子的重量。

出于本能，我开了第二盏灯，（第二个距离与第二个强度的）它立刻飞进一点，更清楚了一点。

我又赶快灭这盏灯，灭那盏灯，蛾子总是在最强的光的圆心上飞。

我不知道它落了多少粉在我的回廊里了。

永远辞别暗，追逐光，它是旅程是一支颠来倒去的插在严冰与沸水之间的温度计的水银柱。

我还能散甚么步呢。

（本篇原载1941年12月9日成都《国民公报》）

1943年

烧花集

一叶落而天下知秋。秋与知是否邈不相关？二而一？管它！落下一片叶子是真的。普天下决不能有两片叶子同时落，然而普天下并是那一个风也。只要是吹的，不管甚么风。风不可捕，我拾起这片叶子。红的么？

我的欢情，那一枝……

一片寂静的树枝中，有一枝动了，颤巍巍的；韵律与生命合成一体，如钟声。于是我想起，一只小鸟，蹬一蹬，才从这里飞去。静是常，动是变，然而任何一刻是永远。

“有笑的一刻，就有忆笑的一刻”，一笑是无穷。

没有人能够在看到之后才认识。你是跟我的生命一齐来的。“美的定义是引起惊讶与感到舒适”；后者是已经熟悉的，前者是将会熟悉的：希望的眼睛与回忆的眼睛有同样的光，因为它们本来是一个。回忆未来的风雨晴晦，你看，天上的云，多真实。

水至清则无鱼，然而历历可数岂非极可喜境界？

——历历可数么？不可能的。一尾，两尾，三，四，虎皮石边，白萍动了，一个水花儿，银鳞翻闪，啫，红蓼花边的眼睛映一点夕阳如珠，多少了？忘了。单是数本身就是件弄不清的事。“我还没有到能静静分析自己的年龄”，永远也到不了。

“想到你的爱特别是一种头脑的爱，一种温情与忠诚的美而智的执著。”芥龙为这句话激恼了。

一枝西番莲以绿象牙的嫩枝自陶缶中吮收水分。一只满载花粉的蜜蜂触动花瓣，垂着细足飞出窗外。幸福可见如十指。

附　烧花集题记

终朝采豆蔻，双目为之香。一切到此成了一个比喻，切实处在其无定无边。虽说了许多话，则与相对嘿无一语差不多少，于是甚好。我本有志学说故事，不知甚么时候想起可以用这样文体作故事引子，一时怕不会放弃。去年雨季写了一点，集为《昆虫书简》，今年雨季又写了《雨季书简》及《蒲桃与钵》，这《烧花集》则不是在淅沥声中写的了。□是一个不同耳，故记之。“烧花”是甚么意思，说法各听尊便可也。谁说过“花如灯，亮了”，我喜欢这句话，然于“烧花”亦自是无可不可。

卅二年十二月二日

（本篇原载1943年《建国导报》第一卷第一期）

1944年

灌园日记

朱砂梅与百合

朱砂梅一半开在树上，一半开在瓶里。第一个原因是花的性格，其次才由于人性。这种花每一朵至少有三个星期可见生命，自然谢落之后是不计算在内的，只要一点点水，不把香，红，动，静，总之，它的蕊盛开了，决不肯死，而且它把所有力量倾注于盛开，能多久就多久。

有一种百合花呢，插下来时是一朵蕾儿，裹得那么紧，含着羞，于自己的美；随便搁在哪儿吧，也许出于怜惜，也许出于疏忽的偶然，你，在鬓边，过两天，你已经忘了这回事，但你的眼睛终会忽然在镜里为惊异注满光和黑。——它开了，开得那么好！

荔枝

荔枝有鲜红的壳，招呼飞鸣的鸟，而鸟以为那一串串红只宜远处看看，颜色是吃不得的。它不知道那层壳是多么薄，它简直忘了它的嘴是尖的唉，于是果实转因此而自喜。孤宁和密合都是本能。而神又于万物身内分配得那么势均力敌，只要那一方稍弱些，能够看到的便只一面：荔枝壳转黑了，它自己酿成一种隽永的酒味。来，再不来就晚了。

一枝荔枝剥了壳，放在画着收获的盘子里。一直，一直放着。

蝴蝶

我有两位朋友，各有嗜好，一位毕生搜集各色蝴蝶，另一位则搜集蝴蝶的卷须。每年春天，他们旅行一次。一位自西向东，一位自东向西，某天，他们同时在我的画室里休息。春天真好，我的花在我的园里作我的画室的城。但他们在我这里完全是一个旅客，怎么来，还是怎么走，不带去甚么。

蒲公英和蜜蜂

蒲公英的纤絮扬起，它飞，混和忧愁与快乐，一首歌，一个沉默。从自然领得我所需，我应有的，以我所有的给愿意接受的，于是我把自己又归还自然，于是没有不瞑目的死。

一夜醒来，我的园子成了荒冷的邱地。太多的太阳，太多的月亮，园墙显得一步一步向外移去，我呆了，只不住抚摸异常光滑的锄柄，我长久的想着，实在并未想着甚么，直到一只蜜蜂嘤然唤我如回忆，我醒了。

我起来，（虽然我一直木立）虽然那么费力，我在看看我的井，我重新找到我的，和花的，饮和渴。

卅三年二月四日夜　鸡鸣月落　疏星在极高远处明昧

（本篇原载1944年2月22日、29日昆明
《扫荡报·现代文艺》第13、15期；
又载1944年3月20日桂林
《扫荡报·现代文艺》第42号，有改动）

1945年

花园

——《茱萸小集二》

在任何情形之下，那座小花园是我们家最亮的地方。虽然它的动人处不是，至少不仅在于这点。

每当家像一个概念一样浮现于我的记忆之上，它的颜色是深沉的。

祖父年青时建造的几进，是灰青色与褐色的。我自小养育于这种安定与寂寞里。报春花开放在这种背景前是好的。它不至被晒得那么多粉，固然报春花在我们那儿很少见，也许没有，不像昆明。

曾祖留下的则几乎是黑色的，一种类似眼圈上的黑色，（不要说它是青的）里面充满了影子。这些影子足以使供在神龛前的花消失。晚间点上灯，我们常觉那些布灰布漆的大柱子一直伸拔到无穷高处。神堂屋里总挂一只鸟笼，我相信即是现在也挂一只的。那只青档子永远眯着眼假寐，（我想它做个哲学家，似乎身子太小了。）只有巳时将尽，它唱一会，洗个澡，抖下一团小雾在伸展到廊内片刻的夕阳光影里。

一下雨，甚么颜色都重郁起来，屋顶，墙，壁上花纸的图案，甚至鸽子：铁青子，瓦灰，点子，霞白。宝石眼的好处这时才显出来。于是我们，等斑鸠叫单声，在我们那个园里叫。等着一棵榆梅稍经一触，落下碎碎的瓣子，等着重新着色后的草。

我的脸上若有从童年带来的红色，它的来源是那座花园。

我的记忆有菖蒲的味道。然而我们的园里可没有菖蒲呵？它是哪儿来的，是那些草？这是一个无法解决的问题。但是我此刻把它们没有理由的纠在一起。

“巴根草，绿阴阴，唱个唱，把狗听。”每个小孩子都这么唱过吧。有时甚么也不做，我躺着，用手指绕住它的根，用一种不露锋芒的力量拉，听顽强的根胡一处一处断了。这种声音只有拔草的人自己才听得见。当然我嘴里是含着一根草了。草根的甜味和它的似有若无的水红色是一种自然的巧合。

草被压倒了。有时我的头动一动，倒下的草又慢慢站起来。我静静的注视它，很久很久，看它的努力快要成功时，又把头枕上去，嘴里叫一声“嗯”！有时，不在意，怜惜它的苦心，就算了。这种性格呀！那些草有时会吓我一跳的，它在我的耳根伸起腰来了，当我看天上的云。

我的鞋底是滑的，草磨得它发了光。

莫碰臭芝麻，沾惹一身，嗐，难闻死人。沾上身了，不要用手指去拈，用刷子刷。这种籽儿有带钩儿的毛，讨嫌死了。至今我不能忘记它：因为我急于要捉住那个“都溜”（一种蝉，叫得最好听），我举着我的网，蹑手蹑脚，抄近路过去，循它的声音找着时，拍，得了。可是回去，我一身都是那种臭玩意。想想我捉过多少“都溜”！

我觉得虎耳草有一种腥味。

紫苏的叶子上的红色呵，暑假快过去了。

那棵大垂柳上常常有天牛，有时一个，两个的时候更多。它们总像有一桩事情要做，六只脚不停的运动，有时停下来，那动着的便是两根有节的触须了。我们以为天牛触须有一节它就有一岁。捉天牛用手，不是如何困难工作，即使它在树枝上转来转去，你等一个合适地点动手，常把脖子弄累了，但是失望的时候很少。这小小生物完全如一个有教养惜身份的绅士，行动从容不迫，虽有翅膀可从不想到飞；即是飞，也不远。一捉住，它便吱吱扭扭的叫，表示不同意，然而行为依然是温文尔雅的。黑地白斑的天牛最多，也有极瑰丽颜色的。有一种还似乎带点玫瑰香味。天牛的玩法是用线扣在颈子上看它走。令人想起……不说也好。

蟋蟀已经变成大人玩意了。但是大人的兴趣在斗，而我们对于捉蟋蟀的兴趣恐怕要更大些。我看过一本秋虫谱，上面除了苏东坡米南宫，还有许多济颠和尚说的话，都神乎其神的不大好懂。捉到一个蟋蟀，我不能看出它颈子上的细毛是瓦青还是朱砂，它的牙是米牙还是菜牙，但我仍然是那么欢喜。听，瞿瞿瞿瞿，哪里？这儿是的，这儿了！用草掏，手扒，水灌，嚯，蹦出来了。顾不得螺螺藤拉了手，扑，追着扑。有时正在外面玩得很好，忽然想起我的蟋蟀还没喂呐，于是赶紧回家。我每吃一个梨，一段藕，吃石榴吃菱，都要分给它一点。正吃着晚饭，我的蟋蟀叫了。我会举着筷子听半天，听完了对父亲笑笑，得意极了。一捉蟋蟀，那就整个园子都得翻个身。我最怕翻出那种软软的鼻涕虫。可是堂弟有的是办法，撒一点盐，立刻它就化成一摊水了。

有的蝉不会叫，我们称之为哑巴。捉到哑巴比捉到“红娘”更坏。但哑巴也有一种玩法。用两个马齿苋的瓣子套起它的眼睛，那是刚刚合适的，仿佛马齿苋的瓣子天生就为了这种用处才长成那么个小口袋样子，一放手，哑巴就一直向上飞，决不偏斜转弯。

蜻蜓一个个选定地方息下，天就快晚了。有一种通身铁色的蜻蜓，翅膀较窄，称“鬼蜻蜓”。看它款款的飞在墙角花阴，不知甚么道理，心里有一种说不出来的难过。

好些年看不到土蜂了。这种蠢头蠢脑的家伙，我觉得它也在花朵上把屁股撅来撅去的，有点不配，因此常常愚弄它。土蜂是在泥地上掘洞当作窠的。看它从洞里把个有绒毛的小脑袋钻出来（那神气像个东张西望的近视眼），嗡，飞出去了，我使用一点点湿泥把那个洞封好，在原来的旁边给它重掘一个，等着，一会儿，它拖着肚子回来了，找呀找，找到我掘的那个洞，钻进去，看看，不对，于是在四近大找一气。我会看着它那副急像笑个半天。或者，干脆看它进了洞，用一根树枝塞起来，看它从别处开了洞再出来。好容易，可重见天日了，它老先生于是坐在新大门旁边息息，吹吹风。神情中似乎是生了一点气，因为到这时已一声不响了。

祖母叫我们不要玩螳螂，说是它吃了土谷蛇的脑子，肚里会生一种铁线蛇，缠到马脚脚就断，甚么东西一穿就过去了，穿到皮肉里怎么办？

它的眼睛如金甲虫，飞在花丛里五月的夜。

故乡的鸟呵。

我每天醒在鸟声里。我从梦就听到鸟叫，直到我醒来。我听得出几种极熟悉的叫声，那是每天都叫的，似乎每天都在那个固定的枝头。

有时一只鸟冒冒失失飞进那个花厅里，于是大家赶紧关门，关窗子，吆喝，拍手，用书扔，竹竿打，甚至把自己帽子向空中摔去。可怜的东西这一来完全没了主意，只横冲直撞地乱飞，碰在玻璃上，弄得一身蜘蛛网，最后大概都是从两椽之间空隙脱走。

园子里时时晒米粉，晒灶饭，晒碗儿糕。怕鸟来吃，都放一片红纸。为了这个警告，鸟儿照例就不来，我有时把红纸拿掉让它们大吃一阵，到觉得它们太不知足时，便大喝一声赶去。

我为一只鸟哭过一次。那是一只麻雀或是癞花。也不知从甚么人得来的，欢喜得了不得，把父亲不用的细篾笼子挑出一个最好的来给它住，配一个最好的雀碗，在插架上放了一个荸荠，安了两根风藤跳棍，整整忙了一半天。第二天起得格外早，把它挂在紫藤架下。正是花开的时候，我想是那全园最好的地方了。一切弄得妥妥当当后，独自还欣赏了好半天，我上学去了。一放学，急急回来，带着书便去看我的鸟。笼子掉在地下，碎了，雀碗里还有半碗水，“我的鸟，我的鸟呐！”父亲正在给碧桃花接枝，听见我的声音，忙走过来，把笼子拿起来看看，说：“你挂得太低了，鸟在大伯的玳瑁猫肚子里了。”哇的一声，我哭了。父亲推着我的头回去，一面说“不害羞，这么大人了”。

有一年，园里忽然来了许多夜哇子。这是一种鹭鸶属的鸟，灰白色，据说它们头上那根毛能破天风。所以有那么一种名，大概是因为它的叫声如此吧。故乡古话说这种鸟常带来幸运。我见它们吃吃喳喳做窠了，我去告诉祖母，祖母去看了看，没有说甚么话。我想起它们来了，也有一天会像来了一样又去了的。我尽想，从来处来，从去处去，一路走，一路望着祖母的脸。

园里甚么花开了，常常是我第一个发现。祖母的佛堂里那个铜瓶里的花常常是我换新。对于这个孝心的报酬是有须掐花供奉时总让我去，父亲一醒来，一股香气透进帐子，知道桂花开了，他常是坐起来，抽支烟，看着花，很深远的想着甚么。冬天，下雪的冬天，一早上，家里谁也还没有起来，我常去园里摘一些冰心腊梅的朵子，再掺着鲜红的天竺果，用花丝穿成几柄，清水养在白磁碟子里放在妈（我的第一个继母）和二伯母妆台上，再去上学。我穿花时，服伺我的女佣人小莲子，常拿着掸帚在旁边看，她头上也常戴着我的花。

我们那里有这么个风俗，谁拿着掐来的花在街上走，是可以抢的，表姐姐们每带了花回去，必是坐车。她们一来，都得上园里看看，有甚么花开的正好，有时竟是特地为花来的。掐花的自然又是我。我乐于干这项差事。爬在海棠树上，梅树上，碧桃树上，丁香树上，听她们在下面说“这枝，唉，这枝这枝，再过来一点，弯过去的，喏，唉，对了，对了！”冒一点险，用一点力，总给办到。有时我也贡献一点意见，以为某枝已经盛开，不两天就全落在台布上了，某枝花虽不多，样子却好。有时我陪花跟她们一道回去，路上看见有人看过这些花一眼，心里非常高兴。碰到熟人同学，路上也会分一点给她们。

想起绣球花，必连带想起一双白缎子绣花的小拖鞋，这是一个小姑姑房中东西。那时候我们在一处玩，从来只叫名字，不叫姑姑。只有时写字条时如此称呼，而且写到这两个字时心里颇有种近于滑稽的感觉。我轻轻揭开门帘，她自己若是不在，我便看到这两样东西了。太阳照进来，令人明白感觉到花在吸着水，仿佛自己真分享到吸水的快乐。我可以坐在她常坐的椅子上，随便找一本书看看，找一张纸写点甚么，或有心无意的画一个枕头花样，把一切再恢复原来样子不留甚么痕迹，又自去了。但她大都能发觉谁过来过了。那第二天碰到，必指着手说“还当我不知道呢。你在我绷子上戳了两针，我要拆下重来了！”那自然是吓人的话。那些绣球花，我差不多看见它们一点一点的开，在我看书作事时，它会无声的落两片在花梨木桌上。绣球花可由人工着色。在瓶里加一点颜色，它便会吸到花瓣里。除了大红的之外，别种颜色看上去都极自然。我们常以骗人说是新得的异种。这只是一种游戏，姑姑房里常供的仍是白的。为甚么我把花跟拖鞋画在一起呢？真不可解。——姑姑已经嫁了，听说日子极不如意。绣球快开花了，昆明渐渐暖起来。

花园里旧有一间花房，由一个花匠管理。那个花匠仿佛姓夏。关于他的机伶促狭，和女人方面的恩怨，有些故事常为旧日佣仆谈起，但我只看到他常来要钱，样子十分狼狈，局局促促，躲避人的眼睛，尤其是说他的故事的人的。花匠离去后，花房也跟着改造园内房屋而拆掉了。那时我认识花名极少，只记得黄昏时，夹竹桃特别红，我忽然又害怕起来，急急走回去。

我爱逗弄含羞草。触遍所有叶子，看都合起来了，我自低头看我的书，偷眼瞧它一片片的开张了，再猝然又来一下。他们都说这是不好的，有甚么不好呢。

荷花像是清明栽种。我们吃吃螺蛳，抹抹柳球，便可看佃户把马粪倒在几口大缸里盘上藕秧，再盖上河泥。我们在泥里找蚬子，小虾，觉得这些东西搬了这么一次家，是非常奇怪有趣的事。缸里泥晒干了，便加点水，一次又一次，有一天，紫红色的小觜子冒出来了水面，夏天就来了。赞美第一朵花。荷叶上花拉花响了，母亲便把雨伞寻出来，小莲子会给我送去。

大雨忽然来了。一个青色的闪照在枫树上，我赶紧跑到柴草房里去。那是距我所在处最近的房屋。我爬上堆近屋顶的芦柴上，听水从高处流下来，响极了，訇——，空心的老桑树倒了，葡萄架塌了，我的四近越来越黑了，雨点在我头上乱跳。忽然一转身，墙角两个碧绿的东西在发光！哦，那是我常看见的老猫。老猫又生了一群小猫了。原来它每次生养都在这里。我看它们攒着吃奶，听着雨，雨慢慢小了。

那棵龙爪槐是我一个人的。我熟悉它的一切好处，知道哪个枝子适合哪种姿势。云从树叶间过去。壁虎在葡萄上爬。杏子熟了。何首乌的藤爬上石笋了，石笋那么黑。蜘蛛网上一只苍蝇。蜘蛛呢？花天牛半天吃了一片叶子，这叶子有点甜么，那么嫩。金雀花那儿好热闹，多少蜜蜂！波——，金鱼吐出一个泡，破了，下午我们去捞金鱼虫。香橼花蒂的黄色仿佛有点忧郁，别的花是飘下，香橼花是掉下的，花落在草叶上，草稍微低头又弹起。大伯母掐了枝珠兰戴上，回去了。大伯母的女儿，堂姐姐看金鱼，看见了自己。石榴花开，玉兰花开，祖母来了，“莫掐了，回去看看，瓶里是甚么？”“我下来了，下来扶您。”

槐树种在土山上，坐在树上可看见隔壁佛院。看不见房子，看到的是关着的那两扇门，关在门外的一片叶园。门里是甚么岁月呢？钟鼓整日敲，那么悠徐，那么单调，门开时，小尼姑来抱一捆草，打两桶水，随即又关上了。水东东的滴回井里。那边有人看我，我忙把书放在眼前。

家里宴客，晚上小方厅和花厅有人吃酒打牌。（我记得有个人吹得极好的笛子。）灯光照到花上，树上，令人极欢喜也十分忧愁。点一个纱灯，从家里到园里，又从园里到家里，我一晚上总不知走了无数趟。有亲戚来去，多是我照路，说哪里高，哪里低，哪里上阶，哪里下坎。若是姑妈舅母，则多是扶着我肩膀走。人影人声都如在梦中。但这样的时候并不多。平日夜晚园子是锁上的。

小时候胆小害怕，黑魆魆的，树影风声，令人却步。而且相信园里有个“白胡子老头子”，一个土地花神，晚上会出来，在那个土山后面，花树下，冉冉的转圈子，见人也不避让。

有一年夏天，我已经像个大人了，天气郁闷，心上另外又有一点小事使我睡不着，半夜到园里去。一进门，我就停住了。我看见一个火星。咳嗽一声，招我前去。原来是我的父亲。他也正因为睡不着觉在园中徘徊。他让我抽一支烟，（我刚会抽烟）我搬了一张藤椅坐下，我们一直没有说话。那一次，我感觉我跟父亲靠得近极了。

四月二日。月光清极，夜气大凉。似乎该再写一段作为收尾，但又似无须了。便这样吧，日后再说。逝者如斯。

（本篇原载昆明《文聚》1945年第二卷第三期；
初收《汪曾祺全集》第三卷，北京师范大学出版社，
1998年8月）

花·果子·旅行

——日记抄

我想有一个瓶，一个土陶蛋青色厚釉小坛子。

木香附萼的瓣子有一点青色。木香野，不宜插瓶，我今天更觉得，然而我怕也要插一回，知其不可而为，这里没有别的花。

（山上野生牛月菊只有铜钱大，出奇的瘦瘠，不会有人插到草帽上去的。而直到今天我才看见一棵勿忘侬草是真正蓝的，可是只有那么一棵。矢车菊和一种黄色菊科花都如吃杂粮长大的脏孩子，要经过很大的努力与克制才能喜欢它。）

过王家桥，桥头花如雪，在一片墨绿色上。我忽然很难过，不喜欢。我要颜色，这跟我旺盛的食欲是同源的。

我要水果。水果！梨，苹果，我不怀念你们。黄熟的香蕉，紫赤的杨梅，蒲桃，呵蒲桃，最好是蒲桃，新摘的，雨后，白亮的磁盘。黄果和橘子，都干瘪了，我只记得皮里的辛味。

精美的食物本身就是欲望。浓厚的酒，深沉的颜色。我要用重重的杯子喝。沉醉是一点也不粗暴的，沉醉极其自然。

我渴望更丰腴的东西，香的，甜的，肉感的。

纪德的书总是那么多骨。我忘不了他的像。

《葛莱齐拉》里有些青的果子，而且是成串的。

（七日）

把梅得赛斯的“银行家和他的太太”和哈尔司法朗司的“吉普赛”嵌在墙上。

说法朗司是最了解人类的笑的，不错。他画得那么准确，一个吉普赛，一个吉普赛的笑。好像这是一个随时可变的笑。不可测的笑。不可测的波希米人。她笑得那么真，那么熟。（狡滑么，多真的狡滑。）

把那个银行家的太太和她放在一起，多滑稽的事！

我把书摊在阳光下，一个极小极小的虫子，比蚜虫还小，珊瑚色的在书叶上疾旋，画碗口大的圈子。我以最大速度用手指画，还是跟不上它，它不停的旋，一个认真的小疯子，我只有望着它摇摇头。

（八日）

我满有夏天的感情。像一个果子渍透了蜜酒。这一种昏晕是醉。我如一只苍蝇在熟透的葡萄上，半天，我不动。我并不望一片叶子遮荫我。

苍蝇在我砚池中吃墨呢，伸长它的嘴，头一点一点的。

我想起海港，金色和绿色的海港，和怀念西方人所描写的东方，盐味和腐烂的果子气味。如果必要，给他一点褐色作为影子吧。

我只坐过一次海船，那时我一切情绪尚未成熟。我不像个旅客，我没有一个烟斗。旅客的袋里有各种果子的余味。一个最穷的旅客袋里必有买三个果子的钱。果汁滴在他襟袖上，不同的斑点。

我想学游泳，下午三点钟。

气压太低，我把门窗都打开。

（九日）

我如一个人在不知名小镇上旅馆中住了几天，意外的逗留，极其忧愁。黄昏时天空作葡萄灰色，如同未干的水彩画。麦田显得深郁得多，暗得多。山色蓝灰。有一个人独立在山巅，轮廓整齐，如同剪出。我并不想爬上去，因为他已经在那里了。

念N不已。我不知道这一生中还能跟她散步一次否？

把头放在这本册子上，假如我就这么睡着了，死了，坐在椅子里……

携手跑下山坡，山坡碧绿，坡下花如盛宴……回去，喝瓶里甘凉的水。我们同感到那个凉，彼此了解同样的慰安……风吹着我们，吹着长发向后飘，她的头扬起。……

水从壶里倒出来乃是一种欢悦，杯子很快就满了；满了，是好的。倒水的声音比酒瓶塞子飞出去另是一种感动。

我喝水。把一个绿色小虫子喝下去还不知道，他从我舌头上跳出来。

醒得并不晚，只是不想起来。有甚么唤我呢，没有！一切不再新鲜。叫一个人整天看一片麦田，一片绿，是何等的惩罚！当然不两天，我又会惊异于它的改观，可是这两天它似乎睡了绿，如一个人睡着了老。天仍是极暗闷，不艳丽，也不庄严，病态的沉默。我需要一点花。

我需要花。

抽烟过多，关了门，关了窗。我恨透了这个牌子，一种毫无道理的苦味。

醒来，仍睡，昏昏沉沉的，这在精神上生理上都无好处。

下午出去走了走，空气清润，若经微雨，村前槐花盛开，我忽然蹦蹦跳跳起来。一种解放的快乐。风似乎一经接触我身体即融化了。

听司忒老司音乐，并未专心。

我还没有笑，一整天。只是我无病的身体与好空气造出的愉快，这愉快一时虽贴近我，但没有一种明亮的欢情从我身里透出来。

每天如此，自然会浸入我体内的，但愿。

对于旅行的欲望如是之强烈。

草屋顶上树的影子，太阳是好的。

（十日）

三十四年记。在黄土坡

三十五年抄。在白马庙

（本篇原载1946年7月12日《文汇报》）

干荔枝

给“绝无仅有的美好的，不懂事的”。

一、恶作剧

每个人都可以说一段很得意的故事，关于自己从前的恶作剧。这些故事常常本来很平淡，为了说得尽兴，听来入神，不惜化零为整，从别人身上挪借许多材料来。或者干脆改头换面的抄一段书；即使同座有人觉察，露出不耐烦样子，也并不大在意，半秒钟的不自然，马上过去了，又淋漓洒落，顾盼生姿的说下去了；当然，更常常，他说的事根本在这个世界上没有发生过。人为甚么易为春无知的感动成狂傲的姑妄听之神情所怂恿呵。这是为甚么，生活太不出奇了，憋了那么股子劲，得挥发出来；还是无处售脱你的一肚子鬼聪明？

曾经那么爱说点无关大体的谎，爱荒诞和夸张。我说过我有一条黑的，绿的，金的，和一点点紫红色的披风，你也许笑过一阵已经忘记了，我可还记得。然而我告诉你，昨天我们在街上看见的那个大学生给那个瞎子帽子上插了一朵碗大的大红蜀葵花，引得一街人那么愚蠢的笑了半天，我告诉你，我可实在不发生兴趣。给那个大学生狠狠的两个耳光多好呵。

你说我老了？也罢，我是老了。年轻人的愤怒不会有那么深刻的。——甚么！小鬼，你说如果真打了那个东西，（打了那一街的人）倒是很有趣的事，而你一边说着一边整理你方才大笑时摇动得披下来的头发，把一根夹针咬在嘴里！

二、波斯菊

问我为甚么忽然悄然笑起来，这个笑来得极快，消逝得可怜：我想起一个先生戏称我为“审美家”，想起波斯菊。

你喜欢这个名字么？我知道你在心里念了一次，你的嘴唇动了一下。“波斯——菊”，这唤起你眼睛里的浪漫情趣。我就因为其“名佳”，去掐了一把。花一大片，远望如一个女子中学，或如你们的甚么游园会，总而言之，像梦。（这个字我有四年不用了。）因为早晨太阳晒着，闲得快乐，下点雨，就有点愁，又都处处有点无可奈何，难以捉摸。因为很单纯，很温软。（别跳你的眉毛！）当时我看到甚么都比后来美些，看到甚么都联想到一个人。一个老实认真的写实主义小说家一定在他的大作里写：他掐了一把他的联想和爱情回去了。掐花回去，一插在个绿陶壶里，靠一个小小剔红盒子旁边。我抽了一根烟，不时拨弄一朵两朵花，让它攒三聚五的成一格局。到都成了“一瓶”，都安适妥帖了，我已抽了三根烟了。小院子静得很，听见那条卷毛小狗出出进进走了几次，蜜蜂在檐前唱，垂丝海棠瓣子落在蛛网上。等着，来了。

“刚才有人看见你？”

“去掐花的。”

花含笑，十分调皮，绯红色。

“可一点都不好看。”

让波斯菊一瓣一瓣的落罢。就这么轻描淡写的过去了。现在又到了暑假的时候，下起雨来了，我简直不想出去，很希望有人写信给我，有人送点好吃东西。门前有人乱七八糟的洒下许多花种，走了半月，又回来看了一次，花出了好多。自然，你算聪明，知道了：他指着一果花苗，问我是甚么，那是波斯菊。

好了，我编了一篇故事，你不三天就可以来，来看波斯菊了，哈哈。

三、遗憾

我和一个朋友对坐，共一根蜡烛，各看一本书，有时谈一两句话，以不影响看书为限度。我们服从于此不成文法，因为它给我们许多方便。我笑了笑，他问“怎么了？”我想起一首旧诗。（未想起诗的音节，想起那诗的趣味。）

我说，一个不穿衣服的脏孩子，浑身都脏，成鼻烟色，极匀均，发光，大眼睛，红嘴唇，这孩子用一枝盛开的梨花退着打一条狗（我失去给狗一个颜色的胆子了），梨花纷纷舞落。这是多么好的画题。我用这幅画写，一首诗。诗题“春天”，结尾是

看人放风筝放也放不上，

独自玩弄着比喻和牙疼。

谁也不欣赏。

七月八日

（本篇原载1945年7月14日、16日《观察报》）

1946年

街上的孩子

一

街上看见小儿祈雨，二十多个孩子，大的十来岁，最小的才四五岁，抬着两顶柏枝扎成的亭子轿子之类东西，里面烧香，香烟从密密的柏叶之间袅袅透出，气味极浓。前面几个敲糖锣小鼓，多半徒手。敲小鼓的两个，他们很想敲出一个调子，可是老有参差。看他们眼睛，他们为此苦恼。一心努力于维持凑合那个节奏，似已忘却一切。到别人同声高唱那支求雨的歌谣时，便赶紧煞住鼓声和着一起唱。当大人一说“求雨去”，这声音熏沐他们，让他们结晶。这使他们快乐，一种难得的不凡的经验，一种享受。而从享受，从忘记一切的沉酣状态正可以引出热诚。他们念“小小儿童哭哀哀，撒下秧苗不得栽”，是倾全部感情而叫出来的，他们全身肌肉都颤动。这些孩于脸上都有一种怪样的严肃，一种悲剧的严肃，好像正做着一件了不起的事。这些香烟，柏枝，哑哑的锣鼓，这支简单的歌，这穿在纷乱膛闹中的一股为一种“神圣”所聚的力，像大海中一股暗流，这在他们身上产生一种近似疯狂的情绪。

二

自从一个学生物的朋友告诉我，蝗虫有五只眼睛，两只复眼，（复眼，想想我第一次知道这个东西的时候！）三只单眼，我就一直很想告诉一个孩子。

我们在大街上，在武成路，晚上八点钟，正是最热闹的时候，我们一路走过来，一路东张西望。我们发现许多很有趣的事情。我们同时驻足了：两个孩子，在八点多钟的武成路，在汽车，无线电，电灯，在黄色显得是纯白，红色发了一点紫的武成路边上，两个孩子蹲着。他们蹲在那里，正像蹲在一棵大树的阴影底下，在一边潺潺的溪水旁边一样。他们干甚么？嘿，他们在找石缝里的土狗子哩！

三

我们在小西门外一个小酒馆的檐外看见一个卖种子的。他有不少种子，扁豆，油菜，葫芦，丝瓜，包谷，甜椒，茄子，还有那种开美丽蓝色单瓣小花，结了籽儿乡下人放在粑粑里吃的东西，许多不知名，不认识的东西，每一样都极其干净漂亮，有乡下人来买，用手点点这个抓抓那个，卖的人就跟着看看这，看看那，彼此细细的谈着。这些种子把他们沟通起来。他们正在合作，共同完成一个爱情，爱那些种子。他们依照他们习惯，都蹲着，都抽金堂叶子烟。你正说，总觉得卖种子的比一般乡下人要“高”，一种令人感动的职业，而我们一回头，我们看见另外一件事。

一个大约十四五岁孩子，坐在他家米铺子门前堆积的米包上，他面前四五尺人行道上有一张对折的关金券。从那孩子的脸上蹊跷表情，你发现那张票子拴了一根黑线，线牵在那孩子藏在背后的手里。我们看了半天，并未有人去捡，有几个人经过，都没看见。那孩子（孩子！）始终挂一脸那种古怪表情，他等待胜利，一个狂喜就要炸出来，不大禁压得住，他用力闭他的嘴，嘴角刻纹，他颔下肌肉都紧张了。他的自满（自满于杰作的发明？）比谲秘多。这孩子！无疑有一种魔鬼的聪明。我简直不知对他怎么好。我想刷他一个耳光么？没有，我没有。真是，见你的鬼，我走了！

六月十八日　昆明

（本篇原载1946年9月30日《文汇报》）

昆明草木

序

昆明一住七年，始终未离开一步，有人问起，都要说一声“佩服佩服”。虽然让我再去住个几年，也仍然是愿意的，但若问昆明究竟有甚么，却是说不上来。也许是一草一木，无不相关，拆下来不成片段，无由拈出，更可能是本来没有甚么，地方是普通地方，生活是平凡生活，有时提起是未能遣比而已。不见大家箱栊中几全是新置的东西。翻遍所带几册旧书中也找不出一片残叶碎瓣了么。独坐无聊，想跟人谈谈，而没有人可以谈谈，写不出东西却偏要写一点。时方近午，小室之中已经暮气沉沉。雨下得连天连地是一个阴暗，是一种教拜伦脾气变坏的气候，我这里又无一分积蓄的阳光，只好随便抓一个题目扯一顿，算是对付外面呜呜拉拉焦急的汽车，吱吱扭扭不安的无线电罢了。我倒宁愿找这样一本书或一篇文章看看，自己来写是全无资格的。

十二月十三日记

一、草

到昆明，正是雨季。在家里关不住，天雨之下各处乱跑。但回来脱了湿透的鞋袜，坐下不久，即觉得不知闷了多少时候了，只有袖了手到廊下看院子里的雨脚。一抬头，看见对面黑黑的瓦屋顶上全是草，长得很深，凄凄的绿。这真是个古怪地方，屋顶上长草！不止一家如此，家家如此。荒宫废庙，入秋以后，屋顶白蒙蒙一片。因为托根高，受风多，叶子细长如发，在暗淡的金碧之上萧萧的飘动，上头的天极高极蓝。

二、仙人掌

昆明人家门，有几件带巫术性的玩意。门坎上贴红纸剪成的剪刀，锁。门上一个大木瓢，画一个青面鬼脸。一对未漆羊角生在羊头上似的生在门头上。角底下多悬仙人掌一片。不知这究竟是甚么意思，也问过几个本地人，说不出所以然，若是乡下人家则在炊烟薰得黑沉沉的土墙上还要挂一长串通红通红的辣椒，是家常吃的，与厌胜辟邪无关，但越显出仙人掌的绿，造成一种难忘的强烈印象。

仙人掌这东西真是贱，一点点水气即可以浓浓的绿下来，且茁出新的一片，即使是穿了洞又倒挂在门上。

心急的，坐怕担心费事，栽花木活，糟塌花罪过，而又喜欢自己种一点甚么出来看看的，你来插一片仙人掌吧，仙人掌有小刺毛，轻软得刺进手里还不知道，等知道时则一手都是了。一手都是你仍可以安然作事。你可以写信告诉人了，我种了一棵仙人掌，告诉人弄了一手刺。就像这个雨天，正好。你披上雨衣。

仙人掌有花，花极简单，花片如金箔，如蜡。没有花柄，直接生在掌片上，像是做假安上去的。从来没见过那么蠢那么可笑的花。它似乎一点不知道自己是个甚么样子，不怕笑。吠唷，听说还要结果子呢，叫做甚么“仙桃”，能好吃么？它甚么都不管，只找个地方把多余的生命冒出来就完事，根本就没想到出果子。这是个不大可解的事，我没见过一头牛一匹羊嚼过一片仙人掌。我总以为这么又厚又长的大绿烧饼应当很对它们的胃口的。它们简直连看也不看一眼！

英国领事馆花园后墙外有仙人掌一大片，上多银青色长脚蜘蛛，这种蜘蛛一定有毒，样子多可怕。墙下有路，平常一天没有两三人走过。

三、报春花

虽然我们那里的报春花很少，也许没有，不像昆明。

——《花园》

我不知怎么知道这是报春花的。我老告诉人“这种小花有个好名字，报春花”，也许根本是我造的谣。它该是草紫紫云英，或者紫花苜蓿，或者竟是报春花，不管它，反正就是那么一种微贱的淡紫色小花。花五六瓣，近心处晕出一点白，花心淡黄。一种野菜之类的东西，叶子大概如小青菜，有缺刻，但因为花太多，叶子全不重要了。花梗极其伶仃，怯怯的升出一丛丛细碎的花，花开得十分欢。茎上叶上花上全沁出许多茸茸的粉。塍头田边密密的一片又一片，远看如烟，如雾，如云。

我有个石鼓形小绿瓷缸子，满满的插了一缸。下午我们常去采报春花，晒太阳。搬家了，一马车，车上冯家的猫，王家的鸡，松与我轮流捧着那一缸花。我们笑。

那个缸子有时也插菜花，当报春花没有的时候。昆明冬天都有菜花。在霜里黄。菜花上有蜜蜂。

四、百合的遗像

想到孟处要延命菊去，延命菊已经少了，他屋里烧瓶中插了两枝百合，说是“已经好些天了”。

下着雨，没有甚么事情，纱窗外蒙蒙绿影，屋里极其静谧，坐了半天。看看烧瓶里水已黄了，问“怎么不换换水？”孟说“由它罢。”桌上有他批卷子的红钢笔，抽出一张纸画了两朵花。心里不烦躁，竟画得还好。松和孟在肩后看我画，看看画，又看看花，错错落落谈着话。

画画完了，孟收在一边，三个人各端了一杯茶谈他桌上台路易士那几句诗，“保卫那比较坏的，为了击退更坏的，”现代人的逻辑阿，正谈着，一朵花谢了，一瓣一瓣的掉下来，大家看看它落。离画好不到五分钟。

看看松腕上表，拿起笔来写了几个字：

“遗像　某月日下午某时分，一朵百合谢了。”

其后不久，孟离开昆明，便极少有机会去他屋前看没有主人的花了。又不久，松与我也同时离开昆明又分了手，隔得很远。到上海三月，孟自家乡北上，经过此地，曾来我这个暮色沉沉的破屋里住了一宿，谈了几次，我们都已经走了不少路了，真亏他，竟还把我给他写的一条字并那张画好好的带着？

这教我有了一点感慨。走了那么多路，甚么都不为的贸然来到这个大地方，我所得的是甚么，操持是甚么，凋落的，抛去的可就多了。我不能完全离开这朵百合，可自动的被迫的日益远了，而且连眺望一下都不大有时候，也想不起。孟倒是坚贞的抱着做一个“爱月亮，爱北极星的孩子”的志气，虽然也正在比较坏与更坏的选择之中。松远在南方将无法尽知我如今接受的是一种甚么教育。阿，我说这些干甚么，是寂寞了？“雨打梨花深闭门”，收了吧。——这又令我想起昆明的梨花来了。

（本篇原载1946年12月27日《文汇报》，署名“方栢臣”）

1947年

飞的

鸟粪层

常常想起些自己不大清楚的东西，温习一次第一次接触若干名词之后引起的朦胧的向往。这两天我想鸟粪层。手边缺少可以翻检的书，也没有人可以告诉我一点关于鸟粪层的事。

书和可以叩问的人是我需要的么？

猎斑鸠

那时我们都还很小。我们在荒野上徜徉。我们从来没有那么更精致的，更深透的秋的感觉。我们用使自己永远记得的轻飘的姿势跳过小溪，听着风溜过淡白色长长的草叶的声音（真是航）过了一大片地。我们好像走到没有人来过的秘密地方，那个林子，真的，我们渴望投身到里面而消失了。而我们的眼睛同时闪过一道血红色，像听到一声出奇的高音的喊叫，我们同时驻足，身子缩后，头颈伸出一点。我们都没有见过一个猎人，猎人缠那么一道殷红的绑腿，在外面是太阳，里面影影绰绰的树林里。这个人周身收束得非常紧，瘦小，衣服也贴在身上，密闭双唇，两只眼睛苛在里面，颊部微陷，鹰钩鼻子。他头伸着，但并不十分用力，走过来，走过去。看他的腿胫，如果不提防扫他一棍子，他会随时跳起避过。上头，枝叶间，一只斑鸠，锈红色翅膀，瓦青色肚皮。猎人赶斑鸠。猎人过来，斑鸠过去，猎人过去，斑鸠过来。斑鸠也不叫唤，只听得调匀的坚持的扇动翅膀声音。我们守着这一幕哑斗的边上。这样来回三五次之后，渐渐斑鸠飞得不大响了，她有点慌乱，神态声音显得踉跄参差。在我们未及看他怎么扳动枪机时，震天一声，斑鸠不见了。猎人走过去拾了死鸟，拂去沾在毛上的一片枯叶。斑鸠的颈子挂了下来，一幌一幌。我们明明看见，这就是刚才飞着的那一只，锈红色翅膀，瓦青色肚皮，小小的头。猎人把斑鸠放在身旁布袋里。袋里已经有了一只灿烂的野鸡。他周身还是那样，看不出那里松弛了一点，他重新装了一粒子弹，向北，走出这个林子。红色的绑腿到很远很远还可以看得见。秋天真是辽阔。

我们本来想到林子里拾橡栗子，看木耳，剥旧翠色的藓皮，采红叶，寻找伶仃的野菊，这猎人教我们的林子改了样子了，我们干甚么好呢？

蝶

大雨暂歇。坟地的野艾丛中
一只粉蝶飞

矫饰

我很早很早就做假了。

八岁的时候，我一个伯母死了。我第一次（第一次么？不吧？是比较重大的一次。）开始“为了别人”而做出种种样子。我承继给那位伯母，我是“孝子”。嚇，我那个孝子可做得挺出色，像样。我那个缺少皱纹的脸上满是一种阴郁表情，这很容易被人误认为是哀伤。我守灵，在柩前烧纸，有客人来吊拜时跪在旁边芦席上，我的头低着，像是有重量压着抬不起来，而且，喝，精采之至，我的眼睛不避开烟焰，为的好薰得红红的。我捏丧棒，穿麻鞋，拖拖沓沓的毛边孝衣，一切全恰到好处。实在我也颇喜欢这些东西，我有一种快乐，一种得意，或者，简直一种骄傲。我表演得非常成功，甚至自己也感动了。只有在“亲视含殓”时我心里踌躇了，叫我看穿戴凤冠霞帔的死人最后一眼，然后封钉，这我实在不大愿意。但我终于很勇敢的看了。听长钉子在大木槌下一点一点的钉进去，亲戚长辈们都围在我身后，大家都严肃十分，很少有人接耳说话，那一会儿，或者我假装挤出一点感情来的。也模糊了，记不大清。到葬下去，孝子例须兜了土在柩上洒三匝，这是我最乐意干的。因为这是最后一场，戏剧即将结束。（我差点儿全笑出来。说真的，这么扮演也是很累的事。）而且这洒土的制度是颇美的。我倒还是个爱美的人！

近几年来我一直忘不了那一次丧事。有时竟想跟我那些亲戚长辈们说明白，得了吧。别又来装模作样。

卅六年一月

（本篇原载1947年1月14日《文汇报》，署名“西门鱼”）

歌声

醒来，隔壁巷子里有孩子唱歌。

现在大概九点钟光景，家中漆黑。每天吃了晚饭我睡两个钟头，一醒来总是立刻就为整个世界所围绕。在我睡着了时一切都还在进行着的。这几个孩子唱了多少时候歌了？从她们的歌声里有一点天晚了的感觉，可是多不够安定的晚上啊，多不够安定的歌。

唱的是两个女孩子，一个声音高，唱得很有力；一个比较不那么热切，不想争胜，气不大促。两个声音都很扁，仿佛唱的时候嘴都咧得很开。我想一定还有个更小的男孩子，坐在门槛上，虽然他一声不响，可是你听得出歌声里有他。大概是两个女孩子之中一个（大概是那个声音高窄的）的弟弟。这两个孩子必在同一小学读书，同出同归，唱歌的节拍表情也分明是同一个老师所教，错的地方一样错。那个老师（当然是个女的）对于教音乐，教这般孩子，毫无兴趣。至少这两个她没有兴趣。孩子的爸爸妈妈（尤其是妈妈）更对她们唱歌没有兴趣，冷淡，而且厌烦。这两个孩子也唱得真不好！……

她们一定穿了不合身的衣服，发红的安安蓝布，褪色的花洋纱的裙褂，补过的脏袜子，令人自卑的平凡的布鞋。两个孩子一个都不好看，瘦长的脖子，黄头发，头上汗味很重。有一个扎一个粉红蝴蝶结，但是皱得厉害！那个弟弟，一个大脑袋，傻傻地坐在那儿，不时用手搔头。他头上有个小脓疙瘩，身上黏黏的。他也很为姐姐们的歌声所激恼了，虽然有时也还漠然的听着，当他忘记一点自己身上的不快时。他没有要非哭不可的时候，但说是一点都不要哭分明不对。

两个孩子学着她们的先生装模作样的咬字，可是，不知道唱的是甚么，只有娃娃宝宝几个字还听得出，因为老是重复唱到。

现在她们会的歌都唱完了，停了一停，又把已经唱过的一个重新唱起来。这样的反复的唱，要唱到甚么时候？——这样的唱歌能使她们得到快乐么？她们为甚么要唱歌？

我起来。天真闷，气都不大透得过来。甚么地方一股抹布气味，要下雨了吧？

（本篇原载1947年7月11日《大公报》；
初收《汪曾祺全集》第三卷，北京师范大学出版社，
1998年8月）

蝴蝶：日记抄

听斯本德聊他怎么写出一首诗，随着他的迷人的声调，有时凝集，有时飘逸开去；他既已使我新鲜活动起来，我就不能老是栖息在这儿；而到

“蝴蝶在波浪上面飘荡，把波浪当作田野，在那粉白色的景色中搜索着花朵。”

从他的字的解散，回头，对于自己陈义的抚摸，水道渠成的快感，从他的稍稍平缓的呼吸之中，我知道前头是一个停顿，他已经看到这一段的最后一句像看到一棵大树，他准备到树下休息，我就不等他按住话头，飞到另一片天地中去了。少陪了，去计划怎么继往开来吧，我知道你已经成竹在胸，很有把握，我要一个人玩一会儿去。我来不及听他嘱附些甚么，已经为故地的气息所陶融。

蝴蝶，蝴蝶在同蒿花田上飞，同蒿花灿烂的金色。同蒿花的金色，风吹同蒿花。风搂抱花，温柔的摸着花，狂泼的穿透到花里面，脸贴着它的脸，在花的发里埋它的头，沉醉的阖起它的太不疲倦的眼睛。同蒿花，烁动，旺炽，丰满，恣酣，殢亸。狂欢的潮水！——密密层层，那么一大片的花，稠浓的泡沫，豪侈的肉感的海。同蒿花的香味极其猛壮，又夹着药气，是迫人的。

我们深深的饮喝那种气味，吞吐含漱，如鱼在水。而同蒿花上是千千万万的白蝴蝶，到处都是蝴蝶，缤纷错乱，东西南北，上上下下，满头满脸。——置身于同蒿花蝴蝶之间，为金黄，香气，粉翅所淹没，“蜜饯”我们的年龄去！成熟的春天多么的迷人。

我想也想不起这块地方在我的故乡，在我读过的初级中学的那一边，从教室到那里是怎么走的呢？我常常因为一点触动，一点波漾而想起这块地，从来没有想出究竟在那里，我相信永远想不出了。我们剪留下若干生活（的场景，或生活本身，）而它的方位消失了。这是自然的还是可惋惜的？且不管它，我曾经在那些蝴蝶同蒿花之间生存过，这将是没齿不忘的事。任何一次的酒，爱，音乐，也比不上那样的经验。

那个时候我们为甚么要疯狂的捕捉那些蝴蝶？把蝴蝶夹死在书里（压扁了肚子）实在是不愉快的事情，现在想起来还有点恶心。为甚么呢？我们并不太喜欢死蝴蝶的样子；（不飞了，）上课时翻出一个来看看不过是因为究竟比我们的教科书和教员的脸总还好玩些，却也不是真有兴趣，至少这不足以鼓励我们去捕捉杀害。我们那么热心的干这个，（一下子工夫可以三五十个，把一本书每一页都夹一个毫不费力！）完全是发泄我们初生的爱。就是我们那些女同学，那些小姐们，她们的身体、姿态、脚步、笑声给我们一种奇异的刺激，刺激我们作许多没有理由的事情。这么多的花蝴蝶，蓝天、白云、太阳、风，又挑拨我们。我们一身蓄聚蛮野的冲动，随时就会干点傻事出来。捕捉蝴蝶，这跟连衣服跳到水里去，爬到蓝楼房顶上，用力踢一只大狗，光声怪叫，奇异服装完全出于一源。不过花跟蝴蝶似乎最能疏导宣发，是一种最直接，最尽致，最完备遍到的方式。我们简直可以把那些蝴蝶一把一把的纳到嘴里，嚼得稀烂，骨笃一声咽下去的！（并不须她们任何一个在旁边看见或知道。）都是些小疯子，那个时候我们大概是十三四，十四五岁。

这一下可飘得远了。斯本德刚才说甚么来的？让我想想看。我重新把那篇《一首诗的创造》摊开，俯伏到上面去。稍微有点不顺帖，但不一会儿我就跟上他了。

八月十四日

（本篇原载1947年8日24日《经世日报》）

1948年

背东西的兽物

毛姆描写过中国山地背运货物的伕子，从前读过，印象极为深刻，不过他称那种人为“负之兽”，觉得不免夸饰，近于舞文弄墨，而且取义殊为卑浅，令人稍稍有点反感。及至后来到了内地，在云南看到那边的脚夫，虽不能确定毛姆所见即是这一种人，但这种人若加之以毛姆那个称呼是极贴当而直朴的，我那点反感没有了，而且隐然对他有了一种谢意。

人在活动行进之中如果骤然煞住，问一问我在这里到底是在干点儿甚么呢，大概不会有肯定答案的，都如毛姆所引庄子的那一段话中说的那样，疲疲役役，过了一生，但这一种人是问也用不着问，（别人不大会代他们问，他们自己当然不可能发问，）看一看就知道真是甚么“意义”都没有，除了背东西就没有生活了。用得着一个套语：从今天背到明天，从今年背到明年。但毛姆说他们是兽物还不是象征说法，是极其写实的，他们不但没有“人”的意义，而且也没有人形。

在我们学校旁边那条西风古道上时常可以看到他们，大都是一队一队的，少者三个五个，多的十个八个，沉默着，埋着头，一步一步走来。照例凡是使用气力作活的人多半要发出声音，或唱歌，或是“打号子”，用以排遣单调，鼓舞精力，而这种人是一声也不出的，他们的嘴闭得很紧。说是“埋头”，每令人想到“苦干”，他们的埋头可不是表示发愤为雄，是他们的工作教他们不得不埋头。他们背东西都使用一个底锐、口广、深身、略呈斗斛状的竹篮。这东西或称为背篓，但有一种细竹所编，有两耳可跨套于肩臂，而且有个盖子，作得相当精致的竹篮，像昆明收旧货女人所用的那一种，也称为背篓，而他们用的是极其粗率的简厢的。背篓上高高装了货物。货物的范围很窄，虽然有时也背盐巴、松板、石块、米粮等物，大多是两样东西，柴和炭。柴，有的粗块，有的是寸径树条，也有连枝带叶的小棒子；有专背松毛的，马尾松针晒干，用以引火助燃，此地人谓之松毛，但那多是女人，且多不用背篓，捆扎成一大包而背着。炭都是横着一根一根的叠起来。柴炭都叠得很高，防它倒散，多用绳素络住。背篓上有一根棕丝所织扁带子，背即背的这一根带子。严格说不应当说是背，应当说是“顶”，他们用脑门子顶着那一根带子。这样他们不得不硬着头皮，不得不埋着头了。头稍平置，篓子即会滑脱的。柴炭从山中来，山路不便挑扛，所以才用这种特殊方法负运。他们上山下山，全身都用气力，而颈部用力尤多，所以都有极其粗壮，粗壮到变形的脖子。这样粗壮的脖子前面又多半挂了个瘿袋，累累然有如一个肉桂色的柚子。在颈子上都套着一个木板，形式如半个刑枷，毛姆似乎称之为“轭”的，这也并非故意存有暗示，真的跟耕田引车的牛头上那一个东西全无二致，而且一定是可以通互应用的。在手里，他们都提着一根杖。这根杖不知道叫甚么名堂，齐腰那么高，顶头有个月牙形的板，平着连着那根杖。这根杖用处很大，爬坂上坡，路稍陡直，用以撑杖，下雨泥滑，可防蹶倒，打站歇力时尤其用得着它，如同常说，是第三条腿。他们在路上休息时并不把背篓取下，取下时容易，再上肩费事，为养歇气力而花更大的气力，犯不着，只用那一根杖舒到后面，根着地，背绥放在月牙形手板上，自己稍为把腰伸起，两腿分开，微借着一点力而靠那么一会儿就成了。休息时要小便，也就是这么直着腰。他们一路走走歇歇，到了这儿，并没有一点载欣载奔的喜意，虽然前面马上就要到了。进了前面那个小小牌楼，就是西门，西门里就是省城了，省城是烧去他们背上的柴炭的地方，可是看不出他们对于这个日渐新兴起来的古城有甚么感情。小牌楼外有一片长长的空地，长了一点草，倒了一点垃圾，有人和狗拉的屎，他们在那里要休息相当时候。午前午后往来，都可以看得见许多这种人长长的一溜坐着，这时，他们大都把背上载着的重物卸放在墙根了，要吃饭，总不能吃饭时也顶着。

柴不知怎么卖，有没有人在路上喊住他们论价买去呢？炭则大都是交到行庄，由炭商接下来，剔选一道，整理整理，用装了石粉的布包在上面拍得一层白，漂漂亮亮的，再成斤作担卖与人家。老板卖出去的价钱跟向他们买的价钱相差多少，他们永远也无法晓得，至于这些炭怎么烧去，则更不在他们想象之内了。

他们有的科头，有的戴了一顶粗毡碗形帽子，这顶帽子吃了许多油汗，而且一定时常在吃进油汗时教他们头皮作痒。身上衣服有的是布的。但不管是甚么布衣绝对没有在他们身上新过，都是买现成的旧衣，重重补缀上身。城里有许多“收旧衣烂衫”男人女人，收了去在市集上卖，主顾里包括有这种人，虽然他们不是重要的，理想的，尤其是顶不是爽气的，只不过是最可欺骗的主顾。他们是一定买最破最烂的，而且衣服形形色色都有，他们把衣服的分类都简化了，在你是绝对不相同的，在他们是一样的。更多的是穿麻布衣服。这种麻不知是不是他们自己织的，保留最古粗的样子，印在陶器上的布纹比这还要细密些。每一经纬有铺子扎东西的索子那么粗，只是单薄一点。自然是原色，麻白色。昆明气候好，冬天也少霜雪，但天方发白的山路上总是恻恻的有风的，而有些背柴炭人还是穿一层单麻布衣服。这身衣服像一个壳子似的套在身上，仿佛跟他们的身体分不开，而又显然不是身体的一部分，跟身体离得很远，没有一处贴合，那种淡淡的白色使他们格外具有特性了。身体上不是顶要紧的地方袒露了一块，在他们不算是大事情。衣服，根本在他们就不算大事。他们的大事是吃一点东西到肚里。

他们每人都把吃的带着，结挂在腰裤间，到了，一起就取出来吃。一个一个的布口袋，口袋作成筒状，里头是一口袋红米干饭。不用碗，不用筷子，也不用手抓，以口就饭而喋接。随吃，随把口袋向外翻卷一点，饭吃完，口袋也整整翻了个个儿，抖一抖，接住几个米粒，仍旧还系于腰裤间。有的没有，有的有点菜，那是辣子面，盐，辣子面和盐，辣子面和盐和一点豆豉末，咽两口饭，以舌尖黏掠一点。看一个庄家，一个工人，一个小贩，一个劳力人，吃饭是很痛快过瘾的事，他们吃得那么香甜，那么活泼，那么酣舞，那么恣放淋漓，那么快乐，你感觉吃无论如何是人生的一点不可磨灭的真谛，而看这种人吃饭，你不会动一点食欲。他们并不厌恨食物的粗砺，可是冷淡到十分，毫不动情的，慢慢慢慢的咀嚼，就像一头牛在反刍似的！也像牛似的，他们吃得很专心，伴以一种深厚的，然而简单的思索，不断的思索着：这是饭，这是饭，这是饭……仿佛不这么想着，他们的牙齿就要不会磨动似的——很奇怪，我想不出他们是用甚么姿态喝水的，他们喝水的次数一定很少，否则不可能我没有印象。走这么长的路而能干干的吃那么些饭，真是不可了解的事。他们生在山里，或者山里人少有喝水的习惯？……我想起一个题目：水与文化。

老觉得这种人如何饮之以酒，不加限节，必至泥胡醉死。醉了，他们是甚么样子呢？他们是无内外表里，无层次，无后先，无中偏，无小大，是整个的：一个整个的醉是甚么样子呢？他们会拥抱，会砍杀，会哭会笑？还是一声不响的各自颓倒，失去知觉存在？

他们当然是有思索的，而且很深很厚，不过思索得很少，简单，没有多少题目，所以总是那么很专心似的，很难在他们的眼睛里找出甚么东西，因为我们能够追迹的，不是情意本体，而是情意的流变，在由此状况发展引度成为另一状况，在起迄之间，人才泄漏他的心，而他们几乎是永恒的，不动的，既非明，也非暗，不是明暗之间酝酿绸缪的昧暧，是一种超乎明暗的浑沌，一种没有限界的封闭。他们一个一个的坐在那里，绝对的沉默，不是有话不说，是根本没有话，各自拢有了自己，像石块拢有了石头。你无法走进他们里面去，因为他们不看你一眼，他们没有把你收到他们的视野中去。

纪德发现刚果有一种土人，他们的语言里没有相当于“为甚么”的字。……

在一个小茶馆外头，我第一次听到这种人说话，而且是在算账！从他们那个还是极少表情的眼睛里，可以知道一个数字要在他的心里写完了，就像用一根钝钉子在一片又光又硬的石板上刻字一样的难。我永远记得那个数目：二百二十二，一则这个数字太巧，而且富民话（我听出他们的话带有富民口音）二字念起来很特别，再也是他一次又一次的重复，好像一个孩子努力的想把一个跌碎了的碗拼合起来似的，“二百——二十——二，二百，——二十，——二……”

有一次警报，解除警报发了，接着又发了紧急警报，我们才近城门又立刻退回去，而小牌楼外面那些负运柴炭的人还不动。日本飞机来过炸过了，那片地上落了一个炸弹，有人告诉我炸死了两个人。我忽然心里一动，很严肃的想：炸死了两个人，我端端正正一撇一捺在心里写了那一个“人”字。我高兴我当时没有嘲弄我自己，没有蔑笑我的那点似乎是有心鼓励出来的戏剧的激情。

（本篇原载1948年2月1日《大公报》；
初收《汪曾祺全集》第三卷，北京师范大学出版社，
1998年8月）

勿忘侬花

我至今还不知道勿忘侬花是甚么样子，我不知道我是否曾经看见过。中国大概是有的吧，但知道这种花的名字的一定比见过这种花的人多，若是不是很美呢是不是当得起这样的名字，它的形色香味真能作为一个临诀的叮咛？——虽然有点感伤，但还不致为一个很现代的聪明人所笑罢，如果还不失为诚挚，除非诚挚也是可嘲弄的，因为这个年头根本不可能有。那我们的生活就实在难得很了，见过不见过其实本无多大关系，在诗文里或信札里说“送你勿忘侬花”而实际并没有，是尽可以的，虽然这样的人现在也都没有了。大概从此这个花要更其埋没了罢，它本身，和它的声名，这不知是花的抑是我们的不幸，或者无甚所谓，连偶尔对于这些种种思念也都应当淡然逝去了，可是有机会我还是想捡起一枝来看看。

在昆明，有一次英国政府派来一个给战地上兵演讲音乐欣赏作为慰劳的生物学家想听一点中国的乐器歌曲，在一个研究院的实验室里，开了一个小茶会，听了几个名家的琵琶笛子，那位——该叫他生物学家还是音乐家呢——也有一个节目，七弦琴独奏！他显然对这个躺着的古乐器还不顶习熟，拧弦定音，指掌太温柔了一点，——七弦琴无疑的是乐器里顶精致，顶不容易伏伺的一种，一点轻微的慌乱教他的脸上过去了又泛上来一片红，他镇静自若着，而不时低低举目看一看，看着他的人，含笑得腼腆极了。——这一笑是感谢大家关切了这半天，现在，没有问题了！他正一正身子，轻咳一声，“普庵咒”，又向身旁的人笑了一笑：这三个中国字说得是不是差不多？普庵咒是常听到的琴曲，近乎描写音乐，比较容易了解。可是这一支庄严静穆的曲子我没有听，我一直看他，看他的明净的头和他的手。我好像曾经看过这样的手，但没有一双手我曾经这样的动情的看过——也许那样的手并不在做着这样的事情。矫健，灵活，敏感，热情，那当然，可是吸引我的是十个手指同时那么致意用力，那么认真，那么“到”，充满精神，充满思想，——有时稍见迟疑，可是通过迟疑之后却并不是含混，少见的那么好看的一双手。也许是过于白皙了，也许是乐器的关系，抚奏的手势偏于优美，显得有一点女性，然而这不是我当时就有的感觉。……喝茶谈话的中间，他忽然起身离去，捧来一瓶，他欢欢喜喜，各种各样的花，瓶是一个实验用的烧瓶，一瓶水碧清，有些很熟，有些印象，浅花都是野花，而这么一瓶插着都似乎是新鲜极了，都是我没有见过的了，开也开得特别好，花大，颜色深，有生气，他一定是满山上出了一点愉快的汗水找来的，他得意极了，一枝一枝拈起来，稍提出一点，好些野花中国跟英国山地里都生着，有的一样，有的不大同，他看见了他知道是有的花，有些英国多，中国少，有些中国多，有些分布区域不广，现存的已经不多了，很珍贵的，但这里人似乎并不大注意。……因为在异国说着本国的语言呢还是本来就惯常如此，他慢慢的说，攥着烧瓶颈子轻轻的转动，声调委宛而亲切，他不知道看到冯承植先生赞美过的鼠白草不？我看他，等有机会问他，可是老是错过，终于在他挑出一枝紫红长穗的时候，有人进门给他一封信，他得辞谢走了，我没有能问他拿进去的瓶里那种翠蓝色的小花是不是勿忘侬，他的手指在我的勿忘侬之间移动过多少次了！

我听说是，而且很自信的告诉过不少人了，昆明不论甚么花差不多四季都开得，而这种花更是随处都见得到，只要是土较多，人较少的地方，野地里都是坟，坟头上特别多，我们逃警报的次数简直数不清了。昆明没有甚么防空壕洞，在坟冢间挖了许多坑，我们又大都并不躲进坑里，离开了城走远些，找个地方躺躺坐坐而已，或者是这种花的颜色跟坟容易联想到一起去，我们越觉得坟的寂寞跟花的寂寞了，在记忆里于是也总是分不开，老那么坐着，躺着，蓝色的小花无聊的看在我们的眼里，从来也没有采一点带回去，花实在太小。把几个微擎着的花瓣一起展平了还不到一片榆钱大，又是在叶托间附枝而生，没有花蒂，畏缩的贴着，不敢出头一步，枝子则顽韧异常，满身老气，又是那么晦绿色毛茸茸的鄙贱小叶子，——主要还是花常稀疏零落，一枝上没有多少颜色，缺少光泽的，惨恻，伶仃有的翠蓝的小点，在半闭的眼睫间一点一点的向远处漂去，似乎微有摇漾，也许它自己也有点低徊，也许动着的是别的草。可是直起身子来，伸一伸胳臂，活动活动腰腿，则一俯首间而所有的小花都微小微小，隐退隐退，要消失了，临了只剩下一点点一点点渺茫的蓝意，无形无质，不太可相信了，像甚么呢？——真是一个记忆的起点，哦！……可是尽管这并不是真的勿忘侬花罢，（是一个误会，误会常常也很有意思，特别是推究怎么有这个误会，你的推究和你的发现都不会落空。）昆明那一段逃警报的日子我们总记得。比起那些有趣的穿插，吸干了整个时间的那种倦怠，酥嫩，四肢无力，头昏昏的，近乎病态的无情状态尤其教我们往往心里发甜。我们从来没有那么休息过，那么完全的离开过自己的房屋和自己的形体，那么长久，那么没有止境的抛置在地上，呼吸着泥土，晒着太阳——究竟我们还算活着，像一块洋山芋似的活着。——太阳晒得我们一次一次的褪皮，常常晚上回来用冷水一洗脸，一撕，一大片！……太平洋战事以后，城里不再有毁坏燃烧，走到浮没着蓝花的坟野里，我们认不出我们寄居过的洞穴了。那些驮马或疾或徐走着的小道令我们迷惘。我们再也不能在身上找出从前那么熟练的躺下坐匐的姿势了，我们焦渴的嘴唇，所喝的水，我们的最后一根香烟，荸荠，地瓜，豌豆粉，凉米线，流着体温的草，松叶的辛香，土黄色的蝴蝶。……

北平的天也这么蓝。我这个楼梯真是毫无道理，除了上楼下楼之外还有甚么意义么，这么四长段，又折折曲曲？好容易我才渐渐能够适应，我的肌肉骨骼有这么一个习惯，承认它，不以为是额外的支付。——我去问一个学植物分类学的朋友，他说那种昆明人叫做狗屎花的蓝花——你猜怎么着，我并不讨厌这个名字。一个东西我们原可以当着两样看。地肥些花就长得茂盛。看见狗拉了屎，又看见了花，因而拉在了一起的，这个孩子（当然是个孩子）记出了他心里的一分惊喜。——其实并不是真正的勿忘侬，不过是有点像。有点像么？……那就好。我并不失望，我满足了，因为我可以有满足的等待。

三十七年四月

（本篇原载1948年5月3日天津《民国日报》）

昆明的叫卖缘起

尝读《一岁货声》而爱之。我们的国民之中竟有人认真其事的感情的留心叫卖的声音而用不大灵便的，有限制的工具——仅用文字，——传状得那么好，那么有声有色：从字的排列自然产生起落抑扬，游转摇曳，拖长与顿逗，因而想见种种风尘辛苦和透漏出来的聪明黠巧，爱美及一个尚能维持的生命在游戏中表现的欢愉，濒于饥寒代替哭泣的歌呼，那么准确，那么朴素无华而那么点动无尽的思念存惜，感怀触怅，怎么可以不涌出谢意呢。小时候我们多半都爱摹仿某一种或几种叫卖。我们在折纸船纸鸟的时候，在下河游了一会起来穿衣服的时候，在挨了骂的伤心气愤消去之后，在无所事事，无聊与兴致勃勃的时候，要是没有一两句新熟或者重温的歌占据我们的喉舌，我们常常自得其乐的哼哼起卖糖卖罗葡的调子来了。有一回从昆明坐了火车到呈贡去看一个先生，一进门，刚坐定，先生问我话，我没听进去，到发现了自己的失态，才赶紧用力追捕那些漂失的字音，我的心在他的孩子身上了，他们学火车站卖面包鸡蛋糕的学得那么神似，那么快乐。从活动里生出的声音在寂静里听起来每多感动，然而我们的市声中要是除去了吆喝还剩下多少颜色呢？那么恐怕对于货卖的腔调的喜爱许是天性，不必是始于读了《一岁货声》之后了。

但对于货声的兴趣更浓一点，懒惰笨拙如旧，懒惰笨拙但不能忘情，有时颇起记述昆明的几种声音的妄想，当是读了《货声》之所赐。我要是不是我，我完全的是我，这个工作也许在昆明的时候就做好了。离开昆明之后，我对于香港的太急躁刺激，近乎恐吓劫持的叫卖发过埋怨，他们大都是冒冒失失，不加修饰的报出货品名称，接着狂吼一毫子两毫子，几门几十门，用起毛发裂的声音无情的鞭打过路的人。上海的叫卖我学到的不多，有些太逶迤婀娜，男人作女人腔；有些又重浊中杂着不自然的油滑；毛里毛气，洋里洋气，恐怕大都是从苏州的，宁波的，无锡或杭州的腔调脱胎嬗化且简漏堕落而成的，真是本乡本土的本色的极少。叫卖在上海实在可怜极了，在汽车、电车、三轮车、八灯收音机和五光十色的霓虹灯的喧闹中，冲撞挤压得没有余地了。只有清晨倒马桶的，深夜卖白糖莲心粥的还能惊心动魄的，凄楚悲凉的叫。秋冬之际卖炒白果，是比较头脑清醒的时候，西风北风吹落法国梧桐，可得的温暖显得那么可爱的时候，然而里巷之间动情的听着卖白果的念叨的孩子已经渐渐的更少了。

阿要吃糖炒熟白果。
香是香来糯是糯。
一粒白果鹅蛋大。

底下没来由的接了一句：

要吃白果！钱拿出来！

甚至有的更糟：

要吃白果！钞票拿出来！

这实在太不客气，太不讲交情了。上海人总是那么实际又那么爱时髦。钱就是就是了，何必一定要指明现在通行的货币。既已知道要想从你手里得到碧绿如玉，娇黄微软，香是香来糯是糯的白果一定是摸过自己的口袋而走上来的，料想掏出来的还会是一把青铜钱么？为了达到目的，连最后一句的韵脚都不顾了么？你们叫着时不觉得别扭么？即使押韵稳当，话也说得更和气有礼，大概这一类的叫卖不久也就会失传了罢，上海大概从来没有游客对它的叫卖存过希望。北平是以货声出名的地方了，许多吆喝声我们在没有身历其境时就知道怎么叫了，然而“罗卜赛梨辣来换”极少配上不沙哑的嗓子，“硬面饽饽”在我的楼下也远不如我们外乡人在演曹禺的戏的时候所作的效果更有效果。而在揣摩着他们把“硬”字都念得开口过大成为“漾”字的时候，我想北平我们真是初来，乃不禁想起在昆明我们住了多久啊。“骄傲于被问路于自己，异乡人懂得水里的微笑”，对不起，那实在不算得甚么。昆明的一条一条街，一条一条弯弯曲曲巷子，高高下下的坡，都说着就和盘托出来了，有去有来，有左有右，有光暗，有颜色，有感觉，有气味，而且，升起飘出来各种各种声音，那么丰富，那么亲切，那么自然，那么现现成成的，在我们的腹下，我们的喉头，我们的烟灰缸的上空，我们头靠着椅子的背后，教我们眼睛眯□，有光亮，我们的手指交握，搓揉，我们虚胸缩颈，舔掠唇舌，摩娑下巴，吞咽唾水，简直的不在乎自己是

□态可掬了。这些声音真是入于肺腑，深在意识之中，随时与我们同在了。那么我们很有理由毫无顾忌的坚持着对于昆明的叫卖的偏爱了。——是偏爱，但世上若是除去了偏爱，剩下来的即使还有，那种爱是甚么一种不可想象的样子呢？——以后我要随时想起，随时记录下来了。其实我更希望有常识与专常的有心人，利用假期，以其余力，作这件事。如果他要，我可以把我的几则一齐送给他去。那当然不限定昆明一个地方，好！我连我的偏爱都可以捐弃。我有什么话想跟他说么？没有，除了一点，是不是可以弄得不太有条理？我的意思是说，喏，弄的好玩一点。

（本篇原载1948年6月27日《大公报》）

礼拜天早晨

礼拜天早晨

洗澡实在是很舒服的事。是最舒服的事。有甚么享受比它更完满，更丰盛，更精致的？——没有。酒，水果，运动，谈话，打猎，——打猎不知道怎么样，我没有打过猎……没有。没有比“浴”这个更美的字了。多好啊，这么懒洋洋的躺着，把身体交给了水，又厚又温柔，一朵星云浮在火气里。——我甚么时候来的？我已经躺了多少时候？——今天是礼拜天！我们整天匆匆忙忙的干甚么呢？有甚么了不得的事情非做不可呢？——记住送衣服去洗！再不洗不行了，这是最后一件衬衫。今天邮局关得早，我得去寄信。现在——表在口袋里，一定还不到八点吧。邮局四点才关。可是时间不知道怎么就过去了。“吃饭的时候”……“洗脸的时候”……从哪里过去了？——不，今天是礼拜天。礼拜天，杨柳，鸽子，教堂的钟声，教堂的钟声一点也不感动我，我很麻木，没有办法！——今天早晨我看见一颗凤仙花。我还是甚么时候看见凤仙花的？凤仙花感动我。早安，凤仙花！澡盆里抽烟总不大方便。烟顶容易沾水，碰一碰就潮了。最严重的失望！把一个人的烟卷浇上水是最残忍的事。很好，我的烟都很好。齐臻臻的排在盒子里，挺直，饱满，有样子，嗒，嗒，嗒，抽出来一枝，——舒服！……水是可怕的，不可抵抗，妖浊，我沉下去，散开来，融化了。阿——现在只有我的头还没有湿透，里头有许多空隙，可是与我的身体不相属，有点畸零，于是很重。我的身体呢？我的身体已经离得我很遥远了，渺茫了，一个渺茫的记忆，害过脑膜炎抽空了脊髓的痴人的，又固执又空洞。一个空壳子，枯索而生硬，没有汁水，只是一个概念了。我睡了，睡着了，垂着头，像马拉，来不及说一句话。

（……马拉的脸像青蛙。）

我的耳朵底子有点痒，阿呀痒，痒得我不由自主的一摇头。水摇在我的身体里顶秘奥的地方。是水，是——一只知了叫起来，在那棵大树上，（槐树，太阳映得叶子一半透明了，）在凤仙花上，在我的耳朵里叫起来。无限的一分钟过去了。今天是礼拜天。可怜虫亦可以休矣。都秋天了。邮局四点关门。我好像很高兴，很有精神，很新鲜。是的，虽然我似乎还不大真实。可是我得从水里走出来了。我走出来，走出来了。我的音乐呢？我的音乐还没有凝结。我不等了。

可是我站在我睡着的身上拧毛巾的时候我完全在另一个世界里了。我不知道今天怎么带上两条毛巾，我把两条毛巾裹在一起拧，毛巾很大。

你有过？……一定有过！我们都是那么大起来的，都曾经拧不动毛巾过，那该是几岁上？你的母亲呢？你母亲留给你一些甚么记忆？祝福你有好母亲。我没有，我很小就没有母亲。可是我觉得别人给我们洗脸举动都很粗暴。也许母亲不同，母亲的温柔不尽且无边。除了为了虚荣心，很少小孩子不怕洗脸的。不是怕洗脸，怕唤起遗忘的惨切经验，推翻了推翻过的对于人生的最初认识。无法推翻的呀，多么可悲的认识。每一个小孩子都是真正的厌世家。只有接受不断的现实之后他们才活得下来。我们打一开头就没有被当作一回事，于是我们只有坚强，而我们知道我们的武器是沉默。一边我们本着我们的人生观，我们恨着，一边尽让粗蠢的，野蛮的，没有教养的手在我们脸上蹂躏，把我们的鼻子搓来搓去，挖我们的鼻孔，掏我们的耳朵，在我们的皮肤上发泄他们一生的积怨，我们的颚骨在磁盆边上不停的敲击，我们的脖子拼命伸出去，伸得酸得像一把咸菜，可是我们不说话。喔，祝福你们有好母亲，我没有，我从来不给给我洗脸的人一毫感激。我高兴我没有装假。是的，我是属于那种又柔弱又倔强的性情的。在胰子水辣着我的眼睛，剧烈的摩擦之后，皮肤紧张而兴奋的时候我有一种英雄式的复仇意识，准备甚么都咽在肚里，于是，末了，总有一天，手巾往脸盆里一掼："你自己洗！"

我不用说那种难堪的羞辱，那种完全被击得粉碎的情形你们一定能够懂得。我当时想甚么？——死。然而我不能死。人家不让我们死，我不哭。也许我做了几个没有意义的举动，动物性的举动，我猜我当时像一个临枪毙前的人。可是从破碎的动作中，从感觉到那种破碎，我渐渐知道我正在恢复；从颤抖中我知道我要稳定，从难堪中我站起来，我重新有我的人格，经过一度熬炼的。

可是我的毛巾在手里，我刚才想的甚么呢；我跑到夹层里头去了，我只是有一点孤独，一点孤独的苦味甜蜜的泛上来，像土里沁出水分。也许因为是秋天。一点乡愁，就像那棵凤仙花。——可是洗一个脸是多么累人的事呀，你只要把洗脸盆搁得跟下巴一样高，就会记起那一个好像已经逝去的阶段了。手巾真大，手指头总是把不牢，使不上劲，挤来挤去，总不对，不是那么回事。这都不要紧。这是一个事实。事实没有要紧的。要紧的是你的不能胜任之感，你的自卑。你觉得你可怜极了。你不喜欢怜悯。——到末了，还是洗了一个半干不湿的脸，永远不痛快，不满足，窝窝囊囊。冷风来一拂，你脸上透进去一层忧愁。现在是九月，草上笼了一层红光了。手巾搭在架子上，一付悲哀的形相。水沿着毛巾边上的须须滴下来，嗒——嗒——嗒——地板上湿了一大块，渐渐的往里头沁，人生多么灰暗。

我看到那个老式的硬木洗脸桌子。形制安排得不大调和。经过这么些时候的折冲，究竟错误在那一方面已经看不出来了，只是看上去未免僵窘。后面伸起来一个屏架，似乎本是配更大一号的桌子的。几根小圆柱子支住繁重的雕饰。松鼠葡萄。我永远忘不了松鼠的太尖的嘴，身上粗略的几笔象征的毛，一个厚重的尾巴。左边的一只。一个代表。每天早晨我都看他一次。葡萄总是十粒一串，排列是四，三，二，一。每粒一样大。我清清楚楚记得那张桌子的木质，那些纹理，只要远远的让我看到不拘那里一角我就知道。有时太阳从镂空的地方透过来，斜落在地板上，被来往的人体截断，在那个白地印蓝花的窗帘拉起来的时候。我记得那个厚磁的肥皂缸，不上釉的牙口磨擦的声音；那些小抽屉上的铜页瓣，时常的的的自己敲出声音，地板有点松了；那个嵌在屏架上头的椭圆形大镜子，除了一块走了水银的灰红色云瘢之外甚么都看不见。太高了，只照见天花板。——有时爬在凳子上，我们从里头看见这间屋子里的某部分的一个特写。我仿佛又在那个坚实，平板，充满了不必要的家具的大房间里了。我在里头住了好些年，一直到我搬到学校的宿舍里去寄宿。……有一张老式的“玻璃灯”挂在天花板上。周围垂下一圈坠子，非常之高贵的颜色。琥珀色的，玫瑰红的，天蓝的。透明的。——透明也是一种颜色。蓝色很深，总是最先看到。所以我有时说及那张灯只说“垂着蓝色的玻璃坠子”，而我不觉得少说了甚么。明澈，——虽然落上不少灰尘了，含蓄，不动。是的，从来没有一个时候现出一点不同的样学。有一天会被移走么——喔，完全不可想象的事。就是这么永远的寂然的结挂在那个老地方，深藏，固定，在我童年生活过来的朦胧的房屋之中。——从来没有点过。

……我想到那些木格窗子了，想到窗子外的青灰墙，墙上的漏痕，青苔气味，那些未经一点剧烈的伤残，完全天然的销蚀的青灰，露着非常的古厚和不可挽救的衰素之气。我想起下雨之前。想起游丝无力的飘转。想起……可是我一定得穿衣服了。我有点腻。——我喜欢我的这件衬衫。太阳照在我的手上，好干净。今天似乎一切都会不错的样子。礼拜天？我从心里欢呼出来。我不是很快乐么？是的，在我拧手巾的时候我就知道我很快乐。我想到邮局门前的又安静又热闹的空气，非常舒服的空气，生活——而抽一根烟的欲望立刻淹没了我，像潮水淹没了沙滩。我笑了。

疯子

我走着走着。……树，树把我盖覆了四步。——地，地面上的天空在我的头上无穷的高。——又是树。秋天了。紫色的野茉莉，印花布。累累的枣子。三轮车鱼似的一摆尾，沉着得劲的一脚蹬下去，平滑得展出去一条路。……阿，从今以后我经常在这条路上走，算是这条路的一个经常的过客了。是的，这条路跟我有关系，我一定要把它弄得很熟的，秋天了，树叶子就快往下掉了。接着是冬天。我还没有经验北方的雪。我有点累——甚么事？

在这些伫立的脚下路停止住了。路不把我往前带。车水马龙之间，眼前突然划出了没有时间的一段。我的惰性消失了。人都没有动作，本来不同的都朝着一个方向，我看到一个一个背，服从他们前面的眼睛摆成一种姿势。几个散学的孩子。他们向后的身躯中留了一笔往前的趋势。他们的书包还没有完全跟过去，为他们的左脚反射上来的一个力量摆在他们的胯骨上。一把小刀系在练子上从中指垂下来，刚刚停止荡动。一条狗耸着耳朵，站得笔直。

“疯子。”

这一声解出了这一群雕像，各人寻回自己从底板上分离。有了中心反而失去中心了。不过仍旧凝滞，举步的意念在胫踝之间徘徊。秋天了，树叶子不那么富有弹性了。——疯子为甚么可怕呢？这种恐惧是与生俱来的还是只是一种教育？惧怕疯狂与惧怕黑暗，孤独，时间，蛇或者软体动物其原始的程度，强烈的程度有甚么不同？在某一点上是否是相通的？它们是直接又深刻的撼荡人的最初的生命意识么？——他来了！他一步一步的走过来，中等身材，衣履还干净，脸上线条圆软，左眼下有一块颇大的疤。可是不仅是这块疤，他一身有说不出来的一种东西向外头放射，像一块炭，外头看起来没有甚么，里头全着了，炙手可热，势不可当。他来了，他直着眼睛走过来，不理会任何人，手指节骨奇怪的紧张。给他让路！不要触到他的带电的锋芒呀。可是——大家移动了，松散了，而把他们的顾盼投抛过去，——指出另一个方向。有疤的人从我身边挨肩而过，我的低沉的脉跳浮升上来，腹皮上的压力一阵云似的舒散了，这个人一点也不疯，跟你，跟我一样。

疯子在那里呢？人乱了，路恢复了常态，抹去一切，继续前进。一个一个姿势在切断的那一点接上了头。

三十七年九月，午门。

（本篇原载《文学杂志》1948年三卷六期；
又载《中国新诗》1948年第五期；
初收《汪曾祺全集》第三卷，北京师范大学出版社，
1998年8月）

蜘蛛和苍蝇

甚么声音？我听到一缕极细的声音，嘤嘤的，细，可是紧，持续，从一个极深地方抽出来，一个不可知的地方。可是我马上找到它的来源，楼梯顶头窗户底下，一个墙犄角，一个蜘蛛正在吃一个苍蝇！

这房子不知那里来的那么多蜘蛛！来看房子的时候，房子空着，四堵白壁，一无所有，而到处是许多蜘蛛蛋。他们一边走来走去察看，水井，厨房，厕所，门上的锁，窗上缺不缺玻璃，……我一个人在现在我住的这一间里看着那些蜘蛛蛋。嗐嘻！简直不计其数，圆圆的。像一粒绿豆，灰黑色，有细碎斑点，饱满而结实，不过用手捻捻一定有点软。看得我胃里不大舒服，颈子底下发硬起来。正在谈租价，谈合同事，我没有说甚么话。——这些蛋一个一个里面全有一个蜘蛛，不知道在里头是甚么样子？有没有眼睛，有没有脚？我觉得它们都迷迷糊糊有一点醒了似的。啧！啧！——到搬进来的时候都打扫干净了，不晓得他们如何处理那些蛋的。可是，屋子里现在还有不少蜘蛛。

蜘蛛小，一粒小麦大。苍蝇是个大苍蝇，一个金苍蝇。它完全捉住了它，已经在吃着了。它啄它的背，啄它的红颜色的头，好像从里头吸出甚么东西来。苍蝇还活着，挣扎，叫。可是它的两只后脚，一只左中脚都无可救药的胶死了。翅膀也粘住了，两只翅尖搭在一起。左前脚绊在一根蛛丝上，还完好。前脚则时而绊住，时而又脱开。右中脚虽然是自由的，但几乎毫无用处，一点着不上劲。能够活动的只有那只右前脚，似乎它全身的力量都聚集在这只脚上了。它尽它的最后的生命动弹，振得蜘蛛网全部都摇颤起来，然而这是盲目的乱动，情形越来越坏。它一直叫，一直叫，我简直不相信一只苍蝇里头有那么多的声音，无穷尽的声音，而且一直那么强，那么尖锐。——忽然塞住了，声音死了。——不，还有，不过一变而为微弱了，更细了，而且平静极了，一点都不那么紧张得要命了。蜘蛛专心的吃，而高高的翘起它一只细长的后脚，拼命的颤抖，抖得快极了。不可形容的快，一根高音的弦似的。它为甚么那么抖着呢？快乐？达到生命的狂欢的顶点了？过分强烈的感情必须从这只腿上发泄出去，否则它也许会晕厥，会死？它饱了罢，它要休息，喘一口气？它放开了苍蝇？急急的爬到一边，停了下来。它的脚，它的身体，它的嘴，都静止不动。隔了三秒钟，又换一个地方，爬得更远，又是全身不动。它干吗？回味，消化？它简直像睡着了。说不定它大概真睡着了。苍蝇还在哼哼，在动换，可是它毫无兴趣，一点都不关心的样子。……

睡了吗？嗐，不行，哪有这么舒服的事情！我用嘴吹起了一阵大风，直对它身上。它立刻醒了，用六只长脚把自己包了起来。——蜘蛛死了都是自己这么包起来的。它刚一解开，再吹，它跑了。一停，又是那么包了起来。其中有一次，包得不大严密，一只脚挂在外头。——怎么样，来两滴雨罢！这不是很容易的事，我用一个茶杯滴了好多次才恰恰的滴在它身上。夥！这一下严重了，慌了，赶紧跑，向网边上跑。再来一滴！——这一滴好极了，正着。它一直逃出它的网，在墙角里躲起来了。

看看这一位怎么样了，来。用一根火柴把它解脱出来，唉，已经差不多了。给它清理清理翅膀腿脚，它都不省人事了，就会毫无意义乱动！它一身纠纠缠缠的，弄得简直不成样子了。完了，这样的自由对它没有甚么多大意思。——还给你！我把苍蝇往它面前一掼，也许做得不大粗柔，蜘蛛略略迟疑了一下，觉得情形不妙，回过身来就跑。你跑！那非还你不可！它跑到那里，我赶在它前头把半死的苍蝇往它面前一搁。它不假思索，掉头便走。这是只甚么苍蝇呢？作了半世蜘蛛，从没有遇过这么奇怪的事情！这超乎它的经验，它得看看，它不马上就走了，站住，对着它高高的举起两只前脚，甚至有一次敢用一只脚去刁了一下。岂有此理！今天这个苍蝇要吃了你呢，当面的扑到你头上来了。一直弄得这个霸王走投无路，它变得非常激动起来，慌忙急迫，失去了理智，失去了机警和镇定，失去了尊严，我稍为感到有点满意，当然！我可没有当真的为光荣的胜利所陶醉了。

得了，我并不想做一个新的上帝，而且蹲在这儿半天，也累了，用一只纸烟罐子把蜘蛛和苍蝇都捉起来扣在里面，我要抽一根烟了。一根烟抽完，蜘蛛又是一个蜘蛛，苍蝇又是一只苍蝇了：揭开来一看，蜘蛛在吃苍蝇，甚至没有为揭开罐子的声音和由阴暗到明朗骤然的变化所惊动。而且，嗐，它在罐子里都拉了几根丝，结了个略具规模的网了！苍蝇，大概是完了事。在一阵重重的疲倦淹没了所有的苦痛之后，它觉得右前脚有点麻木起来，它一点都不知道它的漂亮的头是扭歪了的，嘴已经对着了它的肩膀。最后还有一点感觉，它的头上背上的发热的伤口来了一丝凉意，舒舒服服的浸遍它的全身，好了，一缕英魂袅袅的升了上去，阿门。

我打开了今天的报纸。

（本篇原载《新路周刊》1948年第一卷第十期）

1956年

冬天的树

冬天的树

冬天的树，伸出细细的枝子，像一阵淡紫色的烟雾。

冬天的树，像一些铜板蚀刻。

冬天的树，简练，清楚。

冬天的树，现出了它的全身。

冬天的树，落尽了所有的叶子，为了不受风的摇撼。

冬天的树，轻轻地，轻轻地呼吸着，树梢隐隐地起伏。

冬天的树在静静地思索。

（这是冬天了，今年真不算冷。空气有点潮湿起来，怕是要下一场小雨了吧。）

冬天的树，已经出了一些比米粒还小的芽苞，裹在黑色的鞘壳里，偷偷地露出一点娇红。

冬天的树，很快就会吐出一朵一朵透明的，嫩绿的新叶，像一朵一朵火焰，飘动在天空中。

很快，就会满树都是繁华的，丰盛的浓密的绿叶，在丽日和风之中，兴高采烈，大声地喧哗。

标语

游行过去了。已经有多少天了？……

下午一点钟游行，现在，可以走了。把墨水瓶盖起来，椅子推到桌子底下，摸一摸钥匙，走。立刻，这个城市变了样子。人走到街上来，变成了队伍。沉静、平稳的，然而凝炼的，湍急的队伍。人们从自己身上感觉到别人的紧张的肌肉和饱满的肺，从别人的眼睛里看到自己的发光的眼睛。于是，队伍密集起来，汇总起来，成了一片海。海的力量，海的声音，震动着全城的扩音器和收音机的喇叭，哗啦，哗啦……

一直到晚上，人们才回来，在暮色中，在每天在一定的时候亮起来的路灯底下，一群一群，一阵一阵，走在马路边上，带着没有消散的兴奋和卷得整整齐齐的旗子……

游行过去了……

现在，这里是日常生活。人来，人往。公共汽车斜驶过来，轻巧地进了站。冰糖葫芦。邮筒。鲜花厂的玻璃上结着水气，一朵红花清晰地突现出来，从恍惚的绿影的后面。狐皮大衣，铜鼓。炒栗子的香气。十二月上午的阳光……

但是有标语。标语留下来，标语贴在墙上，贴在日常生活里面。标语一天一天地变得更加切实，更加深刻：

我们坚决支援埃及人民。

公共汽车

去年，在公共汽车上，我的孩子问我："小驴子有舅舅吗？"他在路上看到一只小驴子；他自己的舅舅前两天刚从桂林来，开了几天会，又走了。

今年，在公共汽车上，我的孩子告诉我："这是洒水车，这是载重汽车，这是老雕车……我会画大卡车。我们托儿所有个小朋友，他画得棒极了，他什么都会画，他……"

我的孩子跟我说了不止一次了："我长大了开公共汽车！"我想了一想，我没有意见。不过，这一来，每次上公共汽车，我就只好更得顺着他了。从前，一上公共汽车，我总是向后面看看，要是有座位，能坐一会也好嘛。他可不，一上来就往前面钻。钻到前面干什么呢？站在那里看司机叔叔开汽车。起先他问我为什么前面那个表旁边有两个扣子大的小灯，一个红的，一个黄的？为什么亮了——又慢慢地灭了？我以为他发生兴趣的也就是这两个小灯；后来，我发现并不是的，他对那两个小灯已经颇为冷淡了，但还是一样一上车就急忙往前面钻，站在那里看。我知道吸引住他的早就已经不是小红灯小黄灯，是人开汽车。我们曾经因为意见不同而发生过不愉快。有一两次因为我不很了解，没有尊重他的愿望，一上车就抱着他到后面去坐下了，及至发觉，则已经来不及了，前面已经堵得严严的，怎么也挤不过去了。于是他跟我吵了一路。"我说上前面，你定要到后面来！"——"你没有说呀！"——"我说了！我说了！"——他是没有说，不过他在心里是说了。"现在去也不行啦，这么多人！"——"刚才没有人！刚才没有人！"这以后，我就尊重他了，甭想再坐了。但是我“从思想里明确起来”，则还在他宣布了他的志愿以后。从此，一上车，我就立刻往右拐，几乎已经成了本能，简直比他还积极。有时前面人多，我也带着他往前挤：“劳驾，劳驾，我们这孩子，唉！要看开汽车，咳……”

开公共汽车，这实在也不坏。

开公共汽车，这是一桩复杂的，艰巨的工作。开公共汽车，这不是开普通的汽车。你知道，北京的公共汽车有多挤。在公共汽车上工作，这是对付人的工作，不是对付机器。

在北京的公共汽车上工作的，开车的，售票的，绝大部分是一些有本事的，精干的人。我看过很多司机，很多售票员。有一些，确乎是不好的。我看过一个面色苍白的，萎弱的售票员，他几乎一早上出车时就打不起精神来。他含含糊糊地，口齿不清地报着站名，吃力地点着钱，划着票；眼睛看也不看，带着淡淡的怨气呻吟着：“不下车的往后面走走，下面等车的人很多……”也有的司机，在车子到站，上客下客的时候就休息起来，或者看他手上的表，驾驶台后面的事他满不关心。但是我看过很多精力旺盛的，机敏灵活的，不疲倦的售票员。我看到过一个长着浅浅的兜腮胡子和一对乌黑的大眼睛的角色，他在最挤的一趟车快要到达终点站的时候还是声若洪钟。一付配在最大的演出会上报幕的真正漂亮的嗓子。大声地说了那么多话而能一点不声嘶力竭，气急败坏，这不只是个嗓子的问题。我看到过一个家伙，他每次都能在一定的地方，用一定的速度报告下车之后到什么地方该换乘什么车，他的声音是比较固定的，但是保持着自然的语调高低，咬字准确清楚，没有像有些售票员一样把许多字音吃了，并且因为把两个字音搭起来变成一种特殊的声调，没有变成一种过分职业化的有点油气的说白，没有把这个工作变成一种仅具形式的玩弄——而且，每一次他都是恰好把最后一句话说完，车也就到了站，他就在最后一个字的尾音里拉开了车门，顺势弹跳下车。我看见过一个总是高高兴兴而又精细认真的小伙子。那是夏天，他穿一件背心，已经完全汗湿了而且弄得颇有点污脏了，但是他还是笑嘻嘻的。我看见他很亲切地请一位乘客起来，让一位怀孕的女同志坐，而那位女同志不坐，说她再有两站就下车了。“坐两站也好嘛！”她竟然坚持不坐，于是他只好无可奈何地笑一笑；车上的人也都很同情他的笑，包括那位刚刚站起来的乘客，这个座位终于只是空着，尽管车上并不是不挤。车上的人这时想到的不是自己要不要坐下，而是想的另外一类的事情。有那样的售票员，在看见有孕妇、老人、孩子上车的时候也说一声：“劳驾来，给孕妇、抱小孩的让个座吧！”说完了他就不管了。甚至有的说过了还急忙离孕妇老人远一点，躲开抱着孩子的母亲向他看着的眼睛，他怕真给找起座位来麻烦，怕遇到蛮横的乘客惹起争吵，他没有诚心，在困难面前退却了。他不。对于他所提出的给孕妇、老人、孩子让座的请求是不会有人拒绝，不会不乐意的，因为他确是在关心着老人、孕妇和孩子，不只是履行职务，他是要想尽办法使他们安全，使他们比较舒适的，不只是说两句话。他找起座位来总是比较顺利，用不了多少时候，所以耽误不了别的事。这不是很奇怪么？是的，了解一个人的品德并不很难，只要看看他的眼睛。我看见，在车里人比较少一点的时候，在他把票都卖完了的时候，他和一个学生模样的女孩子在闲谈，好像谈她的姨妈怎么怎么的，看起来，这女孩子是他一个邻居。而，当车快到站的时候，他立刻很自然地结束了谈话，扬声报告所到的站名和转乘车辆的路线，打开车门，稳健而灵活地跳下去。我看见，他的背心上印着字：一九五五年北京市公共汽车公司模范售票员；底下还有一个号码，很抱歉，我把它忘了。当时我是记住的，我以为我不会忘，可是我把它忘了。我对记数目字太没有本领了——是225？是不是？现在是六点一刻，他就要交班了。他到了家，洗一个澡，一定会换一身干干净净的，雪白的衬衫，还会去看一场电影。会的，他很愉快，他不感到十分疲倦。是和谁呢？是刚才车上那个女孩子么？这小伙子有一副招人喜欢的体态：文雅。多么漂亮，多有出息的小伙子！祝你幸福……

我看到过一个司机。就是跟那个苍白的，疲乏的售票员在一辆车上的司机。这是一个沉默寡言的，冷静的人，有四十多岁，一张瘦瘦的黑黑的脸，脸上没有什么表情。这个人，车是开得好的；在路上遇到什么人乱跑或者前面的自行车把不住方向，情况颇为紧急时，从不大惊小怪，不使得一车的人都急忙伸出头来往外看，也不大声呵斥骑车行路的人。这个人，一到站，就站起来，转身向后，偶尔也伸出手来指点一下："那位穿蓝制服的，你要到西单才下车，请你往后走走。拿皮包的那位同志，请你偏过身子来，让这位老太太下车。车下有一个孕妇，坐专座的同志，请你站起来。往后走，往后走，后面还有地方，还可以再往后走。"很奇怪，车上的人就在他的这样的简单的，平淡的话的指挥之下，变得服服贴贴，很有秩序。他从来不呼吁，不请求，不道"劳驾"，不说"上下班的时候，人多，大家挤挤！""大礼拜六的，谁不想早点回家呀，挤挤，挤挤，多上一个好一个！""外边下着雨，互相多照顾照顾吧，都上来了最好！""上不来了！后边车就来啦！我不愿意多上几个呀！我愿意都上来才好哩，也得挤得下呀！”他不说这些！这个人身上有一种奇特的东西，那就是：坚定、自信。我看了看车上钉着的“公共汽车司机售票员守则”，有一条，是“负责疏导乘客”，“疏导”，这两个字是谁想出来的？这实在很好，这用在他身上是再恰当也没有了。于此可见，语言，是得要从生活里来的。我再看看“公约”，“公约”的第一条是：“热爱乘客。”我想了想，像他这样，是“热爱”么？我想，是的，是热爱，这样的冷静，坚定，也是热爱，正如同那225号的小伙子的开明的笑容是热爱一样……

人，是有各色各样的人的。

……我的孩子长大了要开公共汽车，我没有意见。

一九五六年十二月

（本篇原载《人民文学》1957年第三期；
初收《汪曾祺全集》第三卷，北京师范大学出版社，
1998年8月）

下水道和孩子

修下水道了。最初，孩子们不知道是怎么一回事，只看见一辆一辆的大汽车开过来，卸下一车一车的石子，鸡蛋大的石子，杏核大的石子，还有沙，温柔的，干净的沙。堆起来，堆起来，堆成一座一座山，把原来的一个空场子变得完全不认得了。（他们曾经在这里踢毽子，放风筝，在草窝里找那么尖头的绿蚱蜢——飞起来露出桃红色的翅膜，格格格地响，北京人叫做“卦大扁”……）原来挺立在场子中间的一棵小枣树只露出了一个头，像是掉到地底下去了。最后，来了一个一个巨大的，大得简直可以当做房子住的水泥筒子。这些水泥筒子有多重啊，它是那么滚圆的，可是放在地下一动都不动。孩子最初只是怯生生地，远远地看着。他们只好走一条新的，弯弯曲曲的小路进出了，不能从场子里的任何方向横穿过去了。没有几天，他们就习惯了。他们觉得这样很好。他们有时要故意到沙堆的边上去踩一脚，在滚落下来的石子上站一站。后来，从有一天起，他们就跑到这些山上去玩起来。这倒不只是因为在这些山旁边只有一个老是披着一件黄布面子的羊皮大衣的人在那里看着，并且总是很温和地微笑着看着他们，问他们姓什么，住在哪一个门里，而是因为他们对这些石子和沙都熟悉了。他们知道这是可以上去玩的，这一点不会有什么妨碍。哦，他们站得多高呀，许多东西看起来都是另外一个样子了。他们看见了许多肩膀和头顶，看见头顶上那些旋。他们看见马拉着车子的时候脖子上的鬃毛怎样一耸一耸地动。他们看见王国俊家的房顶上的瓦楞里嵌着一个皮球。（王国俊跟他爸爸搬到新北京去了，前天他们在东安市场还看见过的哩。）他们隔着墙看见他们的妈妈往绳子上晒衣服，看见妈妈的手，看见……终于，有一天，他们跑到这些大圆筒里来玩了。他们在里面穿来穿去，发现、寻找着各种不同的路径。这是桥孔啊，涵洞啊，隧道啊，是地道战啊……他们有时伸出一个黑黑的脑袋来，喊叫一声，又隐没了。他们从薄暗中爬出来，爬到圆筒的顶上来奔跳。最初，他们从一个圆筒上跳到一个圆筒上，要等两只脚一齐站稳，然后再往另一个上面跳，现在，他们连续地跳着，他们的脚和身体已经习惯了这样的弧形的坡面，习惯了这样的运动的节拍，他们在上面飞一般地跳跃着……

（多给孩子们写一点神奇的，惊险的故事吧。）

他们跑着，跳着，他们的心开张着。他们也常常跑到那条已经掘得很深的大沟旁边，挨着木栏，看那些奇奇怪怪的木架子，看在黑洞洞的沟底活动着的工人，看他们穿着长过膝盖的胶皮靴子从里面爬上来，看他们吃东西，吃得那样一大口一大口的，吃得那样香。夜晚，他们看见沟边点起一盏一盏斜角形的红灯。他们知道，这些灯要一直在那里亮着，一直到很深很深的夜里，发着红红的光。他们会很久很久都记得这些灯……

孩子们跑着，跳着，在圆筒上面，在圆筒里面。忽然，有一个孩子在心里惊呼起来："我已经顶到筒子顶了，我没有踮脚！"啊，不知不觉的，这些孩子都长高了！真快呀，孩子！而，这些大圆筒子也一个一个地安到深深的沟里去了，孩子们还来得及看到它们的浅灰色的脊背，整整齐齐地，长长地连成了一串，工人叔叔正往沟里填土。

现在，场子里又空了，又是一个新的场子，还是那棵小枣树，挺立着，摇动着枝条。

不久，沟填平了，又是平平的，宽广的，特别平，特别宽的路。但是，孩子们确定地知道，这下面，是下水道。

（本篇原载《诗刊》1957年第三期；
初收《汪曾祺自选集》，漓江出版社，1987年10月）

1957年

国子监

为了写国子监，我到国子监去逛了一趟，不得要领。从首都图书馆抱了几十本书回来，看了几天，看得眼花气闷，而所得不多。后来，我去找了一个“老”朋友聊了两个晚上，倒像是明白了不少事情。我这朋友世代在国子监当差，“侍候”过翁同龢、陆润庠、王垿等祭酒，给新科状元打过“状元及第”的旗，国子监生人，今年七十三岁，姓董。

国子监，就是从前的大学。

这个地方原先是什么样子，没法知道了（也许是一片荒郊）。立为国子监，是在元代迁都大都以后，至元二十四年（1288年），距今约已七百年。

元代的遗迹，已经难于查考。给这段时间作证的，有两棵老树：一棵槐树，一棵柏树。一在彝伦堂前，一在大成殿阶下。据说，这都是元朝的第一任国立大学校长——国子监祭酒许衡手植的。柏树至今仍颇顽健，老干横枝，婆娑弄碧，看样子还能再活个几百年。那棵槐树，约有北方常用二号洗衣绿盆粗细，稀稀疏疏地披着几根细瘦的枝条，干枯僵直，全无一点生气，已经老得不成样子了，很难断定它是否还活着。传说它老早就已经死过一次，死了几十年，有一年不知道怎么又活了。这是乾隆年间的事，这年正赶上是慈宁太后的六十“万寿”，嗬，这是大喜事！于是皇上、大臣赋诗作记，还给老槐树画了像，全都刻在石头上，着实热闹了一通。这些石碑，至今犹在。

国子监是学校，除了一些大树和石碑之外，主要的是一些作为大学校舍的建筑。这些建筑的规模大概是明朝的永乐所创建的（大体依据洪武帝在南京所创立的国子监，而规模似不如原来之大），清朝又改建或修改过。其中修建最多的，是那位站在大清帝国极盛的峰顶，喜武功亦好文事的乾隆。

一进国子监的大门——集贤门，是一个黄色琉璃牌楼。牌楼之里是一座十分庞大华丽的建筑。这就是辟雍。这是国子监最中心，最突出的一个建筑。这就是乾隆所创建的。辟雍者，天子之学也。天子之学，到底该是个什么样子，从汉朝以来就众说纷纭，谁也闹不清楚。照现在看起来，是在平地上开出一个正圆的池子，当中留出一块四方的陆地，上面盖起一座十分宏大的四方的大殿，重檐，有两层廊柱，盖黄色琉璃瓦，安一个巨大的镏金顶子，梁柱檐饰，皆朱漆描金，透刻敷彩，看起来像一顶大花轿子似的。辟雍殿四面开门，可以洞启。池上围以白石栏杆，四面有石桥通达。这样的格局是有许多讲究的，这里不必说它。辟雍，是乾隆以前的皇帝就想到要建筑的，但都因为没有水而作罢了（据说天子之学必得有水）。到了乾隆，气魄果然要大些，认为“北京为天下都会，教化所先也，大典缺如，非所以崇儒重道，古与稽而今与居也”（《御制国学新建辟雍圜水工成碑记》）。没有水，那有什么关系！下令打了四口井，从井里把水汲上来，从暗道里注入，通过四个龙头（螭首），喷到白石砌就的水池里，于是石池中涵空照影，泛着潋滟的波光了。二、八月里，祀孔释奠之后，乾隆来了。前面钟楼里撞钟，鼓楼里擂鼓，殿前四个大香炉里烧着檀香，他走入讲台，坐上宝座，讲《大学》或《孝经》一章，叫王公大臣和国子监的学生跪在石池的桥边听着，这个盛典，叫做“临雍”。

这“临雍”的盛典，道光、嘉庆年间，似乎还举行过，到了光绪，据我那朋友老董说，就根本没有这档子事了。大殿里一年难得打扫两回，月牙河（老董管辟雍殿四边的池子叫做四个“月牙河”）里整年是干的，只有在夏天大雨之后，各处的雨水一齐奔到这里面来。这水是死水，那光景是不难想象的。

然而辟雍殿确实是个美丽的、独特的建筑。北京有名的建筑，除了天安门、天坛祈年殿那个蓝色的圆顶、九梁十八柱的故宫角楼，应该数到这顶四方的大花轿。

辟雍之后，正面一间大厅，是彝伦堂，是校长——祭酒和教务长——司业办公的地方。此外有“四厅六堂”，敬一亭，东厢西厢。四厅是教职员办公室。六堂本来应该是教室，但清朝另于国子监斜对门盖了一些房子作为学生住宿进修之所，叫做“南学”（北方戏文动辄说“一到南学去攻书”，指的即是这个地方），六堂作为考场时似更多些。学生的月考、季考在此举行，每科的乡会试也要先在这里考一天，然后才能到贡院下场。

六堂之中原来排列着一套世界上最重的书，这书一页有三四尺宽，七八尺长，一尺许厚，重不知几千斤。这是一套石刻的十三经，是一个老书生蒋衡一手写出来的。据老董说，这是他默出来的！他把这套书献给皇帝，皇帝接受了，刻在国子监中，作为重要的装点。这皇帝，就是高宗纯皇帝乾隆陛下。

国子监碑刻甚多，数量最多的，便是蒋衡所写的经。著名的，旧称有赵松雪临写的“黄庭”“乐毅”“兰亭定武本”；颜鲁公“争座位”，这几块碑不晓得现在还在不在，我这回未暇查考。不过我觉得最有意思、最值得一看的是明太祖训示太学生的一通敕谕：

> 恁学生每听着：先前那宗讷做祭酒呵，学规好生严肃，秀才每循规蹈矩，都肯向学，所以教出来的个个中用，朝廷好生得人。后来他善终了，以礼送他回乡安葬，沿路上著有司官祭他。
>
> 近年著那老秀才每做祭酒呵，他每都怀着异心，不肯教诲，把宗讷的学规都改坏了，所以生徒全不务学，用著他呵，好生坏事。
>
> 如今著那年纪小的秀才官人每来署学事，他定的学规，恁每当依著行。敢有抗拒不服，撒泼皮，违犯学规的，若祭酒来奏著恁呵，都不饶！全家发向烟瘴地面去，或充军，或充吏，或做首领官。
>
> 今后学规严紧，若有无籍之徒，敢有似前贴没头帖子，诽谤师长的，许诸人出首，或绑缚将来，赏大银两个。若先前帖了票子，有知道的，或出首，或绑缚将来呵，也一般赏他大银两个。将那犯人凌迟了，枭令在监前，全家抄没，人口发往烟瘴地面。钦此！

这里面有一个血淋淋的故事：明太祖为了要“人才”，对于办学校非常热心。他的办学的政策只有一个字：严。他所委任的第一任国子监祭酒宗讷，就秉承他的意旨，订出许多规条。待学生非常的残酷，学生曾有饿死吊死的。学生受不了这样的迫害和饥饿，曾经闹过两次学潮。第二次学潮起事的是学生赵麟，出了一张壁报（没头帖子）。太祖闻之，龙颜大怒，把赵麟杀了，并在国子监立一长竿，把他的脑袋挂在上面示众（照明太祖的语言，是“枭令”）。隔了十年，他还忘不了这件事，有一天又召集全体教职员和学生训话。碑上所刻，就是训话的原文。

这些本来是发生在南京国子监的事，怎么北京的国子监也有这么一块碑呢？想必是永乐皇帝觉得他老大人的这通话训得十分精彩，应该垂之久远，所以特地在北京又刻了一个复本。是的，这值得一看。他的这篇白话训词比历朝皇帝的“崇儒重道”之类的话都要真实得多，有力得多。

这块碑在国子监仪门外侧右手，很容易找到。碑分上下两截，下截是对工役膳夫的规矩，那更不得了：“打五十竹篦”！“处斩”！“割了脚筋”……

历代皇帝虽然都似乎颇为重视国子监，不断地订立了许多学规，但不知道为什么，国子监出的人才并不是那样的多。

《戴斗夜谈》一书中说，北京人已把国子监打入“十可笑”之列：

> 京师相传有十可笑：光禄寺茶汤，太医院药方，神乐观祈禳，武库司刀枪，营缮司作场，养济院衣粮，教

坊司婆娘，都察院宪纲，国子监学堂，翰林院文章。

国子监的课业历来似颇为稀松。学生主要的功课是读书、写字、作文。国子监学生——监生的肄业、待遇情况各时期都有变革。到清朝末年，据老董说，是每隔六日作一次文，每一年转堂（升级）一次，六年毕业，学生每月领助学金（膏火）八两。学生毕业之后，大部分发作为县级干部，或为县长（知县）、副县长（县丞），或为教育科长（训导）。另外还有一种特殊的用途，是调到中央去写字（清朝有一个时期光禄寺的面袋都是国子监学生的仿纸做的）。从明朝起就有调国子监善书学生去抄录《实录》的例。明朝的一部大丛书《永乐大典》，清朝的一部更大的丛书《四库全书》的底稿，那里面的端正严谨（也毫无个性）的馆阁体楷书，有些就是出自国子监高材生的手笔。这种工作，叫做“在誊桌上行走”。

国子监监生的身份不十分为人所看重。从明景泰帝开生员纳粟纳马入监之例以后，国子监的门槛就低了。尔后捐监之风大开，监生就更不值钱了。

国子监是个清高的学府，国子监祭酒是个清贵的官员——京官中，四品而掌印的，只有这么一个。作祭酒的，生活实在颇为清闲，每月只逢六逢一上班，去了之后，当差的在门口喝一声短道，沏上一碗盖碗茶，他到彝伦堂上坐了一阵，给学生出出题目，看看卷子；初一、十五带着学生上大成殿磕头，此外简直没有什么事情。清朝时他们还有两桩特殊任务：一是每年十月初一，率领属官到午门去领来年的黄历；一是遇到日蚀、月蚀，穿了素服到礼部和太常寺去“救护”，但领黄历一年只一次，日蚀、月蚀，更是难得碰到的事。戴璐《藤阴杂记》说此官“清简恬静”，这几个字是下得很恰当的。

但是，一般做官的似乎都对这个差事不大发生兴趣。朝廷似乎也知道这种心理，所以，除了特殊例外，祭酒不上三年就会迁调。这是为什么？因为这个差事没有油水。

查清朝的旧例，祭酒每月的俸银是一百零五两，一年一千二百六十两；外加办公费每月三两，一年三十六两，加在一起，实在不算多。国子监一没人打官司告状，二没有盐税河工可以承揽，没有什么外快。但是毕竟能够养住上上下下的堂官皂役的，赖有相当稳定的银子，这就是每年捐监的手续费。

据朋友老董说，纳监的监生除了要向吏部交一笔钱，领取一张“护照”外，还需向国子监交钱领“监照”——就是大学毕业证书。照例一张监照，交银一两七钱。国子监旧例，积银二百八十两，算一个“字”，按“千字文”数，有一个字算一个字，平均每年约收入五百字上下。我算了算，每年国子监收入的监照银约有十四万两，即每年有八十二三万不经过入学和考试只花钱向国家买证书而取得大学毕业资格——监生的人。原来这是一种比乌鸦还要多的东西！这十四万两银子照国家的规定是不上缴的，由国子监官吏皂役按份摊分，祭酒每一字分十两，那么一年约可收入五千银子，比他的正薪要多得多。其余司业以下各有差。据老董说，连他一个“字”也分五钱八分，一年也从这一项上收入二百八九十两银子！

老董说，国子监还有许多定例。比如，像他，是典籍厅的刷印匠，管给学生“做卷”——印制作文用的红格本子，这事包给了他，每月例领十三两银子。他父亲在时还会这宗手艺，到他时则根本没有学过，只是到大栅栏口买一刀毛边纸，拿到琉璃厂找铺子去印，成本共花三两，剩下十两，是他的。所以，老董说，那年头，手里的钱花不清——烩鸭条才一吊四百钱一卖！至于那几位“堂皂”，就更不得了了！单是每科给应考的举子包“枪手”（这事值得专写一文），就是一笔大财。那时候，当差的都兴喝黄酒，街头巷尾都是黄酒馆，跟茶馆似的，就是专为当差的预备着的。所以，像国子监的差事也都是世袭。这是一宗产业，可以卖，也可以顶出去！

老董的记性极好，我的复述倘无错误，这实在是一宗未见载录的珍贵史料。我所以不惮其烦地缕写出来，用意是在告诉比我更年轻的人，封建时代的经济、财政、人事制度，是一个多么古怪的东西！

国子监，现在已经作为首都图书馆的馆址了。首都图书馆的老底子是头发胡同的北京市图书馆，即原先的通俗图书馆——由于鲁迅先生的倡议而成立，鲁迅先生曾经襄赞其事，并捐赠过书籍的图书馆；前曾移到天坛，因为天坛地点逼仄，又挪到这里了。首都图书馆藏书除原头发胡同的和建国后新买的以外，主要为原来孔德学校和法文图书馆的藏书。就中最具特色，在国内搜藏较富的，是鼓词俗曲。

（本篇原载《北京文艺》1957年三月号；
初收《汪曾祺自选集》，漓江出版社，1987年10月，
有删改）

星期天

海绵球拍

郊区公共汽车站是热闹的。因为这里的乘客是怀着更明确、更热切的目的的，所以比市区车站更充满着生气。

什么时候盖起了这样的候车的回廊？这真好。这样乘客可以不受雨淋日晒，而且这设计得真有巧思，这不太像是个候车的地方，倒更像是个游览的地方，这可以减少或冲淡乘客的焦急，使他们觉得生活更为轻快。感谢这位通达人情的工程师。

在回廊的短栏上坐着一个小伙子，他手里握着一个全新的海绵球拍。他不看别的候车的人，也不打算买一份报。他的眼睛里有点恍惚，他的握着球拍的手指轻微地但是强烈的在拨动，甚至他的肢体也在隐约地展缩着。（他的坐定的身躯里透露出无穷的姿态）很显然，他完全浸沉在乒乓球的音乐和诗意里了，幸福的年轻人！

现在是九点半钟。你一定是一清早就爬起来，带好了钱，跳上公共汽车，一进城，马上奔到百货大楼："要一个海绵球拍！"你拿到球拍，心里剧烈地跳着，出了门，撕下包拍子的纸，你急切地要用你的手抓住这个拍子，一转身，立刻又赶到汽车站——你今天将要跟谁赛一场呢？你要怎样来试用你这只崭新的拍子呢？

我问你，你赞成王传耀还是赞成姜永宁？我还是喜欢姜永宁，因为……

竹壳热水壶

这是一个可以入画的鞋匠。

我有一次拿了一只孩子的鞋去找他。他不在，可是他的摊子在。他的摊子设在街道凹进去的一小块平地的南墙之下，旁边有一个自来水站——有时，他代管水站的龙头。他不在。他的摊子后面的墙上一边挂着一只鸟笼，一只黄雀正在里面剔羽；一边挂着一个小木牌，黄纸黑字，干净鲜明："××制鞋生产合作社第×服务站"。这个小木牌一定是他亲手粘好，亲手挂上去的，否则不会这样的平妥端正，这样挂得是地方。丰子恺先生曾经画过一幅画，画的正是这样一个鞋匠，挑了一付担子，担子的一头是一个鸟笼，题目是："他的家属"。这是一幅人道主义的，看了使人悲哀的画。这个鞋匠叫人想起这幅画。但是这个鞋匠跟那个鞋匠不同，他是欢快的，他没有排解不去的忧愁。他没有在，他的摊子在。他的摊子，前面一箱子修好的鞋，放得整整齐齐的，后面一个马扎子。箱子上面压着一张字条：

鞋匠回家吃饭去了，
取鞋同志请自己检出拿走。

他不在，我坐在他的马扎子上掏出一根烟来抽——今天是星期天，请容许我有这点悠闲。

过了一会，他来了。我把鞋拿给他看：

“前面绽了线。”

“踢球踢的！明天取。”

“哎，不行，今天下午我要送他回托儿所！”

他想了一想，说：

“下午四点钟——过了四点我就不在了。”

这双鞋现在还穿在我儿子的脚上。

每次经过这里时我总要向他那里看看。

我从电车里看出去。他正在忙碌着，带着他那有条有理，从容不迫的神态。他放下手里的工作，欠起身来，从箱子旁边拿起一个竹壳热水壶，非常欣慰地，满足地，把水沏在一把瓷壶里。感谢你啊，制造竹壳热水壶的同志，感谢你造出这样轻便，经济，而且越来越精致好看的日用品，你不知道你给了人多少快乐，你给了他的，同时又给了我的。感谢我们这个充满温情的社会。

托儿所的星期天

托儿所的星期天，充满了阳光和安静。秋千索子静静地垂着，跷跷板停留在半空中，一对白蝴蝶在攀登架上绕来绕去。大妈把孩子们的衣裳洗出来了，晾满了一条一条长长的绳子。刚晾上去不大一会儿，绳子上分量挺沉——真热闹，多少种颜色呀！远远听见一声一声摔打和破裂的声音，炊事员老王在伙房门前劈劈柴。小桥旁边的桃花开了……

小二班隔离室里，李淑琴阿姨正在守着二玲。二玲病了。李淑琴阿姨一早上就守在这里了。窗纱掩着，屋里光线暗暗的，一个捷克小闹钟唧唧地走着。李淑琴阿姨一边看着二玲，一边轻手轻脚地做着事情。李淑琴阿姨觉得，二玲的烧大概是退了。李淑琴阿姨看看二玲，二玲平平地贴在床上，深深深深地呼吸着，睡得又累又舒服。李淑琴阿姨轻轻地走过去，轻轻地但是实在地按了按二玲的额头：没问题，完全退尽了。李淑琴阿姨直起身来（她也像二玲那样呼吸着），轻轻地走出房门。一看到满地鲜亮、强烈的阳光，她忽然非常想洗一个头。

（本篇原载《人民文学》1957年第七期；
初收《汪曾祺全集》第三卷，北京师范大学出版社，
1998年8月）

1960年

古代民歌杂说

说《弹歌》

断竹，续竹；

飞土，逐肉。

这是一首现存最古的中国歌谣。《文心雕龙·章句篇》云：“寻二言肇于黄世，《竹弹》之谣是也。”“黄世”是黄帝之世，黄帝之世，代表一个很古远的时代。这大概是可信的。

这是一首关于弓弹的歌谣。玩其词义，盖创作于弓矢、弹丸发明不久之后。

中国的弓弹在何时发明，现无确考，照常理推测，是先有了弓矢，然后再有弹丸的。弹丸是矢箭的代用品，取其携用均较轻便，在对付细小的目的物时用它较为合适。越国有一个陈音，他是认为先有弹，后有弓的。《吴越春秋》：“陈音对越王云：‘弩生于弓，弓生于弹……’”。他所谓弓，按文义，是包括箭的。这不见得有什么根据。说“弓生于弹”，可能是因为弹之制作，比弓简单，搓土为丸，唾手可得，不像弓矢又是镞，又是苛，还要加上羽那么麻烦。其实不然。这里的关键不在于发射物，而在发射体。弓矢的发明是人类的经验和智慧的结果。恩格斯在《家庭、私有制和国家的起源》中说：“弓、弦、箭已经是很复杂的工具，发明这些工具需要有长期积累的经验及较发达的智力，因而也要同时熟悉其他许多发明。”这是很对的。这里最重要的是人们知道了利用弹力，利用弓弦以发生弹力，知道了利用最初的机械。弦的发明是决定性的条件。其次才是矢、弹。而且最初的矢大概也不是像后世所用的那么精工，很可能即是利用原来打猎和打仗用的棍棍棒棒而带有锐尖的扣在弦上，嘣的一声发射出去，这样就能在一个眼睛所能看到的远距离之外打击敌人与猎物。于是掌握了箭的人便有了莫大的威力。《易》：“弦木为弧，剡木为矢，弧矢之利，以威天下，盖取诸睽。”说得很近情理，很可信。弓矢的发明很可能在金属的发明之前。关于矢的不用金属，其他的例证还有《左传》：“楚灵王曰：‘……昔日先王熊绎，濈在荆山，唯是桃弧棘矢以供御王事’”。《太平御览》引《魏志》：“挹娄弓长四尺，力如弩，矢用楛，长尺八寸，青石为镞，古肃慎之国也。”总之，说“弓生于弹”，没有什么根据。我们宁可相信后汉李尤的话：“昔之造弹，起意弦木，以丸为矢，合竹为朴，漆饰胶治，不用筋角”（《太平御览》引《弹铭》）。弹的发明，当在弓矢之后，但也不会很久，因为已经有了弓弦，用它代矢便不用费很多脑筋，很多时日。

说了这些话的目的，旨在说明：这首歌谣的创作盖在弓矢的发明之后不久的。

弓矢的发明，照恩格斯说，是在“蒙昧时代”的最高阶段。

《家庭、私有制和国家的起源》："蒙昧时代……最高阶段……是从弓箭的发明开始的……：写箭对于蒙昧时代，正如铁器对于野蛮时代和火器对于文明时代一样，乃是决定性的武器。"这是根据大量材料而得出的不可辩驳的结论，应用于中国的历史也不能例外。如果肯定弹之发明后于弓矢之发明不久这个前提，那么，我们便可进一步推绎，这首歌谣的创作，至多距离"蒙昧时代"也不会很久。宽泛一点地说这是"黄帝之世"时代的歌谣，是有相当充分的理由的。

肯定了这首歌谣的创作的时间，我们便有条件来谈论这首歌谣的性质和内容了，就越发觉得那位陈音的话可以说是一点道理也没有。《吴越春秋》："陈音对越王云：'臣闻弩生于弓，弓生于弹，弹起于古之孝子。……古者人民朴质，饥食鸟兽，渴饮雾露，死则裹以白茅，投于中野。孝子不忍见父母为禽兽所食，故作弹以守之，绝鸟兽之害。故歌曰"断竹续竹，飞土逐肉"之谓也。'"

如果我们相信恩格斯的话，对陈音的话是很容易驳斥的：蒙昧时代，家庭尚未确定形成，那个时候，还无所谓孝子，也没有"孝"这个观念，生养死葬这一套伦理还要经过一整个历史时代才能产生，把这首歌谣解释为孝子之歌，是后世儒者的造谣，是托古说教。

那么这是一首什么歌谣？弓弹是猎具，猎具为猎者发明与使用，这是一首猎者之歌（当时的社会尚无精密分工，从猎者盖是一部族之全体，也可以说是从猎的全民之歌），所歌的是行猎。是猎具，是弹。《弹歌》者，弹之歌也，如是而已。

弹是猎具，而且大概是专门用来打鸟的（很有可能古人用箭以猎兽，用弹以猎鸟。兽体大，宜用锐镞以深中要害，鸟体小，弹丸足以致死且得完肉。如乐府《乌生》所云：“一丸即发中乌身，乌死魂魄飞扬上天。”鲁迅《奔月》中写后羿用大箭射麻雀，结果把一匹麻雀射得粉碎，这是很有趣，也很近情理的想象，他如果知道用弹，那结果就会好一些）。《庄子》“浸假而化予之左臂以为鸡，予因以求时夜；浸假而化予之右臂以为弹，予因以求鸮炙”，可为一证。李尤《弹铭》也分明说“丸弹之利，以弋凫鹙”。

这是一个关于打猎的歌谣，更进一步，试为作一悬解，曰：这是一段猎人的咒语。

芬兰史诗《卡列瓦拉》写约卡赫伊宁在等待着华奈摩伊宁走近一些的时候，念着咒语：“我的弓弦哪，你要有弹力，呵，橡木箭哪，你要快得像光速一样；毒箭头哪，你要对准华奈摩伊宁的心……”这可以作为射箭之前念咒语的一个遥远的旁证。在中国，则《水浒传》里“放冷箭燕青救主”一回中，燕青在发箭之前念叨的一句“如意子休要负我”！在性质上也可以说是一种咒语，不过是缩短成一句语气急迫的散文了。

这一首歌谣，四个短句，通体用的是隐语。前两句说的是弹弓的制作。断竹，续竹，在字面上造成一种矛盾。既已断之，又复续之，似乎不可理解。所谓“续竹”，即合竹为朴，再加以漆饰胶结，使竹之两端联结，并非使已断之竹按原茬再接起来。下面两句是说的弹的作用，但不直说，而用代语，以土代丸，以肉代鸟兽猎物。这样的回互其词，假如不标出题目是《弹歌》，乍一看，是不大容易看明白意思的。代语，字面矛盾，是谜语的常用的手法。这是一首谜语，一首中国的最早的谜语——也是作得很巧的，耐人寻味的谜语之一。

而，谜语，最初的谜语，按民俗学家的研究，是有咒语的作用的。它运用这种曲折费解的语言，不是为了游戏，而是企图由此产生一种神秘的力量，去支配自然，达到所期望的效果。

这样，我们就可以理解，它怎么会“想出”这样有意思的隐语：直接用“肉”以代鸟兽。原来贯串全文的“最高任务”（借用斯坦尼斯拉夫斯基的术语）正是为了——得肉。正如庄子所说的一样：“余因以求鸮炙”。从某个意义上来说，庄子简直想得更为急切，一提到弹弓，马上就想到一只烧熟了的野鸡；于此倒可见古之人是更为“质朴”一点的，只想到肉，没有更往远处幻想一步。

我们弄清了（或者说：假定了）这首歌谣的性质，这不但不有损于这首歌谣的艺术价值，反之，我们正因为知道我们的祖先创作这首歌谣的目的，而更能亲切地感觉到它的情绪。我们可以感觉到我们的祖先，一手挽定强弓，一手捏着泥弹，用足了力气，睁圆了眼睛，嘴里念道：

“断竹，续竹，飞土——逐肉！”然后嗖——的一弹打出去。古代的语言难于复现，但是如果采用广东话或者吴语来念，念出了歌谣中的四个入声，还是能够很具体地感到那种紧张殷切、迫不及待的热烈情绪的。我们在这里一样也能感觉到人对于自己能够制造工具，对于工具的赞美（所飞者土，所费者微；所逐者肉，所得者大，这多么好啊！）和对于自己的聪明和威力的自豪，我们可以感觉到我们的先民在草莽时期的生活的气氛。这些，我想是我们在隔了一个很邈远的时间之后，读起这样短促的歌谣还能获得感动的根本原因。我们读到这首歌谣，总是得到一种感动，尽管我们弄不分明我们为什么会受感动。

我们很容易想到摩尔根记载的澳洲人打袋鼠的歌谣和舞蹈——那全部的仪式。是的，我们可以这样地联想，这是对我们有启发的。这同样是用了语言、音乐和形体来影响、支配自然，获得胜利。很遗憾的是，我们不知道这首歌谣的音乐和伴随它的舞蹈，也不能确定它是否与音乐、舞蹈相联系着，它是否附丽于一定的形式；但是，尽管如此，还是不能动摇我们对于这首歌谣之具有形式的、符咒的作用的信念。

如果种种假说可以成立，那么，我们就可以为普列汉诺夫的艺术起源说找到一条新的、中国的佐证。艺术是为了生活，为了和自然作斗争，为了某种物质的目的，为了——“逐肉”；艺术不是弄着玩玩的。

1960年11月21日　沙岭子

说《雉子班》

“雉子，
班如此！
之于雉梁，
无以吾翁孺
——雉子！”
知得雉子高蜚止，
（黄鹄蜚，之以千里王可思）

雄来蜚从雌：

“视子趋一雉。”

“雉子！”

车大驾马滕，

被王送行所中，

尧羊蜚从王孙行。

这是一个悲剧，一首雉家族的生离死别的，惨切的哀歌。

雉的家庭——雄野鸡、雌野鸡带着他们的孩子，小野鸡，正和一群野鸡在一起，雌雄群游于山路，自得其乐。忽然天外飞来横祸，一面密网盖下来，母亲——雌野鸡被扣住了。这是一个游遨行猎的王孙撒下来的网。小野鸡年纪小，从来没有经验过这样的事，吓得忒愣愣一翅子就飞跑了（同时飞跑的还有别的野鸡），他一个劲儿往深山里飞。雄野鸡在仓惶之中还没有完全失去方寸。他这时两头牵累：一头是娇子，一头是爱妻，两头都放不下。首先招呼孩子！他追在他后面高声地叫：“孩子，就这样飞！一直飞到咱们老家，别回头，别跟着我们公姆俩！”看着小野鸡飞远了，他放了心，小野鸡得了活命了；但是他也知道他们从此就见不到他们的孩子了，他看着他越飞越远的后影，叫了一声：“孩子！”知道孩子已经高飞远走了，雄野鸡折回来，又追上被捕的雌野鸡。第一件事，是告诉雌野鸡：“我亲眼看见咱们的孩子跟在一个大野鸡后头了。”孩子已经有了依靠，好叫做母亲的放下心（这可能是他看到的，可能是编造出来安慰母亲的）。母亲也是一样，一方面感到一块石头落了地，一方面知道跟孩子是永远见不着了，惨叫了一声：“孩子！”雌野鸡的命运是注定了：这位王孙是个很显赫的贵人，乘的车又大，驾车的马又快得像飞，雌野鸡被一直送到王宫里去，一点生还的希望都没有。雄野鸡这时心意已决，他的心倒塌下来了：只有这样：我跟她一起去，永不离开！他一翅一翅地飞，跟定了王孙的车子飞……

这是一首一向被认为很难读通的乐府诗。闻一多先生以为鼓吹铙歌十八曲中，这一首和《圣人出》、《石留》等三篇最为难读，很谨慎地说："此歌皆不可强解，今唯略读一二，阙所不知。"（《乐府诗笺》）余冠英先生花了许多工夫，把这首乐府凿开了一条蹊径。但我觉得余说尚不够圆满，有些地方忽略，有些地方看拧了，按余说读，仍不够通畅。今强为索解，解如上。亦有说，说如下：

"班"我以为即"翻"，按古无轻唇音例，这两个字的读音原来一样（我很疑心"乘马班如"的"班"也当作飞跃讲）。"雉梁"余注以为是"野鸡可以吃梁粟的地方"，未免迂曲，而且这样长的句子缩成了"雉梁"两个字，这种文法也值得商榷。我觉得梁就是山头，现在也还有这么说的："山梁子"。"雉梁"即野鸡群居的山梁子。或者简直就叫做"野鸡梁子"，也很合乎口语。"无以吾翁孺"，我以为各字都当如字直解。以，依也。吾，我或我们也。翁是老头儿。孺是女人。按孺本训小，一般指小孩子为孺或孺子。但是古时也有把小妻称为孺子的。清俞正燮《癸巳类稿·释小补楚语笄内则总角义》条："小妻，曰妾、曰孺、曰姬……曰孺子……或但曰小"；下面还引说："《汉书·艺文志·中山王孺子妾歌》注云：孺子，王妾之有名号者。《齐策》云'王有七孺子'，韩非书作'十孺子'，又《韩非·八奸篇》云：一曰在同床贵夫人爱孺子是也。《左传·哀公三年》：

季桓子卒，南孺子生子，谓贵妾。注云：桓子妻者，非是。《秦策》亦云‘某夕某孺子纳某士’；《汉书·王子侯表》‘东城侯遗为孺子所杀’；则王公至士民妾，通名孺子……”足证古代是把妾称为“孺子”的。这里的雌野鸡也可能是雄野鸡的小老婆，但是我们对野鸡的妻室还是不必严格区别正庶吧。那大概就是笼统地指的是老婆。呼之为小，不过如俞理初说怀嬴称婢子，是“闺房暂言，不拘礼称”，两口子说话，不讲究这些。《左传·哀公三年》的误注，以为“孺子”为桓子妻，倒给了我们一个反证，原来古代妻也是可以称“小”的，这一点可以马虎。称之为“孺”，视之为小，这可能是为习惯上轻视妇女的意识支配，也很可能是一种爱称。侯宝林说相声，说对于妇女的称呼大都加一个小字，如小丫头，小媳妇，而男人则多称大，大老爷们，大小伙子，吁，是则妇女称小，自古而然，于“今”未变也矣。总之，我以为解孺为妻，是可以说得通的。“翁孺”对称，亦犹北朝乐府《捉搦歌》中的“天生男女共一处，愿得两个成翁妪”的“翁妪”，即“公姆俩”“两口子”“两夫妻”也。“翁孺”“翁妪”声音原极相近，即说是可以通假，也不为勉强。按此，则“无以吾翁孺”就是“别跟着我们公姆俩”，意思是叫雉子去自寻生路。“知得”即得知。“高蜚止”的“止”是语尾助词，犹“高山仰止”的“止”。“黄鹄蜚，之以千里王可思”，如果作本文读，依余注，亦可通。或者干脆一点，把它看作是衍文，或者是夹杂进来的非本文性的词句亦可。乐府中常有与文义无关的字句杂入，使本文变得奇拗难读。旧来以有两种情况，一是“声词相杂”，一是“胡汉相混”，我设想还有一种情况，就是把帮腔或衬字也不分字体大小和本文杂写在一起了。这种与文义无关或无直接关系的词句，最初大概是由群众帮腔或歌伴和唱，也有即由演唱者自己唱出的。“小放牛”村女叫牧童“牧童哥，帮腔来”，帮的是“七个弄冬一呀嗨，八个弄冬一呀嗨，一朵一朵莲花开”；单弦牌子曲“金钱莲花落”“太平年”都有和唱；四川的抒情山歌中竟会夹进字面上与本文情调似极不相及的插语“猪油韭菜包包子，好吃不好吃？”这要是跟本文连写，非此时此地人，将觉大惑不解。我疑心，“黄鹄蜚，之以千里王可思”和《蜨蝶行》里的“雀来燕”可能都是帮腔衬字，为唱禽鸟故事时所常用。如果是这样，如果作为文字材料来读，可以撇开不管，“知得雉子高蜚止，雄来蜚从雌”，意思更为紧凑，如果演唱，则这一类帮腔和唱照例是不影响情节的展开和情绪的连贯的，唱自由他唱，解吾亦如此解。“趋”，追随也。以下词句并可从余注。

把这首诗看成是野鸡家庭的惨剧，这一点余先生是和我相近的，但是我们对情节的理解不同。这里关键问题在这个悲剧中谁是被难者，谁是悲剧的主角。照余注，被猎获的是小野鸡，而剧中的主角就很模糊，似乎忽此忽彼，无一专主。我以为被捕的是雌野鸡，而剧中主角是雄野鸡，全部故事都是集中在他的身上，紧贴着他而写出的，贯串全诗的是他的情绪，这样才紧张，才生动。余注的立脚点恐怕是“知得雉子”的一个“得”字，以为是说雉子被人“得”着了。但是“得”是就人来说的，就雉来说，是罹，而不是得。看全诗，全是代雉立言，立场在雉的一面，不应用此主宾颠倒的词。如依余注，则全部情节似乎是这样：雄野鸡送小野鸡飞出去寻食，告诉他路上要小心，提防着人这种东西。后来知道小野鸡被人得着了（怎样知道的呢？），雄野鸡赶紧飞来，又跑到雌野鸡那儿去；然后，他或他们再跟着王孙的车子一起飞。雄野鸡这样跑来跑去，于情理上既无可解释，情节上又颇破碎。这雄野鸡简直是个老糊涂，既知要小野鸡对老头小孩都要避着点，怎么还放心得下让他一个人去冒险瞎闯呢？而且照余说，则“雄来蜚从雌”“视子趋一雉”都没有着落。“从”字意思很显明，只能作眼随讲，这个“从”字就是下面的“尧羊蜚从王孙行”的“从”，所从者是一雉，并非二雉（从王孙即从王孙车中之雉）。如果照余说被捉的是雉子，怎么又还能“视子趋一雉”呢？是看见他在笼子里跟随了另一只野鸡了么？但这样就没有什么意义，已经被捉，有雉可趋与无雉可趋是一样的，临死即拉上一个垫背的，也不见得有什么可安慰处。

从艺术结构上看，笼贯全诗大部分的是一种绝望的，张皇急骤的调子。“雉子，班如此！之于雉梁。无以吾翁孺，雉子！”分明是一连串迫切的呼喊，一开头即带来了十分紧张的气氛，说明着一场不测的剧变。余注：“班”即“斑”，“班如此”是老野鸡夸赞小野鸡羽毛斑斓好看（野鸡羽毛富于文采，容易叫人往斑斓好看上想，倒是很自然的），与这种短促、断续的语调实不相合。即依余注，被捉的是小野鸡，而小野鸡很快就要罹祸，老野鸡却在事先平白无故地夸赞其羽毛，这在构思上实嫌蔓远，不够集中。而且“班如此”与“之于雉梁”也不相衔接。试翻成白话看：“孩子，你长得真花哨，你去到野鸡可以吃梁粟的地方去！不管遇着老人和孩子都要提防着一点，孩子！”这么东一句，西一句的，有这样说话的么？若依我的解释，在“雄来蜚从雌，‘视子趋一雉’”之后第三个“雉子”（可能是雌野鸡单独呼叫，也可能是两只大野鸡同时哀呼）处，达到全剧的高潮，以下雄野鸡既已下了决心，情绪上趋于悲剧性的镇定，最后三句的调子，也相应地缓慢舒徐下来，渐行渐远，有余不尽。若依余注，则两只大野鸡同来随定囚载小野鸡的车子而飞，在第三个“雉子！”处情节应仍未展尽，下面仍应有较紧张的戏剧动作，可是最后三句的音韵与这个需要是不相合拍的——请注意这首诗用了两个韵，第二个“雉子”下换了一个韵。前面“子”“此”“孺”“止”“雌”“雉”，连用齐齿呼，声音比较滞涩，令人有窒息之感，真好像是在吱吱的叫似的（诗人用韵时下意识受到了鸟叫的暗示？），而后三句的“滕”“中”“行”却是平和而安静的。这样的转换用韵（三句中其他字的音色也比较浏亮），是服从情景的需要，不是偶然的。

也许会有人说，你把这首诗解释得似乎“太”好了，简直是“神”了，这么一解释，这首民歌岂不是完全可以读通了么？这首乐府的艺术表现岂不是太完整，这样的非凡的洗练，紧凑，生动，集中，这样的如闻其声的对话，这样强烈的戏剧性，这不是太现代化了么？这样的来解释一个两千年前的作品，合适么？这不是有点太冒险了么？是的，我也正在犹豫着哩。不过，我想，如果我们有一定的根据，那就应该把话说得足足的，一点也不保留，一毫折扣也不打。抱残守阙，不是我们今天应有的态度。在这样的问题上我们应该大胆些，更大胆些。即使是错了，怕什么？

如果我的解释按常理既可说通，诉诸训诂，尚不悖谬，大体上可以成立，我是很快乐的。因为这样一来，我们对于这首诗的思想和艺术就可以作充分的估量；对乐府中犹存的几首动物故事诗，甚至对整个汉乐府所反映的那一时代的生活，它作为集体创作所表现的鲜明、深刻的人民性，就可以增添一分肯定，我们对民族的、人民的文化遗产就可以多一分自豪。

一九六〇年十一月二十四日

（本篇原载《北京文学》2007年第五期）

1980年

果园杂记

涂白

一个孩子问我：干吗把树涂白了？

我从前也非常反对把树涂白了，以为很难看。

后来我到果园干了两年活，知道这是为了保护树木过冬。

把牛油、石灰在一个大铁锅里熬得稠稠的，这就是涂白剂。我们拿了棕刷，担了一桶一桶的涂白剂，给果树涂白。要涂得很仔细，特别是树皮有伤损的地方、坑坑洼洼的地方，要涂到，而且要涂得厚厚的，免得来年存留雨水，窝藏虫蚁。

涂白都是在冬日的晴天。男的、女的，穿了各种颜色的棉衣，在脱尽了树叶的果林里劳动着。大家的心情都很开朗，很高兴。

涂白是果园一年最后的农活了。涂完白，我们就很少到果园里来了。这以后，雪就落下来了。果园一冬天埋在雪里。

从此，我就不反对涂白了。

粉蝶

我曾经做梦一样在一片盛开的茼蒿花上看见成千上万的粉蝶——在我童年的时候。那么多的粉蝶，在深绿的蒿叶和金黄的花瓣上乱纷纷地飞着，看得我想叫，想把这些粉蝶放在嘴里嚼，我醉了。

后来我知道这是一场灾难。

我知道粉蝶是菜青虫变的。

菜青虫吃我们的圆白菜。那么多的菜青虫！而且它们的胃口那么好，食量那么大。它们贪婪地、迫不及待地、不停地吃，吃得菜地里沙沙地响。一上午的工夫，一地的圆白菜就叫它们咬得全是窟窿。

我们用DDT喷它们，使劲地喷它们。DDT的激流猛烈地射在菜青虫身上，它们滚了几滚，僵直了，扑的一声掉在了地上，我们的心里痛快极了。我们是很残忍的，充满了杀机。

但是粉蝶还是挺好看的。在散步的时候，草丛里飞着两个粉蝶，我现在还时常要停下来看它们半天。我也不反对国画家用它们来点缀画面。

波尔多液

喷了一夏天的波尔多液，我的所有的衬衫都变成浅蓝色的了。

硫酸铜、石灰，加一定比例的水，这就是波尔多液。波尔多液是很好看的，呈天蓝色。过去有一种浅蓝的阴丹士林布，就是那种颜色。这是一个果园的看家的农药，一年不知道要喷多少次。不喷波尔多液，就不成其为果园。波尔多液防病，能保证水果的丰收。果农都知道，喷波尔多液虽然费钱，却是划得来的。

这是个细致的活。把喷头绑在竹竿上，把药水压上去，喷在梨树叶子上、苹果树叶子上、葡萄叶子上。要喷得很均匀，不多，也不少。喷多了，药水的水珠糊成一片，挂不住，流了；喷少了，不管用。树叶的正面、反面都要喷到。这活不重，但是干完了，眼睛、脖颈，都是酸的。

我是个喷波尔多液的能手。大家叫我总结经验。我说：一、我干不了重活，这活我能胜任；二、我觉得这活有诗意。

为什么叫它“波尔多液”呢？——中国的老果农说这个外国名字已经说得很顺口了。这有个故事。

波尔多是法国的一个小城，出马铃薯。有一年，法国的马铃薯都得了晚疫病，——晚疫病很厉害，得了病的薯地像火烧过一样，只有波尔多的马铃薯却安然无恙。大伙捉摸，这是什么道理呢？原来波尔多城外有一个铜矿，有一条小河从矿里流出来，河床是石灰石的。这水蓝蓝的，是不能吃的，农民用它来浇地。莫非就是这条河，使波尔多的马铃薯不得疫病？

于是世界上就有了波尔多液。

中国的老农现在说这个法国名字也说得很顺口了。

去年，有一个朋友到法国去，我问他到过什么地方，他很得意地说：波尔多！

我也到过波尔多，在中国。

（本篇原载《新观察》1980年第五期；
初收《汪曾祺自选集》，漓江出版社，1987年10月）

1981年

我的老师沈从文

一九三七年，日本人占领了江南各地，我不能回原来的中学读书，在家闲居了两年。除了一些旧课本和从祖父的书架上翻出来的《岭表录异》之类的杂书，身边的“新文学”只有一本屠格涅夫的《猎人日记》和一本上海一家野鸡书店盗印的《沈从文小说选》。两年中，我反反复复地看着的，就是这两本书。所以反复地看，一方面是因为没有别的好书看，一方面也因为这两本书和我的气质比较接近。我觉得这两本书某些地方很相似。这两本书甚至形成了我对文学，对小说的概念。我的父亲见我反复地看这两本书，就也拿去看。他是看过《三国》《水浒》《红楼梦》的。看了这两本书，问我：“这也是小说吗？”我看过林琴南翻译的《说部丛刊》，看过张恨水的《啼笑因缘》，也看过巴金、郁达夫的小说，看了《猎人日记》和沈先生的小说，发现：哦，原来小说是可以这样的，是写这样一些人和事，是可以这样写的。我在中学时并未有志于文学。在昆明参加大学联合招生，在报名书上填写“志愿”时，提笔写下了“西南联大中国文学系”，是和读了《沈从文小说选》有关系的。当时许多学生报考西南联大都是慕名而来。这里有朱自清、闻一多、沈从文。——其他的教授是入学后才知道的。

沈先生在联大开过三门课："各体文习作""创作实习"和"中国小说史"。"各体文习作"是本系必修课，其余两门是选修，我是都选了的。因此一九四一、四二、四三年，我都上过沈先生的课。

"各体文习作"这门课的名称有点奇怪，但倒是名副其实的，教学生习作各体文章。有时也出题目。我记得沈先生在我的上一班曾出过"我们小庭院有什么"这样的题目，要求学生写景物兼及人事。有几位老同学用这题目写出了很清丽的散文，在报刊上发表了，我都读过。据沈先生自己回忆，他曾给我的下几班同学出过一个题目，要求他们写一间屋子里的空气。我那一班出过什么题目，我倒都忘了。为什么出这样一些题目呢？沈先生说：先得学会做部件，然后才谈得上组装。大部分时候，是不出题目的，由学生自由选择，想写什么就写什么。这课每周一次。学生在下面把车好、刨好的文字的零件交上去。下一周，沈先生就就这些作业来讲课。

说实在话，沈先生真不大会讲课。看了《八骏图》，那位教创作的达士先生好像对上课很在行，学期开始之前，就已经定好了十二次演讲的内容，你会以为沈先生也是这样。事实上全不是那回事。他不像闻先生那样：长髯垂胸，双目炯炯，富于表情，语言的节奏性很强，有很大的感染力；也不像朱先生那样：讲解很系统，要求很严格，上课带着卡片，语言朴素无华，然而扎扎实实。沈先生的讲课可以说是毫无系统，——因为就学生的文章来谈问题，也很难有系统，大都是随意而谈，声音不大，也不好懂。不好懂，是因为他的湘西口音一直未变，——他能听懂很多地方的方言，也能学说得很像，可是自己讲话仍然是一口凤凰话；也因为他的讲话内容不好捉摸。沈先生是个思想很流动跳跃的人，常常是才说东，忽而又说西。甚至他写文章时也是这样，有时真会离题万里，不知说到哪里去了，用他自己的话说，是“管不住手里的笔”。他的许多小说，结构很均匀缜密，那是用力“管”住了笔的结果。他的思想的跳动，给他的小说带来了文体上的灵活，对讲课可不利。沈先生真不是个长于逻辑思维的人，他从来不讲什么理论。他讲的都是自己从刻苦的实践中摸索出来的经验之谈，没有一句从书本上抄来的话。——很多教授只会抄书。这些经验之谈，如果理解了，是会终身受益的。遗憾的是，很不好理解。比如，他经常讲的一句话是：“要贴到人物来写。”这句话是什么意思呢？你可以作各种深浅不同的理解。这句话是有很丰富的内容的。照我的理解是：作者对所写的人物不能用俯视或旁观的态度。作者要和人物很亲近。作者的思想感情，作者的心要和人物贴得很紧，和人物一同哀乐，一同感觉周围的一切（沈先生很喜欢用“感觉”这个词，他老是要学生训练自己的感觉）。什么时候你“捉”不住人物，和人物离得远了，你就只好写一些似是而非的空话。一切从属于人物。写景、叙事都不能和人物游离。景物，得是人物所能感受得到的景物。得用人物的眼睛来看景物，用人物的耳朵来听，人物的鼻子来闻嗅。《丈夫》里所写的河上的晚景，是丈夫所看到的晚景。《贵生》里描写的秋天，是贵生感到的秋天。写景和叙事的语言和人物的语言（对话）要相协调。这样，才能使通篇小说都渗透了人物，使读者在字里行间都感觉到人物，——同时也就感觉到作者的风格。风格，是作者对人物的感受。离开了人物，风格就不存在。这些，是要和沈先生相处较久，读了他许多作品之后，才能理解得到的。单是一句“要贴到人物来写”，谁知道是什么意思呢？又如，他曾经批评过我的一篇小说，说：“你这是两个聪明脑袋在打架！”让一个第三者来听，他会说：“这是什么意思？”我是明白的。我这篇小说用了大量的对话，我尽量想把对话写得深一点，美一点，有诗意，有哲理。事实上，没有人会这样的说话，就是两个诗人，也不会这样的交谈。沈先生这句话等于说：这是不真实的。沈先生自己小说里的对话，大都是平平常常的话，但是一样还是使人感到人物，觉得美。从此，我就尽量把对话写得朴素一点，真切一点。

沈先生是那种“用手来思索”的人（巴甫连科说作家是用手来思索的）。他用笔写下的东西比用口讲出的要清楚得多，也深刻得多。使学生受惠的，不是他的讲话，而是他在学生的文章后面所写的评语。沈先生对学生的文章也改的，但改得不多，但是评语却写得很长，有时会比本文还长。这些评语有的是就那篇习作来谈的，也有的是由此说开去，谈到创作上某个问题。这实在是一些文学随笔。往往有独到的见解，文笔也很讲究。老一辈作家大都是“执笔则为文”，不论写什么，哪怕是写一个便条，都是当一个“作品”来写的。——这样才能随时锻炼文笔。沈先生历年写下的这种评语，为数是很不少的，可惜没有一篇留下来。否则，对今天的文学青年会是很有用处的。

除了评语，沈先生还就学生这篇习作，挑一些与之相近的作品，他自己的，别人的，——中国的外国的，带来给学生看。因此，他来上课时都抱了一大堆书。我记得我有一次写了一篇描写一家小店铺在上板之前各色各样人的活动，完全没有故事的小说，他就介绍我看他自己写的《腐烂》（这篇东西我过去未看过）。看看自己的习作，再看看别人的作品，比较吸收，收效很好。沈先生把他自己的小说总集叫做《沈从文小说习作选》，说这都是为了给上创作课的学生示范，有意地试验各种方法而写的，这是实情，并非故示谦虚。

沈先生这种教写作的方法，到现在我还认为是一种很好的方法，甚至是唯一可行的方法。我倒希望现在的大学中文系教创作的老师也来试试这种方法。可惜愿意这样教的人不多；能够这样教的，也很少。

“创作实习”上课和“各体文习作”也差不多，只是有时较有系统地讲讲作家论。“小说史”使我读了不少中国古代小说。那时小说史资料不易得，沈先生就自己用毛笔小行书抄录在昆明所产的竹纸上，分给学生去看。这种竹纸高可一尺，长约半丈，折起来像一个经卷。这些资料，包括沈先生自己辑录的罕见的资料，辗转流传，全都散失了。

沈先生是我见到的一个少有的勤奋的人。他对闲散是几乎不能容忍的。联大有些学生，穿着很“摩登”的西服，头上涂了厚厚的发蜡，走路模仿克拉克·盖博（克拉克·盖博是三十到四十年代的美国电影明星），一天喝咖啡、参加舞会，无所事事。沈先生管这种学生叫“火奴鲁鲁”（火奴鲁鲁即檀香山。至于沈先生为什么把这样的学生叫做“火奴鲁鲁”，我到现在还不明白）——“哎，这是个火奴鲁鲁！”他最反对打扑克，以为把生命这样的浪费掉，实在不可思议。他曾和几个作家在井冈山住了一些时候，对他们成天打扑克很不满意，“一天打扑克，——在井冈山这种地方！哎！”除了陪客人谈天，我看到沈先生，都是坐在桌子前面，写。他这辈子写了多少字呀。有一次，我和他到一个图书馆去，在一排一排的书架前面，他说：“看到有那么多人写了那么多的书，我真是什么也不想写了。”这句话与其说是悲哀的感慨，不如说是对自己的鞭策。他的文笔很流畅，有一个时期且被称为多产作家，三十年代到四十年代，十年中他出了四十个集子，你会以为他写起来很轻易。事实不是那样。除了《从文自传》是一挥而就，写成之后，连看一遍也没有，就交出去付印之外，其余的作品都写得很艰苦。他的《边城》不过六七万字，写了半年。据他自己告诉我，那时住在北京的达子营，巴金住在他家。他那时还有个“客厅”。巴金在客厅里写，沈先生在院子里写。半年之间，巴金写了一个长篇，沈先生却只写了一个《边城》。我曾经看过沈先生的原稿（大概是《长河》），他不用稿纸，写在一个硬面的练习本上，把横格竖过来写。他不用自来水笔，用蘸水钢笔（他执钢笔的手势有点像执毛笔，执毛笔的手势却又有点像拿钢笔）。这原稿真是“一塌糊涂”，勾来划去，改了又改。他真干过这样的事：把原稿一条一条地剪开，一句一句地重新拼合。他说他自己的作品是“一个字一个字地雕出来的”，这不是夸张的话。他早年常流鼻血。大概是因为血小板少，血液不易凝固，流起来很难止住。有时夜里写作，鼻血流了一大摊，邻居发现他伏在血里，以为他已经完了。我就亲见过他的沁着血的手稿。

因为日本飞机经常到昆明来轰炸，很多教授都“疏散”到了乡下。沈先生也把家搬到了呈贡附近的桃源新村。他每个星期到城里来住几天，住在文林街教员宿舍楼上把角临街的一间屋子里，房屋很简陋。昆明的房子，大都不盖望板，瓦片直接搭在椽子上，晚上从瓦缝中可见星光、月光。下雨时，漏了，可以用竹竿把瓦片顶一顶，移密就疏，办法倒也简便。沈先生一进城，他这间屋子里就不断有客人。来客是各色各样的，有校外的，也有校内的教授和学生。学生也不限于中文系的，文、法、理、工学院的都有。不论是哪个系的学生都对文学有兴趣，都看文学书，有很多理工科同学能写很漂亮的文章，这大概可算是西南联大的一种学风。这种学风，我以为今天应该大力的提倡。沈先生只要进城，我是一定去的。去还书，借书。

沈先生的知识面很广，他每天都看书。现在也还是这样。去年，他七十八岁了，我上他家去，沈师母还说："他一天到晚看书，——还都记得！"他看的书真是五花八门，他叫这是"杂知识"。他的藏书也真是兼收并蓄。文学书、哲学书、道教史、马林诺斯基的人类学、亨利·詹姆斯、弗洛伊德、陶瓷、髹漆、糖霜、观赏植物……大概除了《相对论》，在他的书架上都能找到。我每次去，就随便挑几本，看一个星期（我在西南联大几年，所得到的一点"学问"，大部分是从沈先生的书里取来的）。他的书除了自己看，买了来，就是准备借人的。联大很多学生手里都有一两本扉页上写着"上官碧"的名字的书。沈先生看过的书大都做了批注。看一本陶瓷史，铺天盖地，全都批满了，又还粘了许多纸条，密密地写着字。这些批注比正文的字数还要多。很多书上，做了题记。题记有时与本书无关，或记往事，或抒感慨。有些题记有着只有本人知道的"本事"，别人不懂。比如，有一本书后写着："雨季已过，无虹可看矣。"有一本后面题着："某　月　日，见一大胖女人从桥上过，心中十分难过。”前一条我可以约略知道，后一条则不知所谓了。为什么这个大胖女人使沈先生心中十分难过呢？我对这些题记很感兴趣，觉得很有意思，而且自成一种文体，所以到现在还记得。他的藏书几经散失。去年我去看他，书架上的书大都是近年买的，我所熟识的，似只有一函《少室山房全集》了。

沈先生对美有一种特殊的敏感。他对美的东西有着一种炽热的、生理的、近乎是肉欲的感情。美使他惊奇，使他悲哀，使他沉醉。他搜罗过各种美术品。在北京，他好几年搜罗瓷器。待客的茶杯经常变换，也许是一套康熙青花，也许是鹧鸪斑的浅盏，也许是日本的九谷瓷。吃饭的时候，客人会放下筷子，欣赏起他的雍正粉彩大盘，把盘里的韭黄炒鸡蛋都搁凉了。在昆明，他不知怎么发现了一种竹胎的缅漆的圆盒，黑红两色的居多，间或有描金的，盒盖周围有极繁复的花纹，大概是用竹笔刮绘出来的，有云龙花草，偶尔也有画了一圈趺坐着的小人的。这东西原是奁具，不知是什么年代的，带有汉代漆器的风格而又有点少数民族的色彩。他每回进城，除了置买杂物，就是到处寻找这东西（很便宜的，一只圆盒比一个粗竹篮贵不了多少）。他大概前后搜集了有几百，而且鉴赏越来越精，到后来，稍一般的，就不要了。我常常随着他满城乱跑，去衰货摊上觅宝。有一次买到一个直径一尺二的大漆盒，他爱不释手，说：“这可以做一个《红黑》的封面！”有一阵又不知从哪里找到大批苗族的挑花。白色的土布，用色线（蓝线或黑线）挑出精致而天真的图案。有客人来，就摊在一张琴案上，大家围着看，一人手里捧着一杯茶，不断发出惊叹的声音。抗战后，回到北京，他又买了很多旧绣货：扇子套、眼镜套、槟榔荷包、枕头顶，乃至帐檐、飘带……（最初也很便宜，后来就十分昂贵了）后来又搞丝绸，搞服装。他搜罗工艺品，是最不功利，最不自私的。他花了大量的钱买这些东西，不是以为奇货可居，也不是为了装点风雅，他是为了使别人也能分尝到美的享受，真是“与朋友共，敝之而无憾”。他的许多藏品都不声不响地捐献给国家了。北京大学博物馆初成立的时候，玻璃柜里的不少展品就是从中老胡同沈家的架上搬去的。昆明的熟人的案上几乎都有一个两个沈从文送的缅漆圆盒，用来装芙蓉糕、萨其马或邮票、印泥之类杂物。他的那些名贵的瓷器，我近二年去看，已经所剩无几了，就像那些扉页上写着“上官碧”名字的书一样，都到了别人的手里。

沈从文欣赏的美，也可以换一个字，是“人”。他不把这些工艺品只看成是“物”，他总是把它和人联系在一起的。他总是透过“物”看到“人”。对美的惊奇，也是对人的赞叹。这是人的劳绩，人的智慧，人的无穷的想象，人的天才的、精力弥满的双手所创造出来的呀！他在称赞一个美的作品时所用的语言是充满感情的，也颇特别，比如：“那样准确，准确得可怕！”他常常对着一幅织锦缎或者一个“七色晕”的绣片惊呼：“真是了不得！”“真不可想象！”他到了杭州，才知道故宫龙袍上的金线，是瞎子在一个极薄的金箔上凭手的感觉割出来的，“真不可想象！”有一次他和我到故宫去看瓷器，有几个莲子盅造型极美，我还在流连赏玩，他在我耳边轻轻地说：“这是按照一个女人的奶子做出来的。”

沈从文从一个小说家变成一个文物专家，国内国外许多人都觉得难以置信。这在世界文学史上似乎尚无先例。对我说起来，倒并不认为不可理解。这在沈先生，与其说是改弦更张，不如说是轻车熟路。这有客观的原因，也有主观原因。但是五十岁改行，总是件冒险的事。我以为沈先生思想缺乏条理，又没有受过“科学方法”的训练，他对文物只是一个热情的欣赏者，不长于冷静的分析，现在正式“下海”，以此作为专业，究竟能摘出多大成就，最初我是持怀疑态度的。直到前二年，我听他谈了一些文物方面的问题，看到他编纂的《中国服装史资料》的极小一部分图片，我才觉得，他钻了二十年，真把中国的文物钻通了。他不但钻得很深，而且，用他自己的说法：解决了一个问题，其他问题也就“顷刻”解决了。服装史是个拓荒工作。他说现在还是试验，成不成还不知道。但是我觉得：填补了中国文化史研究的一个重要的空白，对历史、戏剧等方面将发生很大作用，一个人一辈子做出这样一件事，也值了！《服装史》终于将要出版了，这对于沈先生的熟人，都是很大的安慰。因为治服装史，他又搞了许多副产品。他搞了扇子的发展，马戏的发展（沈从文这个名字和“马戏”联在一起，真是谁也没有想到的）。他从人物服装，断定号称故宫藏画最早的一幅展子虔《游春图》不是隋代的而是晚唐的东西。他现在在手的研究专题就有四十个。其中有一些已经完成了（如陶瓷史），有一些正在做。他在去年写的一篇散文《忆翔鹤》的最后说“一息尚存，即有责任待尽”，不是一句空话。沈先生是一个不知老之将至的人，另一方面又有“时不我与”之感，所以他现在工作加倍地勤奋。沈师母说他常常一坐下来就是十几个小时。沈先生是从来没有休息的。他的休息只是写写字。是一股什么力量催着一个年近八十的老人这样孜孜矻矻，不知疲倦地工作着的呢？我以为：是炽热而深沉的爱国主义。

沈从文从一个小说家变成了文物专家，对国家来说，孰得孰失，且容历史去做结论吧。许多人对他放下创作的笔感到惋惜，希望他还能继续写文学作品。我对此事已不抱希望了。人老了，驾驭文字的能力就会衰退。他自己也说他越来越“管不住手里的笔”了。但是看了《忆翔鹤》，改变了我的看法。这篇文章还是写得那样流转自如，毫不枯涩，旧日文风犹在，而且更加炉火纯青了。他的诗情没有枯竭，他对人事的感受还是那样精细锐敏，他的抒情才分因为世界观的成熟变得更明净了。那么，沈老师，在您的身体条件许可下，兴之所至，您也还是写一点吧。

朱光潜先生在一篇谈沈从文的短文中，说沈先生交游很广，但朱先生知道，他是一个寂寞的人。吴祖光有一次跟我说：“你们老师不但文章写得好，为人也是那样好。”他们的话都是对的。沈先生的客人很多，但都是君子之交，言不及利。他总是用一种含蓄的热情对人，用一种欣赏的、抒情的眼睛看一切人。对前辈、朋友、学生、家人、保姆，都是这样。他是把生活里的人都当成一个作品中的人物去看的。他津津乐道的熟人的一些细节，都是小说化了的细节。大概他的熟人也都感觉到这一点，他们在沈先生的客座（有时是一张破椅子，一个小板凳）上也就不大好意思谈出过于庸俗无聊的话，大都是上下古今，天南地北地闲谈一阵，喝一盏清茶，抽几枝烟，借几本书和他所需要的资料（沈先生对来借资料的，都是有求必应），就走了。客人一走，沈先生就坐到桌子跟前拿起笔来了。

沈先生对曾经帮助过他的前辈是念念不忘的，如林宰平先生、杨今甫（振声）先生、徐志摩。林老先生我未见过，只在沈先生处见过他所写的字。杨先生也是我的老师，这是个非常爱才的人。沈先生在几个大学教书，大概都是出于杨先生的安排。他是中篇小说《玉君》的作者。我在昆明时曾在我们的系主任罗莘田先生的案上见过他写的一篇游戏文章《释鳏》，是写联大的光棍教授的生活的。杨先生多年过着独身生活。他当过好几个大学的文学院长，衬衫都是自己洗烫，然而衣履精整，窗明几净，左图右史，自得其乐，生活得很潇洒。他对后进青年的作品是很关心的。他曾经托沈先生带话，叫我去看看他。我去了，他亲自洗壶涤器，为我煮了咖啡，让我看了沈尹默给他写的字，说："尹默的字超过明朝人。"又让我看了他的藏画，其中有一套姚茫父的册页，每一开的画芯只有一个火柴盒大，却都十分苍翠雄浑，是姚画的难得的精品。坐了一个多小时，我就告辞出来了。他让我去，似乎只是想跟我随便聊聊，看看字画。沈先生夫妇是常去看杨先生的，想来情形亦当如此。徐志摩是最初发现沈从文的才能的人。沈先生说过，如果没有徐志摩，他就不会成为作家，他也许会去当警察，或者随便在哪条街上倒下来，胡里胡涂地死掉了。沈先生曾和我说过许多这位诗人的佚事。诗人，总是有些倜傥不羁的。沈先生说他有一次上课，讲英国诗，从口袋里摸出一个大烟台苹果，一边咬着，说："中国是有好东西的！"

沈先生常谈起的三个朋友是梁思成、林徽因、金岳霖。梁思成后来我在北京见过，林徽因一直没有见着。他们都是学建筑的。我因为沈先生的介绍，曾看过《营造法式》之类的书，知道什么叫"一斗三升"，对赵州桥、定州塔发生很大的兴趣。沈先生的好多册《营造学报》一直在我手里，直到"文化大革命"，才被"处理"了。从沈先生口中，我知道梁思成有一次为了从一个较远的距离观测一座古塔内部的结构，一直往后退，差一点从塔上掉了下去。林徽因对文学艺术的见解是为徐志摩、杨今甫、沈从文等一代名流所倾倒的。这是一个真正的中国的“沙龙女性”，一个中国的弗吉尼亚·沃尔芙。她写的小说如《窗子以外》《九十九度中》，别具一格，和废名的《桃园》《竹林的故事》一样，都是现代中国文学里的不可忽视的作品。现在很多人在谈论“意识流”，看看林徽因的小说，就知道不但外国有，中国也早就有了。她很会谈话，发着三十九度以上的高烧，还半躺在客厅里，和客人剧谈文学艺术问题。

金岳霖是个通人情、有学问的妙人，也是一个怪人。他是我的老师，大学一年级时，教“逻辑”，这是文法学院的共同必修课。教室很大，学生很多。他的眼睛有病，有一个时期戴的眼镜一边的镜片是黑的，一边是白的。头上整年戴一顶旧呢帽。每学期上第一课都要首先声明：“对不起，我的眼睛有病，不能摘下帽子，不是对你们不礼貌。”“逻辑”课有点近似数学，是有习题的。他常常当堂提问，叫学生回答。那指名的方式却颇为特别。“今天，所有穿红毛衣的女士回答。”他闭着眼睛用手一指，一个女士就站了起来。“今天，梳两条辫子的回答。”因为“逻辑”这玩意对乍从中学出来的女士和先生都很新鲜，学生也常提出问题来问他。有一个归侨学生叫林国达，最爱提问，他的问题往往很奇怪。金先生叫他问得没有办法，就反过来问他：“林国达，我问你一个问题：‘林国达先生是垂直于黑板的。’这是什么意思？”——林国达后来在一次游泳中淹死了。金先生教逻辑，看的小说却很多，从乔依思的《尤利西斯》到平江不肖生的《江湖奇侠传》，无所不看。沈先生有一次拉他来做了一次演讲。有一阵，沈先生曾给联大的一些写写小说、写写诗的学生组织过讲座，地点在巴金的夫人萧珊的住处，与座者只有十来个人。金先生讲的题目很吸引人，大概是沈先生出的：“小说和哲学”。他的结论却是：小说和哲学没有关系，《红楼梦》里所讲的哲学也不是哲学。那次演讲给我留下印象最深的是，讲着讲着，他忽然停了下来，说：“对不起，我身上好像有个小动物。”随即把手伸进脖领，擒住了这只小动物，并当场处死了。我们曾问过他，为什么研究哲学，——在我们看来，哲学很枯燥，尤其是符号哲学。金先生想了一想，说：“我觉得它很好玩。”他一个人生活。在昆明曾养过一只大斗鸡。这只斗鸡极其高大，经常把脖子伸到桌上来，和金先生一同吃饭。他又曾到处去买大苹果、大梨、大石榴，并鼓励别的教授的孩子也去买，拿来和他的比赛。谁的比他的大，他就照价收买，并把原来较小的一个奉送。他和沈先生的友谊是淡而持久的，直到金先生八十多岁了，还时常坐了平板三轮到沈先生的住处来谈谈。——因为毛主席告他要接触社会，他就和一个蹬平板三轮的约好，每天坐着平板车到王府井一带各处去转一圈。

和沈先生不多见面，但多年往还不绝的，还有一个张奚若先生、一个丁西林先生。张先生是个老同盟会员，曾拒绝参加蒋介石召开的参议会，人矮矮的，上唇留着短髭，风度如一个日本的大藏相，不知道为什么和沈先生很谈得来。丁西林曾说，要不是沈先生的鼓励，他这个写过《一只马蜂》的物理研究所所长，就不会再写出一个《等太太回来的时候》。

沈先生对于后进的帮助是不遗余力的。他曾自己出资给初露头角的青年诗人印过诗集。曹禺的《雷雨》发表后，是沈先生建议《大公报》给他发一笔奖金的。他的学生的作品，很多是经他的润饰后，写了热情揄扬的信，寄到他所熟识的报刊上发表的。单是他代付的邮资，就是一个不小的数目。前年他收到一封现在在解放军的知名作家的信，说起他当年丧父，无力葬埋，是沈先生为他写了好多字，开了一个书法展览，卖了钱给他，才能回乡办了丧事的。此事沈先生久已忘记，看了信想想，才记起仿佛有这样一回事。

沈先生待人，有一显著特点，是平等。这种平等，不是政治信念，也不是宗教教条，而是由于对人的尊重而产生的一种极其自然的生活的风格。他在昆明和北京都请过保姆。这两个保姆和沈家一家都相处得极好。昆明的一个，人胖胖的，沈先生常和她闲谈。沈先生曾把她的一生琐事写成了一篇亲切动人的小说。北京的一个，被称为王嫂。她离开多年，一直还和沈家来往。她去年在家和儿子怄了一点气，到沈家来住了几天，沈师母陪着她出出进进，像陪着一个老姐姐。

沈先生的家庭是我所见到的一个最和谐安静，最富于抒情气氛的家庭。这个家庭一切民主，完全没有封建意味，不存在任何家长制。沈先生、沈师母和儿子、儿媳、孙女是和睦而平等的。从他的儿子把板凳当马骑的时候，沈先生就不对他们的兴趣加以干涉，一切听便。他像欣赏一幅名画似的欣赏他的儿子、孙女，对他们的“耐烦”表示赞赏。“耐烦”是沈先生爱用的一个词藻。儿子小时候用一个小钉锤乒乒乓乓敲打一件木器，半天不歇手，沈先生就说：“要算耐烦。”孙女做功课，半天不抬脑袋，他也说：“要算耐烦。”“耐烦”是在沈先生影响下形成的一种家风。他本人不论在创作或从事文物研究，就是由于“耐烦”才取得成绩的。有一阵，儿子、儿媳不在身边，孙女跟着奶奶过。这位祖母对孙女全不像是一个祖母，倒像是一个大姐姐带着最小的妹妹，对她的一切情绪都尊重。她读中学了，对政治问题有她自己的看法，祖母就提醒客人，不要在她的面前谈教她听起来不舒服的话。去年春节，孙女要搞猜谜活动，祖母就帮着选择、抄写，在屋里拉了几条线绳，把谜语一条一条粘挂在线绳上。有客人来，不论是谁，都得受孙女的约束：猜中一条，发糖一块。有一位爷爷，一条也没猜着，就只好喝清茶。沈先生对这种约法不但不呵斥，反而热情赞助，十分欣赏。他说他的孙女“最会管我，一到吃饭，就下命令：‘洗手！’”这个家庭自然也会有痛苦悲哀，油盐柴米，风风雨雨，别别扭扭，然而这一切都无妨于它和谐安静抒情的气氛。

看了沈先生对周围的人的态度，你就明白为什么沈先生能写出《湘行散记》里那些栩栩如生的角色，为什么能在小说里塑造出那样多的人物，并且也就明白为什么沈先生不老，因为他的心不老。

去年沈先生编他的选集，我又一次比较集中地看了他的作品。有一个中年作家一再催促我写一点关于沈先生的小说的文章。谈作品总不可避免要谈思想，我曾去问过沈先生：“你的思想到底是什么？属于什么体系？”我说：“你是一个抒情的人道主义者。”

沈先生微笑着，没有否认。

一九八一年一月十四日

（本篇原载《收获》2009年第三期）

1982年

旅途杂记

半坡人的骨针

我这是第二次参观半坡，不像二十年前第一次参观时那样激动了。但我还是相当细致地看了一遍。房屋的遗址、防御野兽的深沟、烧制陶器的残窑、埋葬儿童的瓮棺……我在心里重复了二十年前的感慨——平平常常的、陈旧的感慨：我们的祖先就是这样生活下来的，他们生活得很艰难——也许他们也有快乐。人就是这样生活过来的。生活是悲壮的。

在文物陈列室里我看到石锛。我们的祖先就是用这种完全没有锋刃，几乎是浑圆的石锛劈开了大树。

我看到两根骨针。长短如现在常用的牙签，微扁，而极光滑。这两根针大概用过不少次，缝制过不少件衣裳——那种仅能蔽体的、粗劣的短褐。磨制这种骨针一定是很不容易的。针都有鼻。一根的针鼻是圆的；一根的略长，和现在用的针很相似。大概略长的针鼻更好使些。

针是怎样发明的呢？谁想出在针上刻出个针鼻来的呢？这个

人真是一个大发明家，一个了不起的聪明人。

在招待所听几个青年谈论生活有没有意义，我想，半坡人是不会谈论这种问题的。

生活的意义在哪里？就在于磨制一根骨针，想出在骨针上刻个针鼻。

兵马俑的个性

头一个搞兵马俑的并不是秦始皇。在他以前，就有别的王者，制造过铜的或是瓦的一群武士，用来保卫自己的陵墓。不过规模都没有这样大。搞了整整一师人，都与真人等大，密匝匝地排成四个方阵，这样的事，只有完成了"六王毕，四海一"的大业的始皇帝才干得出来。兵马俑确实很壮观。

面对着这样一个瓦俑的大军，我简直不知道对秦始皇应该抱什么感情。是惊叹于他的气魄之大？还是对他的愚蠢的壮举加以嘲笑？

俑之上，原来据说是有建筑的，被项羽的兵烧掉了。很自然的，人们会慨叹："楚人一炬，可怜焦土。"

有人说始皇陵兵马俑是世界第八奇迹。

单个地看，兵马俑的艺术价值并不是很高。它的历史价值、文物价值，要比艺术价值高得多。当初造俑的人，原来就没有把它当作艺术作品，目的不在使人感动。造出后，就埋起来了，当时看到这些俑的人也不会多。最初的印象，这些俑，大都只有共性，即使是一个兵，没有很鲜明的个性。其实就是对于活着的士卒，从秦始皇到下面的百夫长，也不要求他们有什么个性，有他们的个人的思想、情绪。不但不要求，甚至是不允许的。他们只是兵，或者可供驱使来厮杀，或者被“坑”掉。另外，造一个师的俑，要来逐一地刻划其性格，使之互相区别，也很难。即或是把米盖朗琪罗请来，恐怕也难于措手。

我很怀疑这些俑的身体是用若干套模子扣出来的。他们几乎都是一般高矮。穿的服装虽有区别（大概是标明等级的），但多大同小异。大部分是短褐，披甲，著裤，下面是一色的方履。除了屈一膝跪着的射手外，全都直立着，两脚微微分开，和后来的“立正”不同。大概那时还没有发明立正。如果这些俑都是绷直地维持立正的姿势，他们会累得多。

但是他们的头部好像不是用模子扣出来的。这些脑袋是“活”的，是烧出来后安上去的。当初发掘时，很多俑已经身首异处；现在仍然可以很方便地从颈腔里取下头来。乍一看，这些脑袋都大体相似，脸以长圆形的居多，都梳着偏髻，年龄率为二十多岁，两眼平视，并不木然，但也完全说不上是英武，大都是平静的，甚至是平淡的，看不出有什么痛苦或哀愁——自然也说不上高兴。总而言之，除了服装，这些人的脸上寻不出兵的特征，像一些普通老百姓，“黔首”，农民。

但是细看一下，就可以发现他们并不完全一样。

有一个长了络腮胡子的，方方的下颏，阔阔的嘴微闭着，双目沉静而仁慈，看来是个老于行伍的下级军官。他大概很会带兵，而且善于驭下，宽严得中。

有一个胖子，他的脑袋和身体都是圆滚滚的（他的身体也许是特制的，不是用模子扣出来的），脸上浮着憨厚而有点狡猾的微笑。他的胃口和脾气一定都很好，而且随时会说出一些稍带粗野的笑话。

有一个的双颊很瘦削，是一个尖脸，有一撮山羊胡子。据说这样的脸在现在关中一带的农民中还很容易发现。他也微微笑着，但从眼神里看他在深思着一件什么事情。

有人说，兵马俑的形象就是造俑者的形象，他们或是把自己，或是把同伴的模样塑成俑了。这当然是推测。但这种推测很合理。

听说太原晋祠宋塑宫女的形象即晋祠附近少女的形象，现在晋祠附近还能看到和宋塑形态仿佛的女孩子。

我于是生出两种感想。

塑像总是要有个性的。即便是塑造兵马俑，不需要，不要求有个性，但是造俑者还是自觉、不自觉地，多多少少地赋予了他们一些个性。因为他塑造的是人，人总有个性。

塑像总是有模特儿的。他塑造的只能是他见过的人，或是熟人，或是他自己。凭空设想，是不可能的。

任何艺术，想要完全摆脱现实主义，是几乎不可能的事。

三苏祠

三次游杜甫草堂，都没有留下多少印象。

这是一个公园，不是一个祠堂。

杜甫的遗迹，一样也没有。

有很多竹木盆景，很多建筑。到处是对联、题咏，时贤的字画。字多很奔放；画多大写意，著色很浓重。

好像有很多人一齐大声地谈论着杜甫，但是看不到杜甫本人，感觉不到他的行动气息、声音笑貌。

眉山的三苏祠要好一些。

三苏祠以宅为祠。苏东坡文云："家有五亩之园"，今略广，占地约八亩。房屋当然是后来重盖了的，但是当日的布局，依稀可见。有一口井，据说还是苏氏的旧物。井栏是这一带常见的红砂石的。井里现在还能打上水来。一侧有一棵荔枝树。传说苏东坡离家的时候，乡人种了一棵荔枝，约好等东坡回来时一同摘食。东坡远谪，一直没有吃上家乡的荔枝。当年的那棵荔枝早已死了，现存的据说是明朝人补栽的，也已经枯萎了，正在抢救。这些都是有纪念意义的。

东边有一个版本陈列室，搜罗了自元版至现在的铅字排印的东坡集的各种版本，虽然并不齐全，但是这种陈列思想，有足取者。

由眉山往乐山的汽车中，"想"了一首旧体诗：

当日家园有五亩，
至今文字重三苏。
红栏旧井犹堪汲，
丹荔重栽第几株？

伏小六、伏小八

大足的唐宋摩崖石刻是惊人的。

十二圆觉，刻得极细致。袈裟衣带静静地垂着，但是你感觉得到其间有一丝微风在轻轻地流动。不像一般的群像（比如罗汉）强调其间的异，这十二尊像强调的是同。他们的年貌、衣著、坐态都差不多。他们都在沉思默念。但是从其眼梢嘴角，看得出其会心处不尽相同。不怕其相同，能于同中见异，十二尊像造成一个既生动又和谐的整体，自是大手笔。

我看过很多千手观音。除了承德的木雕大佛，总觉得不大自然。那么多的细长的手臂长在一个“人”的肩背上，违反常理，使人很不舒服。大足的千手观音另辟蹊径。他的背上也伸出好几只手，但是看来是负担得起的。这几只手之外，又伸出好多只手。据说某年装金时曾一只一只的编过号，一共有一千零七只（不知道为什么是一个单数）。手具各种姿态，或正、或侧、或反，或似召唤，或似慰抚，都很像人的手，很自然，很好看。一千零七只手，造成一个很大的手的佛光。这些手是怎样伸出来的，全不交待。但是你又觉得这都是观音的手，是和观音都有联系的，其联系处不在形，而在意。构思非常巧妙。

释迦涅槃像，即通常所说的卧佛。释迦面部极为平静，目微睁，显出无爱无欲，无生亦无死。像长三十余米，但只刻了释迦的头和胸。肩手无交待。下肢伸入岩石，不知所终。释迦前，刻了佛弟子，有的冠服似中土产，有一个科头鬈发似西方人。他们都在合十赞诵，眉尖微蹙，稍露愁容。这些子弟并不是整齐地排成一列，而是有正面的，有反面的，有朝左的，有朝右的，距离也不相等。他们也只露出半身，腹部以下，在石头里，也不知所终。于有限的空间造无限的境界，形有尽，意无穷，雕刻这一组佛像的是一个气魄雄伟的匠师！他想必在这一壁岩石之前徘徊坐卧了好多个日夜！普贤像被人称为东方的维纳斯。

数珠手观音被称为媚态观音，全身的线条都非常柔软。

佛教的像原来也是取形于人的，但是后来高度升华起来了。仅修得阿罗汉果的自了汉还一个一个都有人的性格，菩萨以上，就不复再是“人”了。他们不但抛弃了人的性格，连性别也分不清了。菩萨和佛，都有点女性的美。

大足石刻是了不起的艺术。

中国的造像人大都无姓名可查。值得庆幸的是大足石刻有一些石壁上刻下了造像的匠师的姓名。他们大都姓伏。他们的名字是卑微的：伏小六、伏小八……他们的事迹都无可考了，然而中国美术史上无疑地将会写出这样一篇，题目是：《伏小六、伏小八》。

看了大足石刻，我想起一路上看到一些纪念性的现代塑像李冰父子、屈原、杜甫、苏东坡、杨升庵……好像都差不多。这些塑像塑的都不太像古人。为什么我们的雕塑家不能从大足石刻得到一点启发呢？

（本篇原载《新观察》1982年第十四期；
初收《蒲桥集》，作家出版社，1989年3月）

天山行色

行色匆匆

——常语

南山塔松

所谓南山者，是一片塔松林。

乌鲁木齐附近，可游之处有二，一为南山，一为天池。凡到乌鲁木齐者，无不往。

南山是天山的边缘，还不是腹地。南山是牧区。汽车渐入南山境，已经看到牧区景象。两边的山起伏连绵，山势皆平缓，望之浑然，遍山长着茸茸的细草。去年雪不大，草很短。老远的就看到山间错错落落，一丛一丛的塔松，黑黑的。

汽车路尽，舍车从山涧两边的石径向上走，进入松林深处。

塔松极干净，叶片片片如新拭，无一枯枝，颜色蓝绿。空气也极干净。我们藉草倚树吃西瓜，起身时衣裤上都沾了松脂。

新疆雨量很少，空气很干燥，南山雨稍多，本地人说：“一块帽子大的云也能下一阵雨。”然而也不过只是帽子大的云的那么一点雨耳，南山也还是干燥的。然而一棵一棵塔松密密地长起来了，就靠了去年的雪和那么一点雨。塔松林中草很丰盛，花很多，树下可以捡到蘑菇。蘑菇大如掌，洁白细嫩。

塔松带来了湿润，带来了一片雨意。

树是雨。

南山之胜处为杨树沟、菊花台，皆未往。

天池雪水

一位维吾尔族的青年油画家（他看来很有才气）告诉我：天池是不能画的，太蓝，太绿，画出来像是假的。

天池在博格达雪山下。博格达山终年用它的晶莹洁白吸引着乌鲁木齐人的眼睛。博格达是乌鲁木齐的标志，乌鲁木齐的许多轻工业产品都用博格达山做商标。

汽车出乌鲁木齐，驰过荒凉苍茫的戈壁滩，驰向天池。我恍惚觉得不是身在新疆，而是在南方的什么地方。庄稼长得非常壮大茁实，油绿油绿的，看了教人身心舒畅。路旁的房屋也都干净整齐。行人的气色也很好，全都显出欣慰而满足。黄发垂髫，并怡然自得。有一个地方，一片极大的坪场，长了一片极大的榆树林。榆树皆数百年物，有些得两三个人才抱得过来。树皆健旺，无衰老态。树下悠然地走着牛犊。新疆山风化层厚，少露石骨。有一处，悬崖壁立，石骨尽露，石质坚硬而有光泽，黑如精铁，石缝间长出大树，树荫下覆，纤藤细草，蒙翳披纷，石壁下是一条湍急而清亮的河水……这不像是新疆，好像是四川的峨眉山。

到小天池（谁编出来的，说这是王母娘娘洗脚的地方，真是煞风景！）少憩，在崖下池边站了一会，赶快就上来了：水边凉气逼人。

到了天池，嗬！那位维吾尔族画家说得真是不错。有人脱口说了一句：“春水碧于蓝。”

天池的水，碧蓝碧蓝的。上面，稍远处，是雪白的雪山。对面的山上密密匝匝地布满了塔松，——塔松即云杉。长得非常整齐，一排一排地，一棵一棵挨着，依山而上，显得是人工布置的。池水极平静，塔松、雪山和天上的云影倒映在池水当中，一丝不爽。我觉得这不像在中国，好像是在瑞士的风景明信片上见过的景色。

或说天池是火山口，——中国的好些天池都是火山口，自春至夏，博格达山积雪融化，流注其中，终年盈满，水深不可测。天池雪水流下山，流域颇广。凡雪水流经处，皆草木华滋，人畜两旺。

作《天池雪水歌》：

明月照天山，
雪峰淡淡蓝。
春暖雪化水流澌，
流入深谷为天池。
天池水如孔雀绿，
水中森森万松覆。
有时倒映雪山影，
雪山倒影明如玉。

天池雪水下山来，
快笑高歌不复回。
下山水如蓝玛瑙，
卷沫喷花斗奇巧。
雪水流处长榆树，
风吹白杨绿火炬。
雪水流处有人家，
白白红红大丽花。
雪水流处小麦熟，
新面打馕烤羊肉。
雪水流经山北麓，
长宜子孙聚国族。
天池雪水深几许？
储量恰当一年雨。
我从燕山向天山，
曾度苍茫戈壁滩。
万里西来终不悔，
待饮天池一杯水。

天山

天山大气磅礴，大刀阔斧。

一个国画家到新疆来画天山，可以说是毫无办法。所有一切皴法，大小斧劈、披麻、解索、牛毛、豆瓣，统统用不上。天山风化层很厚，石骨深藏在砂砾泥土之中，表面平平浑浑，不见棱角。一个大山头，只有阴阳明暗几个面，没有任何琐碎的笔触。

天山无奇峰，无陡壁悬崖，无流泉瀑布，无亭台楼阁，而且没有一棵树，——树都在“山里”。画国画者以树为山之目，天山无树，就是一大片一大片紫褐色的光秃秃的裸露的干山，国画家没了辙了！

自乌鲁木齐至伊犁，无处不见天山。天山绵延不绝，无尽无休，其长不知几千里也。

天山是雄伟的。

早发乌苏望天山

苍苍浮紫气，
天山真雄伟。
陵谷分阴阳，
不假皴擦美。
初阳照积雪，
色如胭脂水。

往霍尔果斯途中望天山

天山在天上，
没在白云间。

色与云相似，

微露数峰巅。

只从蓝襞褶，

遥知这是山。

伊犁闻鸠

到伊犁，行装甫卸，正洗着脸，听见斑鸠叫：

“鹁鸪鸪——咕，

“鹁鸪鸪——咕……”

这引动了我的一点乡情。

我有很多年没有听见斑鸠叫了。

我的家乡是有很多斑鸠的。我家的荒废的后园的一棵树上，住着一对斑鸠。“天将雨，鸠唤妇”，到了浓阴将雨的天气，就听见斑鸠叫，叫得很急切：

“鹁鸪鸪，鹁鸪鸪，鹁鸪鸪……”

斑鸠在叫他的媳妇哩。

到了积雨将晴，又听见斑鸠叫，叫得很懒散：

“鹁鸪鸪，——咕！

“鹁鸪鸪，——咕！”

单声叫雨，双声叫晴。这是双声，是斑鸠的媳妇回来啦。“——咕”，这是媳妇在应答。

是不是这样呢？我一直没有踏着挂着雨珠的青草去循声观察过。然而凭着鸠声的单双以占阴晴，似乎很灵验。我小时常常在将雨或将晴的天气里，谛听着鸠鸣，心里又快乐又忧愁，凄凄凉凉的，凄凉得那么甜美。

我的童年的鸠声啊。

昆明似乎应该有斑鸠，然而我没有听鸠的印象。

上海没有斑鸠。

我在北京住了多年，没有听过斑鸠叫。

张家口没有斑鸠。

我在伊犁，在祖国的西北边疆，听见斑鸠叫了。

“鹁鸪鸪——咕，

“鹁鸪鸪——咕……”

伊犁的鸠声似乎比我的故乡的要低沉一些，苍老一些。

有鸠声处，必多雨，且多大树。鸣鸠多藏于深树间。伊犁多雨。伊犁在全新疆是少有的雨多的地方。伊犁的树很多。我所住的伊犁宾馆，原是苏联领事馆，大树很多，青皮杨多合抱者。

伊犁很美。

洪亮吉《伊犁记事诗》云：

> 鹁鸪啼处却春风，
> 宛与江南气候同。

注意到伊犁的鸠声的，不是我一个人。

伊犁河

人间无水不朝东，伊犁河水向西流。

河水颜色灰白，流势不甚急，不紧不慢，汤汤洄洄，似若有所依恋。河下游，流入苏联境。

在河边小作盘桓。使我惊喜的是河边长满我所熟悉的水乡的植物。芦苇。蒲草。蒲草甚高，高过人头。洪亮吉《天山客话》记云：“惠远城关帝庙后，颇有池台之胜，池中积蒲盈顷，游鱼百尾，蛙声间之。”伊犁河岸之生长蒲草，是古已有之的事了。蒲苇旁边，摇动着一串一串殷红的水蓼花，俨然江南秋色。

蹲在伊犁河边捡小石子，起身时发觉腿上脚上有几个地方奇痒，伊犁有蚊子！乌鲁木齐没有蚊子，新疆很多地方没有蚊子，伊犁有蚊子，因为伊犁水多。水多是好事，咬两下也值得。自来新疆，我才更深切地体会到水对于人的生活的重要性。

几乎每个人看到戈壁滩，都要发出这样的感慨：这么大的地，要是有水，能长多少粮食啊！

伊型河北岸为惠远城。这是“总统伊犁一带”的伊犁将军的驻地，也是获罪的“废员”充军的地方。充军到伊犁，具体地说，就是到惠远。伊犁是个大地名。

惠远有新老两座城。老城建于乾隆二十七年（1762年），后为伊犁河水冲溃，废。光绪八年（1882年），于旧城西北郊十五里处建新城。

我们到新城看了看。城是土城，——新疆的城都是土城，黄土版筑而成，颇简陋，想见是草草营建的。光绪年间，清廷的国力已经很不行了。将军府遗址尚在，房屋已经翻盖过，但大体规模还看得出来。照例是个大衙门的派头，大堂、二堂、花厅，还有个供将军下棋饮酒的亭子。两侧各有一溜耳房，这便是“废员”们办事的地方。将军府下设六个处，“废员”们都须分发在各处效力。现在的房屋有些地方还保留当初的材料。木料都不甚粗大。有的地方还看得到当初的彩画遗迹，都很粗率。

新城没有多少看头，使人感慨兴亡，早生华发的是老城。

旧城的规模是不小的。城墙高一丈四，城周九里。这里有将军府，有兵营，有“废员”们的寓处，街巷市里，房屋栉比。也还有茶坊酒肆，有“却卖鲜鱼饲花鸭”“铜盘炙得花猪好”的南北名厨。也有可供登临眺望，诗酒流连的去处。“城南有望河楼，面伊江，为一方之胜”，城西有半亩宫，城北一片高大的松林。到了重阳，归家亭子的菊花开得正好，不妨开宴。惠远是个“废员”“谪宦”“迁客”的城市。“自巡抚以下至簿尉，亦无官不具，又可知伊犁迁客之多矣”。从上引洪亮吉的诗文，可以看到这些迁客下放到这里，倒是颇不寂寞的。

伊犁河那年发的那场大水，是很不小的。大水把整个城全扫掉了。惠远城的城基是很高的，但是城西大部分已经塌陷，变成和伊犁河岸一般平的草滩了。草滩上的草很好，碧绿的，有牛羊在随意啃啮。城西北的城基犹在，人们常常可以在废墟中捡到陶瓷碎片，辨认花纹字迹。

城的东半部的遗址还在。城里的市街都已犁为耕地，种了庄稼。东北城墙，犹余半壁。城墙虽是土筑的，但很结实，厚约三尺。稍远，右侧，有一土墩，是鼓楼残迹，那应该是城的中心。林则徐就住在附近。

据记载：鼓楼前方第二巷，又名宽巷，是林的住处。我不禁向那个地方多看了几眼。林公则徐，您就是住在那里的呀？

伊犁一带关于林则徐的传说很多。有的不一定可靠。比如现在还在使用的惠远渠，又名皇渠，传说是林所修筑，有人就认为这不可信：林则徐在伊犁只有两年，这样一条大渠，按当时的条件，两年是修不起来的。但是林则徐之致力新疆水利，是不能否定的（林则徐分发在粮饷处，工作很清闲，每月只须到职一次，本不管水利）。林有诗云“要荒天遣作箕子，此说足壮羁臣羁”，看来他虽在迁谪之中，还是壮怀激烈，毫不颓唐的。他还是想有所作为，为百姓做一点好事，并不像许多废员，成天只是“种树养花，读书静坐”（洪亮吉语）。林则徐离开伊犁时有诗云：“格登山色伊江水，回首依依勒马看”，他对伊犁是有感情的。

惠远城东的一个村边，有四棵大青枫树。传说是林则徐手植的。这大概也是附会。林则徐为什么会跑到这样一个村边来种四棵树呢？不过，人们愿意相信，就让他相信吧。

这样一个人，是值得大家怀念的。

据洪亮吉《客话》云：废员例当佩长刀，穿普通士兵的制服——短后衣。林则徐在伊犁日，亦当如此。

伊犁河南岸是察布查尔。这是一个锡伯族自治县。锡伯人善射，乾隆年间，为了戍边，把他们由东北的呼伦贝尔迁调来此。来的时候，戍卒一千人，连同家属和愿意一同跟上来的亲友，共五千人，路上走了一年多。——原定三年，提前赶到了。朝廷发下的差旅银子是一总包给领队人的，提前到，领队可以白得若干。一路上，这支队伍生下了三百个孩子！

这是一支多么壮观的，富于浪漫主义色彩，充满人情气味的队伍啊。五千人，一个民族，男男女女，锅碗瓢盆，全部家当，骑着马，骑着骆驼，乘着马车、牛车，浩浩荡荡，迤迤逦逦，告别东北的大草原，朝着西北大戈壁，出发了。落日，朝雾，启明星，北斗星。搭帐篷，饮牲口，宿营。火光，炊烟，茯茶，奶子。歌声，谈笑声。哪一个帐篷或车篷里传出一声啼哭，“呱——”又一个孩子出生了，一个小锡伯人，一个未来的武士。

一年多。

三百个孩子。

锡伯人是骄傲的。他们在这里驻防二百多年，没有后退过一步。没有一个人跑过边界，也没有一个人逃回东北，他们在这片土地扎下了深根。

锡伯族到现在还是善射的民族。他们的选手还时常在各地举行的射箭比赛中夺标。

锡伯人是很聪明的，他们一般都会说几种语言，除了锡伯语，还会说维语、哈萨克语、汉语。他们不少人还能认古满文。在故宫翻译、整理满文老档的，有几个是从察布查尔调去的。

英雄的民族！

雨晴，自伊犁往尼勒克车中望乌孙山

一痕界破地天间，
浅绛依稀暗暗蓝。
夹道白杨无尽绿，
殷红数点女郎衫。

尼勒克

站在尼勒克街上，好像一步可登乌孙山。乌孙故国在伊犁河上游特克斯流域，尼勒克或当是其辖境。细君公主、解忧公主远嫁乌孙，不知有没有到过这里。汉代女外交家冯嫽夫人是个活跃人物，她的锦车可能是从这里走过的。

尼勒克地方很小，但是境内现有十三个民族。新疆的十三个民族，这里全有。喀什河从城外流过，水清如碧玉，流甚急。

唐巴拉牧场

在乌鲁木齐，在伊犁，接待我们的同志，都劝我们到唐巴拉牧场去看看，说是唐巴拉很美。

唐巴拉果然很美，但是美在哪里，又说不出。勉强要说，只好说：这儿的草真好！

喀什河经过唐巴拉，流着一河碧玉。唐巴拉多雨。由尼勒克往唐巴拉，汽车一天到不了，在卡提布拉克种蜂场住了一夜。那一夜就下了一夜大雨。有河，雨水足，所以草好。这是一个绿色的王国，所有的山头都是碧绿的。绿山上，这里那里，有小牛在慢悠悠地吃草。唐巴拉是高山牧场，牲口都散放在山上，尽它自己漫山瞎跑，放牧人不用管它，只要隔两三天骑着马去看看，不像内蒙，牲口放在平坦的草原上。真绿，空气真新鲜，真安静，——一点声音都没有。

我们来晚了。早一个多月来，这里到处是花。种蜂场设在这里，就是因为这里花多。这里的花很多是药材，党参、贝母……蜜蜂场出的蜂蜜能治气管炎。

有的山是杉山。山很高，满山满山长了密匝匝的云杉。云杉极高大。这里的云杉据说已经砍伐了三分之二，现在看起来还很多。招待我们的一个哈萨克牧民告诉我们：林业局有规定，四百年以上的，可以砍，四百年以下的，不许砍。云杉长得很慢。他用手指比了比碗口粗细：“一百年，才这个样子！”

到牧场，总要喝喝马奶子，吃吃手抓羊肉。

马奶子微酸，有点像格瓦斯，我在内蒙喝过，不难喝，但也不觉得怎么好喝。哈萨克人可是非常爱喝。他们一到夏天，就高兴了：可以喝“白的”了。大概他们冬天只能喝砖茶，是黑的。马奶子要夏天才有，要等母马下了驹子，冬天没有。一个才会走路的男娃子，老是哭闹。给他糖，给他苹果，都不要，摔了。他妈给他倒了半碗马奶子，他巴呷巴呷地喝起来，安静了。

招待我们的哈萨克牧人的孩子把一群羊赶下山了。我们看到两个男人把羊一只一只周身揣过，特别用力地揣它的屁股蛋子。我们明白，这是揣羊的肥瘦（羊们一定不明白，主人这样揣它是干什么），揣了一只，拍它一下，放掉了；又重捉过一只来，反复地揣。看得出，他们为我们选了一只最肥的羊羔。

哈萨克吃羊肉和内蒙不同，内蒙是各人攥了一大块肉，自己用刀子割了吃。哈萨克是：一个大磁盘子，下面衬着煮烂的面条，上面覆盖着羊肉，主人用刀把肉割成碎块，大家连肉带面抓起来，送进嘴里。

好吃么？

好吃！

吃肉之前，由一个孩子提了一壶水，注水遍请客人洗手，这风俗近似阿拉伯、土耳其。

“唐巴拉”是什么意思呢？哈萨克主人说：听老人说，这是蒙古话。从前山下有一片大树林子，蒙古人每年来收购牲畜，在树上烙了好些印子（印子本是烙牲口的），作为做买卖的标志。唐巴拉是印子的意思。他说：也说不准。

赛里木湖·果子沟

乌鲁木齐人交口称道赛里木湖、果子沟。他们说赛里木湖水很蓝；果子沟要是春天去，满山都是野苹果花。我们从乌鲁木齐往伊犁，一路上就期待着看看这两个地方。

车出芦草沟，迎面的天色沉了下来，前面已经在下雨。到赛里木湖，雨下得正大。

赛里木湖的水不是蓝的呀。我们看到的湖水是铁灰色的。风雨交加，湖里浪很大。灰黑色的巨浪，一浪接着一浪，扑面涌来。撞碎在岸边，溅起白沫。这不像是湖，像是海。荒凉的，没有人迹的，冷酷的海。没有船，没有飞鸟。赛里木湖使人觉得很神秘，甚至恐怖。赛里木湖是超人性的。它没有人的气息。

湖边很冷，不可久留。

林则徐一八四二年（距今整一百四十年）十一月五日，曾过赛里木湖。林则徐日记云：“土人云：海中有神物如青羊，不可见，见则雨雹。其水亦不可饮，饮则手足疲软，谅是雪水性寒故耳。”林则徐是了解赛里木湖的性格的。

到伊犁，和伊犁的同志谈起我们见到的赛里木湖，他们都有些惊讶，说：“真还很少有人在大风雨中过赛里木湖。”

赛里木湖正南，即果子沟。车到果子沟，雨停了。我们来的不是时候，没有看到满山密雪一样的林檎的繁花，但是果子沟给我留下一个非常美的印象。

吉普车在山顶的公路上慢行着，公路一侧的下面是重重复复的山头和深浅不一的山谷。山和谷都是绿的，但绿得不一样。浅黄的、浅绿的、深绿的。每一个山头和山谷多是一种绿法。大抵越是低处，颜色越浅；越往上，越深。新雨初晴，日色斜照，细草丰茸，光泽柔和，在深深浅浅的绿山绿谷中，星星点点地散牧着白羊、黄犊、枣红的马，十分悠闲安静。迎面陡峭的高山上，密密地矗立着高大的云杉。一缕一缕白云从黑色的云杉间飞出。这是一个仙境。我到过很多地方，从来没有觉得什么地方是仙境。到了这儿，我蓦然想起这两个字。我觉得这里该出现一个小小的仙女，穿着雪白的纱衣，披散着头发，手里拿一根细长的牧羊杖，赤着脚，唱着歌，歌声悠远，回绕在山谷之间……

从伊犁返回乌鲁木齐，重过果子沟。果子沟不是来时那样了。草、树、山，都有点发干，没有了那点灵气。我不复再觉得这是一个仙境了。旅游，也要碰运气。我们在大风雨中过赛里木，雨后看果子沟，皆可遇而不可求。

汽车转过一个山头，一车的人都叫了起来：“哈！”赛里木湖，真蓝！好像赛里木湖故意设置了一个山头，挡住人的视线。绕过这个山头，它就像从天上掉下来的似的，突然出现了。

真蓝！下车待了一会，我心里一直惊呼着：真蓝！

我见过不少蓝色的水。“春水碧于蓝”的西湖，“比似春莼碧不殊”的嘉陵江，还有最近看过的博格达雪山下的天池，都不似赛里木湖这样的蓝。蓝得奇怪，蓝得不近情理。蓝得就像绘画颜料里的普鲁士蓝，而且是没有化开的。湖面无风，水纹细如鱼鳞。天容云影，倒映其中，发宝石光。湖色略有深浅，然而一望皆蓝。

上了车，车沿湖岸走了二十分钟，我心里一直重复着这一句：真蓝。远看，像一湖纯蓝墨水。

赛里木湖究竟美不美？我简直说不上来。我只是觉得：真蓝。我顾不上有别的感觉，只有一个感觉——蓝。

为什么会这样蓝？有人说是因为水太深。据说赛里木湖水深至九十公尺。赛里木湖海拔二千零七十三米，水深九十公尺，真是不可思议。

“赛里木”是突厥语，意思是祝福、平安。突厥的旅人到了这里，都要对着湖水，说一声：

“赛里木！”

为什么要说一声“赛里木！”是出于欣喜，还是出于敬畏？

赛里木湖是神秘的。

苏公塔

苏公塔在吐鲁番。吐鲁番地远，外省人很少到过，故不为人所知。苏公塔，塔也，但不是平常的塔。苏公塔是伊斯兰教的塔，不是佛塔。

据说，像苏公塔这样的结构的塔，中国共有两座，另一座在南京。

塔不分层。看不到石基木料。塔心是一砖砌的中心支柱。支柱周围有盘道，逐级盘旋而上，直至塔顶。外壳是一个巨大的圆柱，下丰上锐，拱顶。这个大圆柱是砖砌的，用结实的方砖砌出凹凸不同的中亚风格的几何图案，没有任何增饰。砖是青砖，外面涂了一层黄土，呈浅土黄色。这种黄土，本地所产，取之不尽，土质细腻，无杂质，富黏性。吐鲁番不下雨，塔上涂刷的土浆没有被冲刷的痕迹。二百余年，完好如新。塔高约相当于十层楼，朴素而不简陋，精巧而不繁琐。这样一个浅土黄色的，滚圆的巨柱，拔地而起，直向天空，安静肃穆，准确地表达了穆斯林的虔诚和信念。

塔旁为一礼拜寺，颇宏伟，大厅可容千人，但外表极朴素，土筑、平顶。这座礼拜寺的构思是费过斟酌的。不敢高，不与塔争势；不欲过卑，因为这是做礼拜的场所。整个建筑全由平行线和垂直线构成，无弧线，无波纹起伏，亦呈浅土黄色。

圆柱形的苏公塔和方正的礼拜寺造成极为鲜明的对比，而又非常协调。苏公塔追求的是单纯。

令人钦佩的是造塔的匠师把蓝天也设计了进去。单纯的，对比着而又协调着的浅土黄色的建筑，后面是吐鲁番盆地特有的明净无滓湛蓝湛蓝的天宇，真是太美了。没有蓝天，衬不出这种浅土黄色是多么美。一个有头脑的，聪明的匠师！

苏公塔亦称额敏塔。造塔的由来有两种说法。塔的进口处有一块碑，一半是汉字，一半是维文。汉字的说塔是额敏造的。额敏和硕，因助清高宗平定准噶尔有功，受封为郡王。碑文有感念清朝皇帝的意思，碑首冠以“大清乾隆”，自称“皇帝旧仆”。维文的则说这是额敏的长子苏来满造，为了向安拉祈福。不知道为什么会有这样两种的不同的说法。由来不同，塔名亦异。

大戈壁·火焰山·葡萄沟

从乌鲁木齐到吐鲁番，要经过一片很大的戈壁滩。这是典型的大戈壁，寸草不生。没有任何生物。我经过别处的戈壁，总还有点芨芨草、梭梭、红柳，偶尔有一两棵曼陀罗开着白花，有几只像黑漆涂出来的乌鸦。这里什么都没有。没有飞鸟的影子，没有虫声，连苔藓的痕迹都没有。就是一片大平地，平极了。地面都是砾石。都差不多大，好像是筛选过的。有黑的、有白的。铺得很均匀。远看像铺了一地炉灰碴子。一望无际。真是荒凉。太古洪荒。真像是到了一个什么别的星球上。

我们的汽车以每小时八十公里的速度在平坦的柏油路上奔驰，我觉得汽车像一只快艇飞驶在海上。

戈壁上时常见到幻影，远看一片湖泊，清清楚楚。走近了，什么也没有。幻影曾经欺骗了很多干渴的旅人。幻影不难碰到，我们一路见到多次。

人怎么能通过这样的地方呢？他们为什么要通过这样的地方？他们要去干什么？

不能不想起张骞，想起班超，想起玄奘法师。这都是了不起的人……

快到吐鲁番了，已经看到坎儿井。坎儿井像一溜一溜巨大的蚁垤。下面，是暗渠，流着从天山引下来的雪水。这些大蚁垤是挖渠掏出的砾石堆。现在有了水泥管道，有些坎儿井已经废弃了，有些还在用着。总有一天，它们都会成为古迹的。但是不管到什么时候，看到这些巨大的蚁垤，想到人能够从这样的大戈壁下面，把水引了过来，还是会起历史的庄严感和悲壮感的。

到了吐鲁番，看到房屋、市街、树木，加上天气特殊的干热，人昏昏的，有点像做梦。有点不相信我们是从那样荒凉的戈壁滩上走过来的。

吐鲁番是一个著名的绿洲。绿洲是什么意思呢？我从小就在诗歌里知道绿洲，以为只是有水草树木的地方。而且既名为洲，想必很小。不对。绿洲很大。绿洲是人所居住的地方。绿洲意味着人的生活，人的勤劳，人的生老病死，喜怒哀乐，人的文明。

一出吐鲁番，南面便是火焰山。

又是戈壁。下面是苍茫的戈壁，前面是通红的火焰山。靠近火焰山时，发现戈壁上长了一丛丛翠绿翠绿的梭梭。这样一个无雨的、酷热的戈壁上怎么会长出梭梭来呢？而且是那样的绿！不知它是本来就是这样绿，还是通红的山把它衬得更绿了。大概在干旱的戈壁上，凡能发绿的植物，都罄其生命，拼命地绿。这一丛一丛的翠绿，是一声一声胜利的呼喊。

火焰山，前人记载，都说它颜色赤红如火。不止此也。整个山像一场正在延烧的大火。凡火之颜色、形态无不具。有些地方如火方炽，火苗高窜，颜色正红。有些地方已经烧成白热，火头旋拧如波涛。有一处火头得了风，火借风势，呼啸而起，横扯成了一条很长的火带，颜色微黄。有几处，下面的小火为上面的大火所逼，带着烟沫气流，倒溢而出。有几个小山叉，褶缝间黑黑的，分明是残火将熄的烟炱……

火焰山真是一个奇观。

火焰山大概是风造成的，山的石质本是红的，表面风化，成为细细的红沙。风于是在这些疏松的沙土上雕镂搜剔，刻出了一场热热烘烘，刮刮杂杂的大火。风是个大手笔。

火焰山下极热，盛夏地表温度至七十多度。

火焰山下，大戈壁上，有一条山沟，长十余里，沟中有一条从天山流下来的河，河两岸，除了石榴、无花果、棉花、一般的庄稼，种的都是葡萄，是为葡萄沟。

葡萄沟里到处是晾葡萄干的荫房。——葡萄干是晾出来的，不是晒出来的。四方的土房子，四面都用土坚砌出透空的花墙。无核白葡萄就一长串一长串地挂在里面，尽吐鲁番特有的干燥的热风，把它吹上四十天，就成了葡萄干，运到北京、上海、外国。

吐鲁番的葡萄全国第一，各样品种无不极甜，而且皮很薄，入口即化。吐鲁番人吃葡萄都不吐皮，因为无皮可吐。——不但不吐皮，连核也一同吃下，他们认为葡萄核是好东西。北京绕口令曰："吃葡萄不吐葡萄皮儿"，未免少见多怪。

一九八二年九月二十二日起手写于兰州，十月七日北京写讫。

（本篇原载于《北京文学》1983年第一期；
初收《汪曾祺自选集》，漓江出版社，1987年10月）

1984年

翠湖心影

有一个姑娘，牙长得好。有人问她：

“姑娘，你多大了？”

“十七。”

“住在哪里？”

“翠湖西？”

“爱吃什么？”

“辣子鸡。”

过了两天，姑娘摔了一跤，磕掉了门牙。有人问她：

“姑娘多大了？”

“十五。”

“住在哪里？

“翠湖。”

“爱吃什么？”

“麻婆豆腐。”

这是我在四十四年前听到的一个笑话。当时觉得很无聊（是在一个座谈会上听一个本地才子说的）。现在想起来觉得很亲切。因为它让我想起翠湖。

昆明和翠湖分不开，很多城市都有湖。杭州西湖、济南大明湖、扬州瘦西湖。然而这些湖和城的关系都还不是那样密切。似乎把这些湖挪开，城市也还是城市。翠湖可不能挪开。没有翠湖，昆明就不成其为昆明了。翠湖在城里，而且几乎就挨着市中心。城中有湖，这在中国，在世界上，都是不多的。说某某湖是某某城的眼睛，这是一个俗得不能再俗的比喻了。然而说到翠湖，这个比喻还是躲不开。只能说翠湖是昆明的眼睛。有什么办法呢，因为它非常贴切。

翠湖是一片湖，同时也是一条路。城中有湖，并不妨碍交通。湖之中，有一条很整齐的贯通南北的大路。从文林街、先生坡、府甬道，到华山南路、正义路，这是一条直达的捷径。——否则就要走翠湖东路或翠湖西路，那就绕远多了。昆明人特意来游翠湖的也有，不多。多数人只是从这里穿过。翠湖中游人少而行人多。但是行人到了翠湖，也就成了游人了。从喧嚣扰攘的闹市和刻板枯燥的机关里，匆匆忙忙地走过来，一进了翠湖，即刻就会觉得浑身轻松下来；生活的重压、柴米油盐、委屈烦恼，就会冲淡一些。人们不知不觉地放慢了脚步，甚至可以停下来，在路边的石凳上坐一坐，抽一支烟，四边看看。即使仍在匆忙地赶路，人在湖光树影中，精神也很不一样了。翠湖每天每日，给了昆明人多少浮世的安慰和精神的疗养啊。因此，昆明人——包括外来的游子，对翠湖充满感激。

翠湖这个名字起得好！湖不大，也不小，正合适。小了，不够一游；太大了，游起来怪累。湖的周围和湖中都有堤。堤边密密地栽着树。树都很高大。主要的是垂柳。“秋尽江南草未凋”，昆明的树好像到了冬天也还是绿的。尤其是雨季，翠湖的柳树真是绿得好像要滴下来。湖水极清。我的印象里翠湖似没有蚊子。夏天的夜晚，我们在湖中漫步或在堤边浅草中坐卧，好像都没有被蚊子咬过。湖水常年盈满。我在昆明住了七年，没有看见过翠湖干得见了底。偶尔接连下了几天大雨，湖水涨了，湖中的大路也被淹没，不能通过了。但这样的时候很少。翠湖的水不深。浅处没膝，深处也不过齐腰。因此没有人到这里来自杀。我们有一个广东籍的同学，因为失恋，曾投过翠湖。但是他下湖在水里走了一截，又爬上来了。因为他大概还不太想死，而且翠湖里也淹不死人。翠湖不种荷花，但是有许多水浮莲。肥厚碧绿的猪耳状的叶子，开着一望无际的粉紫色的蝶形的花，很热闹。我是在翠湖才认识这种水生植物的。我以后也再没看到过这样大片大片的水浮莲。湖中多红鱼，很大，都有一尺多长。这些鱼已经习惯于人声脚步，见人不惊，整天只是安安静静地，悠然地浮沉游动着。有时夜晚从湖中大路上过，会忽然拨刺一声，从湖心跃起一条极大的大鱼，吓你一跳。湖水、柳树、粉紫色的水浮莲、红鱼，共同组成一个印象：翠。

一九三九年的夏天，我到昆明来考大学，寄住在青莲街的同济中学的宿舍里，几乎每天都要到翠湖。学校已经发了榜，还没有开学，我们除了骑马到黑龙潭、金殿，坐船到大观楼，就是到翠湖图书馆去看书。这是我这一生去过次数最多的一个图书馆，也是印象极佳的一个图书馆。图书馆不大，形制有一点像一个道观。非常安静整洁。有一个侧院，院里种了好多盆白茶花。这些白茶花有时整天没有一个人来看它，就只是安安静静地欣然地开着。图书馆的管理员是一个妙人。他没有准确的上下班时间。有时我们去得早了，他还没有来，门没有开，我们就在外面等着。他来了，谁也不理，开了门，走进阅览室，把壁上一个不走的挂钟的时针“喀拉拉”一拨，拨到八点，这就上班了，开始借书。这个图书馆的藏书室在楼上。楼板上挖出一个长方形的洞，从洞里用绳子吊下一个长方形的木盘。借书人开好借书单，——管理员把借书单叫做“飞子”，昆明人把一切不大的纸片都叫做“飞子”，买米的发票、包裹单、汽车票，都叫“飞子”，——这位管理员看一看，放在木盘里，一拽旁边的铃铛，“当啷啷”，木盘就从洞里吊上去了。——上面大概有个滑车。不一会，上面拽一下铃铛，木盘又系了下来，你要的书来了。这种古老而有趣的借书手续我以后再也没有见过。这个小图书馆藏书似不少，而且有些善本。我们想看的书大都能够借到。过了两三个小时，这位干瘦而沉默的有点像陈老莲画出来的古典的图书管理员站起来，把壁上不走的挂钟的时针“喀拉拉”一拨，拨到十二点：下班！我们对他这种以意为之的计时方法完全没有意见。因为我们没有一定要看完的书，到这里来只是享受一点安静。我们的看书，是没有目的的，从《南诏国志》到福尔摩斯，逮什么看什么。

翠湖图书馆现在还有么？这位图书管理员大概早已作古了。不知道为什么，我会常常想起他来，并和我所认识的几个孤独、贫穷而有点怪僻的小知识分子的印象掺和在一起，越来越鲜明。总有一天，这个人物的形象会出现在我的小说里的。

翠湖的好处是建筑物少。我最怕风景区挤满了亭台楼阁。除了翠湖图书馆，有一簇洋房，是法国人开的翠湖饭店。这所饭店似乎是终年空着的。大门虽开着，但我从未见过有人进去，不论是中国人还是法国人。此外，大路之东，有几间黑瓦朱栏的平房，狭长的，按形制似应该叫做“轩”。也许里面是有一方题作什么轩的横匾的，但是我记不得了。也许根本没有。轩里有一阵曾有人卖过面点，大概因为生意不好，停歇了。轩内空荡荡的，没有桌椅。只在廊下有一个卖“糠虾”的老婆婆。“糠虾”是只有皮壳没有肉的小虾。晒干了，卖给游人喂鱼。花极少的钱，便可从老婆婆手里买半碗，一把一把撒在水里，一尺多长的红鱼就很兴奋地游过来，抢食水面的糠虾，唼喋有声。糠虾喂完，人鱼俱散，轩中又是空荡荡的，剩下老婆婆一个人寂然地坐在那里。

路东伸进湖水，有一个半岛。半岛上有一个两层的楼阁。阁上是个茶馆。茶馆的地势很好，四面有窗，入目都是湖水。夏天，在阁子上喝茶，很凉快。这家茶馆，夏天，是到了晚上还卖茶的（昆明的茶馆都是这样，收市很晚），我们有时会一直坐到十点多钟。茶馆卖盖碗茶，还卖炒葵花子、南瓜子、花生米，都装在一个白铁敲成的方碟子里，昆明的茶馆记账的方法有点特别：瓜子、花生，都是一个价钱，按碟算。喝完了茶，“收茶钱！”堂倌走过来，数一数碟子，就报出个钱数。我们的同学有时临窗饮茶，嗑完一碟瓜子，随手把铁皮碟往外一扔，“pia——”，碟子就落进了水里。堂倌算账，还是照碟算。这些堂倌们晚上清点时，自然会发现碟子少了，并且也一定会知道这些碟子上哪里去了。但是从来没有一次收茶钱时因此和顾客吵起来过；并且在提着大铜壶用“凤凰三点头”手法为客人续水时也从不拿眼睛“贼”着客人。把瓜子碟扔进水里，自然是不大道德。不过堂倌不那么斤斤计较的风度却是很可佩服的。

除了到昆明图书馆看书，喝茶，我们更多的时候是到翠湖去

“穷遛”。这“穷遛”有两层意思，一是不名一钱地遛，一是无穷无尽地遛。“园日涉以成趣”，我们遛翠湖没有个够的时候。尤其是晚上，踏着班驳的月光树影，可以在湖里一遛遛好几圈。一面走，一面海阔天空，高谈阔论。我们那时都是二十岁上下的人，似乎有很多话要说，可说，我们都说了些什么呢？我现在一句都记不得了！

我是一九四六年离开昆明的。一别翠湖，已经三十八年了，时间过得真快！

我是很想念翠湖的。

前几年，听说因为搞什么“建设”，挖断了水脉，翠湖没有水了。我听了，觉得怅然，而且，愤怒了。这是怎么搞的！谁搞的？翠湖会成了什么样子呢？那些树呢？那些水浮莲呢？那些鱼呢？

最近听说，翠湖又有水了，我高兴！我当然会想到这是三中全会带来的好处。这是拨乱反正。

但是我又听说，翠湖现在很热闹，经常举办“蛇展”什么的，我又有点担心。这又会成了什么样子呢？我不反对翠湖游人多，甚至可以有游艇，甚至可以设立摊篷卖破酥包子、焖鸡米线、冰淇淋、雪糕，但是最好不要搞“蛇展”。我希望还我一个明爽安静的翠湖。我想这也是很多昆明人的希望。

一九八四年五月九日

（本文原载《滇池》1984年第八期；
初收《汪曾祺自选集》，漓江出版社，1987年10月）

昆明的雨

宁坤要我给他画一张画，要有昆明的特点。我想了一些时候，画了一幅：右上角画了一片倒挂着的浓绿的仙人掌，末端开出一朵金黄色的花；左下画了几朵青头菌和牛肝菌。题了这样几行字：

> 昆明人家常于门头挂仙人掌一片以辟邪，仙人掌悬空倒挂，尚能存活开花。于此可见仙人掌生命之顽强，亦可见昆明雨季空气之湿润。雨季则有青头菌、牛肝菌，味极鲜腴。

我想念昆明的雨。

我以前不知道有所谓雨季。“雨季”，是到昆明以后才有了具体感受的。

我不记得昆明的雨季有多长，从几月到几月，好像是相当长的。但是并不使人厌烦。因为是下下停停、停停下下，不是连绵不断，下起来没完。而且并不使人气闷。我觉得昆明雨季气压不低，人很舒服。

昆明的雨季是明亮的，丰满的，使人动情的。城春草木深，孟夏草木长。昆明的雨季，是浓绿的。草木的枝叶里的水分都到了饱和状态，显示出过分的、近于夸张的旺盛。

我的那张画是写实的。我确实亲眼看见过倒挂着还能开花的仙人掌。旧日昆明人家门头上用以辟邪的多是这样一些东西：一面小镜子，周围画着八卦，下面便是一片仙人掌，——在仙人掌上扎一个洞，用麻线穿了，挂在钉子上。昆明仙人掌多，且极肥大。有些人家在菜园的周围种了一圈仙人掌以代替篱笆。——种了仙人掌，猪羊便不敢进园吃菜了。仙人掌有刺，猪和羊怕扎。

昆明菌子极多。雨季逛菜市场，随时可以看到各种菌子。最多，也最便宜的是牛肝菌。牛肝菌下来的时候，家家饭馆卖炒牛肝菌，连西南联大食堂的桌子上都可以有一碗。牛肝菌色如牛肝，滑，嫩，鲜，香，很好吃。炒牛肝菌须多放蒜，否则容易使人晕倒。青头菌比牛肝菌略贵。这种菌子炒熟了也还是浅绿色的，格调比牛肝菌高。菌中之王是鸡枞，味道鲜浓，无可方比。鸡枞是名贵的山珍，但并不真的贵得惊人。一盘红烧鸡枞的价钱和一碗黄焖鸡不相上下，因为这东西在云南并不难得。有一个笑话：有人从昆明坐火车到呈贡，在车上看到地上有一棵鸡枞，他跳下去把鸡枞捡了，紧赶两步，还能爬上火车。这笑话用意在说明昆明到呈贡的火车之慢，但也说明鸡枞随处可见。有一种菌子，中吃不中看，叫做干巴菌。乍一看那样子，真叫人怀疑：这种东西也能吃？！颜色深褐带绿，有点像一堆半干的牛粪或一个被踩破了的马蜂窝。里头还有许多草茎、松毛、乱七八糟！可是下点功夫，把草茎松毛择净，撕成蟹腿肉粗细的丝，和青辣椒同炒，入口便会使你张目结舌：这东西这么好吃？！还有一种菌子，中看不中吃，叫鸡油菌。都是一般大小，有一块银圆那样大，的溜圆，颜色浅黄，恰似鸡油一样。这种菌子只能做菜时配色用，没甚味道。

雨季的果子，是杨梅。卖杨梅的都是苗族女孩子，戴一顶小花帽子，穿着扳尖的绣了满帮花的鞋，坐在人家阶石的一角，不时吆唤一声："卖杨梅——"，声音娇娇的。她们的声音使得昆明雨季的空气更加柔和了。昆明的杨梅很大，有一个乒乓球那样大，颜色黑红黑红的，叫做"火炭梅"。这个名字起得真好，真是像一球烧得炽红的火炭！一点都不酸！我吃过苏州洞庭山的杨梅、井冈山的杨梅，好像都比不上昆明的火炭梅。

雨季的花是缅桂花。缅桂花即白兰花，北京叫做"把儿兰"（这个名字真不好听）。云南把这种花叫做缅桂花，可能最初这种花是从缅甸传入的，而花的香味又有点像桂花，其实这跟桂花实在没有什么关系。——不过话又说回来，别处叫它白兰、把儿兰，它和兰花也挨不上呀，也不过是因为它很香，香得像兰花。我在家乡看到的白兰多是一人高，昆明的缅桂是大树！我在若园巷二号住过，院里有一棵大缅桂，密密的叶子，把四周房间都映绿了。缅桂盛开的时候，房东（是一个五十多岁的寡妇）就和她的一个养女，搭了梯子上去摘，每天要摘下来好些，拿到花市上去卖。她大概是怕房客们乱摘她的花，时常给各家送去一些。有时送来一个七寸盘子，里面摆得满满的缅桂花！带着雨珠的缅桂花使我的心软软的，不是怀人，不是思乡。

雨，有时是会引起人一点淡淡的乡愁的。李商隐的《夜雨寄北》是为许多久客的游子而写的。我有一天在积雨少住的早晨和德熙从联大新校舍到莲花池去。看了池里的满池清水，看了作比丘尼装的陈圆圆的石像（传说陈圆圆随吴三桂到云南后出家，暮年投莲花池而死），雨又下起来了。莲花池边有一条小街，有一个小酒店，我们走进去，要了一碟猪头肉，半斤市酒（装在上了绿釉的土磁杯里），坐了下来。雨下大了。酒店有几只鸡，都把脑袋反插在翅膀下面，一只脚着地，一动也不动地在檐下站着。酒店院子里有一架大木香花。昆明木香花很多。有的小河沿岸都是木香。但是这样大的木香却不多见。一棵木香，爬在架上，把院子遮得严严的。密匝匝的细碎的绿叶，数不清的半开的白花和饱涨的花骨朵，都被雨水淋得湿透了。我们走不了，就这样一直坐到午后。四十年后，我还忘不了那天的情味，写了一首诗：

莲花池外少行人，
野店苔痕一寸深。
浊酒一杯天过午，
木香花湿雨沉沉。

我想念昆明的雨。

一九八四年五月十九日

（本文原载《滇池》1984年第十期；
初收《汪曾祺自选集》，漓江出版社，1987年10月）

1986年

沈从文先生在西南联大

沈先生在联大开过三门课：各体文习作、创作实习和中国小说史。三门课我都选了，——各体文习作是中文系二年级必修课，其余两门是选修。西南联大的课程分必修与选修两种。中文系的语言学概论、文字学概论、文学史（分段）……是必修课，其余大都是任凭学生自选。诗经、楚辞、庄子、昭明文选、唐诗、宋诗、词选、散曲、杂剧与传奇……选什么，选哪位教授的课都成。但要凑够一定的学分（这叫“学分制”）。一学期我只选两门课，那不行。自由，也不能自由到这种地步。

创作能不能教？这是一个世界性的争论问题。很多人认为创作不能教。我们当时的系主任罗常培先生就说过：大学是不培养作家的，作家是社会培养的。这话有道理。沈先生自己就没有上过什么大学。他教的学生后来成为作家的，也极少。但是也不是绝对不能教。沈先生的学生现在能算是作家的，也还有那么几个。问题是由什么样的人来教，用什么方法教。现在的大学里很少开创作课的，原因是找不到合适的人来教。偶尔有大学开这门课的，收效甚微，原因是教得不甚得法。

教创作靠“讲”不成。如果在课堂上讲鲁迅先生所讥笑的“小说作法”之类，讲如何作人物肖像，如何描写环境，如何结构，结构有几种——攒珠式的、橘瓣式的……那是要误人子弟的。教创作主要是让学生自己“写”。沈先生把他的课叫做“习作”“实习”，很能说明问题。如果要讲，那“讲”要在“写”之后。就学生的作业，讲他的得失。教授先讲一套，放学生照猫画虎，那是行不通的。

沈先生是不赞成命题作文的，学生想写什么就写什么。但有时在课堂上也出两个题目。沈先生出的题目都非常具体。我记得他曾给我的上一班同学出过一个题目：“我们的小庭院有什么”，有几个同学就这个题目写了相当不错的散文，都发表了。他给比我低一班的同学曾出过一个题目：“记一间屋子里的空气”！我的那一班出过些什么题目，我倒不记得了。沈先生为什么出这样的题目？他认为：先得学会车零件，然后才能学组装。我觉得先作一些这样的片段的习作，是有好处的，这可以锻炼基本功。现在有些青年文学爱好者，往往一上来就写大作品，篇幅很长，而功力不够，原因就在零件车得少了。

沈先生的讲课，可以说是毫无系统。前已说过，他大都是看了学生的作业，就这些作业讲一些问题。他是经过一番思考的，但并不去翻阅很多参考书。沈先生读过很多书，但从不引经据典，他总是凭自己的直觉说话，从来不说阿里斯多德怎么说、福楼拜怎么说、托尔斯泰怎么说、高尔基怎么说。他的湘西口音很重，声音又低，有些学生听了一堂课，往往觉得不知道听了一些什么。沈先生的讲课是非常谦抑，非常自制的。他不用手势，没有任何舞台道白式的腔调，没有一点哗众取宠的江湖气。他讲得很诚恳，甚至很天真。但是你要是真正听“懂”了他的话，——听“懂”了他的话里并未发挥罄尽的余意，你是会受益匪浅，而且会终生受用的。听沈先生的课，要像孔子的学生听孔子讲话一样，“举一隅而三隅反”。

沈先生讲课时所说的话我几乎全都忘了（我这人从来不记笔记）！我们有一个同学把闻一多先生讲唐诗课的笔记记得极详细，现已整理出版，书名就叫《闻一多论唐诗》，很有学术价值，就是不知道他把闻先生讲唐诗时的“神气”记下来了没有。我如果把沈先生讲课时的精辟见解记下来，也可以成为一本《沈从文论创作》。可惜我不是这样的有心人。

沈先生关于我的习作讲过的话我只记得一点了，是关于人物对话的。我写了一篇小说（内容早已忘记干净），有许多对话。我竭力把对话写得美一点，有诗意，有哲理。沈先生说：“你这不是对话，是两个聪明脑壳打架！”从此我知道对话就是人物所说的普普通通的话，要尽量写得朴素。不要哲理，不要诗意。这样才真实。

沈先生经常说的一句话是：“要贴到人物来写。”很多同学不懂他的这句话是什么意思。我以为这是小说学的精髓。据我的理解，沈先生这句极其简略的话包含这样几层意思：小说里，人物是主要的，主导的；其余部分都是派生的，次要的。环境描写、作者的主观抒情、议论，都只能附着于人物，不能和人物游离，作者要和人物同呼吸、共哀乐。作者的心要随时紧贴着人物。什么时候作者的心“贴”不住人物，笔下就会浮、泛、飘、滑，花里胡哨，故弄玄虚，失去了诚意。而且，作者的叙述语言要和人物相协调。写农民，叙述语言要接近农民；写市民，叙述语言要近似市民。小说要避免“学生腔”。

我以为沈先生这些话是浸透了淳朴的现实主义精神的。

沈先生教写作，写的比说的多，他常常在学生的作业后面写很长的读后感，有时会比原作还长。这些读后感有时评析本文得失，也有时从这篇习作说开去，谈及有关创作的问题，见解精到，文笔讲究。——一个作家应该不论写什么都写得讲究。这些读后感也都没有保存下来，否则是会比《废邮存底》还有看头的。可惜！

沈先生教创作还有一种方法，我以为是行之有效的，学生写了一个作品，他除了写很长的读后感之外，还会介绍你看一些与你这个作品写法相近似的中外名家的作品。记得我写过一篇不成熟的小说《灯下》，记一个店铺里上灯以后各色人的活动，无主要人物、主要情节，散散漫漫。沈先生就介绍我看了几篇这样的作品，包括他自己写的《腐烂》。学生看看别人是怎样写的，自己是怎样写的，对比借鉴，是会有长进的。这些书都是沈先生找来，带给学生的。因此他每次上课，走进教室里时总要夹着一大摞书。

沈先生就是这样教创作的。我不知道还有没有别的更好的方法教创作。我希望现在的大学里教创作的老师能用沈先生的方法试一试。

学生习作写得较好的，沈先生就做主寄到相熟的报刊上发表。这对学生是很大的鼓励。多年以来，沈先生就干着给别人的作品找地方发表这种事。经他的手介绍出去的稿子，可以说是不计其数了。我在一九四六年前写的作品，几乎全都是沈先生寄出去的。他这辈子为别人寄稿子用去的邮费也是一个相当可观的数目了。为了防止超重太多，节省邮费，他大都把原稿的纸边裁去，只剩下纸芯。这当然不大好看。但是抗战时期，百物昂贵，不能不打这点小算盘。

沈先生教书，但愿学生省点事，不怕自己麻烦。他讲《中国小说史》，有些资料不易找到，他就自己抄，用夺金标毛笔，筷子头大的小行书抄在云南竹纸上。这种竹纸高一尺，长四尺，并不裁断，抄得了，卷成一卷。上课时分发给学生。他上创作课夹了一摞书，上小说史时就夹了好些纸卷。沈先生做事，都是这样，一切自己动手，细心耐烦。他自己说他这种方式是“手工业方式”。他写了那么多作品，后来又写了很多大部头关于文物的著作，都是用这种手工业方式搞出来的。

沈先生对学生的影响，课外比课堂上要大得多。他后来为了躲避日本飞机空袭，全家移住到呈贡桃园，每星期上课，进城住两天。文林街二十号联大教职员宿舍有他一间屋子。他一进城，宿舍里几乎从早到晚都有客人。客人多半是同事和学生，客人来，大都是来借书，求字，看沈先生收到的宝贝，谈天。

沈先生有很多书，但他不是“藏书家”，他的书，除了自己看，是借给人看的，联大文学院的同学，多数手里都有一两本沈先生的书，扉页上用淡墨签了“上官碧”的名字。谁借了什么书，什么时候借的，沈先生是从来不记得的。直到联大“复员”，有些同学的行装里还带着沈先生的书，这些书也就随之而漂流到四面八方了。沈先生书多，而且很杂，除了一般的四部书、中国现代文学、外国文学的译本，社会学、人类学、黑格尔的《小逻辑》、弗洛伊德、亨利·詹姆斯、道教史、陶瓷史、《髹饰录》、《糖霜谱》……兼收并蓄，五花八门。这些书，沈先生大都认真读过。沈先生称自己的学问为“杂知识”。一个作家读书，是应该杂一点的。沈先生读过的书，往往在书后写两行题记。有的是记一个日期，那天天气如何，也有时发一点感慨。有一本书的后面写道："某月某日，见一大胖女人从桥上过，心中十分难过。"这两句话我一直记得，可是一直不知道是什么意思。大胖女人为什么使沈先生十分难过呢？

沈先生对打扑克简直是痛恨。他认为这样地消耗时间，是不可原谅的。他曾随几位作家到井冈山住了几天。这几位作家成天在宾馆里打扑克，沈先生说起来就很气愤："在这种地方，打扑克！"沈先生小小年纪就学会掷骰子，各种赌术他也都明白，但他后来不玩这些。沈先生的娱乐，除了看看电影，就是写字。他写章草，笔稍偃侧，起笔不用隶法，收笔稍尖，自成一格。他喜欢写窄长的直幅，纸长四尺，阔只三寸。他写字不择纸笔，常用糊窗的高丽纸。他说："我的字值三分钱！"从前要求他写字的，他几乎有求必应。近年有病，不能握管，沈先生的字变得很珍贵了。

沈先生后来不写小说，搞文物研究了，国外、国内，很多人都觉得很奇怪。熟悉沈先生的历史的人，觉得并不奇怪。沈先生年轻时就对文物有极其浓厚的兴趣。他对陶瓷的研究甚深，后来又对丝绸、刺绣、木雕、漆器……都有广博的知识。沈先生研究的文物基本上是手工艺制品。他从这些工艺品看到的是劳动者的创造性。他为这些优美的造型、不可思议的色彩、神奇精巧的技艺发出的惊叹，是对人的惊叹。他热爱的不是物，而是人，他对一件工艺品的孩子气的天真激情，使人感动。我曾戏称他搞的文物研究是"抒情考古学"。他八十岁生日，我曾写过一首诗送给他，中有一联"玩物从来非丧志，著书老去为抒情"，是记实。他有一阵在昆明收集了很多耿马漆盒。这种黑红两色刮花的圆形缅漆盒，昆明多的是，而且很便宜。沈先生一进城就到处逛地摊，选买这种漆盒。他屋里装甜食点心、装文具邮票……的，都是这种盒子。有一次买得一个直径一尺五寸的大漆盒，一再抚摩，说："这可以作一期《红黑》杂志的封面！"他买到的缅漆盒，除了自用，大多数都送人了。有一回，他不知从哪里弄到很多土家族的挑花布，摆得一屋子，这间宿舍成了一个展览室。来看的人很多，沈先生于是很快乐。这些挑花图案天真稚气而秀雅生动，确实很美。

沈先生不长于讲课，而善于谈天。谈天的范围很广，时局、物价……谈得较多的是风景和人物。他几次谈及玉龙雪山的杜鹃花有多大，某处高山绝顶上有一户人家，——就是这样一户！他谈某一位老先生养了二十只猫。谈一位研究东方哲学的先生跑警报时带了一只小皮箱，皮箱里没有金银财宝，装的是一个聪明女人写给他的信。谈徐志摩上课时带了一个很大的烟台苹果，一边吃，一边讲，还说："中国东西并不都比外国的差，烟台苹果就很好！"谈梁思成在一座塔上测绘内部结构，差一点从塔上掉下去。谈林徽因发着高烧，还躺在客厅里和客人谈文艺。他谈得最多的大概是金岳霖。金先生终生未娶，长期独身。他养了一只大斗鸡。这鸡能把脖子伸到桌上来，和金先生一起吃饭。他到处搜罗大石榴、大梨。买到大的，就拿去和同事的孩子的比，比输了，就把大梨、大石榴送给小朋友，他再去买！……沈先生谈及的这些人有共同特点。一是都对工作、对学问热爱到了痴迷的程度；二是为人天真到像一个孩子，对生活充满兴趣，不管在什么环境下永远不消沉沮丧，无机心、少俗虑。这些人的气质也正是沈先生的气质。"闻多素心人，乐与数晨夕"，沈先生谈及熟朋友时总是很有感情的。

文林街文林堂旁边有一条小巷，大概叫做金鸡巷，巷里的小院中有一座小楼。楼上住着联大的同学：王树藏、陈蕴珍（萧珊）、施载宜（萧荻）、刘北汜。当中有个小客厅。这小客厅常有熟同学来喝茶聊天，成了一个小小的沙龙。沈先生常来坐坐。有时还把他的朋友也拉来和大家谈谈。老舍先生从重庆过昆明时，沈先生曾拉他来谈过“小说和戏剧”。金岳霖先生也来过，谈的题目是“小说和哲学”。金先生是搞哲学的，主要是搞逻辑的，但是读很多小说，从普鲁斯特到《江湖奇侠传》。“小说和哲学”这题目是沈先生给他出的。不料金先生讲了半天，结论却是：小说和哲学没有关系。他说《红楼梦》里的哲学也不是哲学。他谈到兴浓处，忽然停下来，说：“对不起，我这里有个小动物！”说着把右手从后脖领伸进去，捉出了一只跳蚤，甚为得意。我们问金先生为什么搞逻辑，金先生说：“我觉得它很好玩！”

沈先生在生活上极不讲究。他进城没有正经吃过饭，大都是在文林街二十号对面一家小米线铺吃一碗米线。有时加一个西红柿，打一个鸡蛋。有一次我和他上街闲逛，到玉溪街，他在一个米线摊上要了一盘凉鸡，还到附近茶馆里借了一个盖碗，打了一碗酒。他用盖碗盖子喝了一点，其余的都叫我一个人喝了。

沈先生在西南联大是一九三八年到一九四六年。一晃，四十多年了！

一九八六年一月二日上午

（本文原载《人民文学》1986年第五期；
初收《汪曾祺自选集》，漓江出版社，1987年10月）

故乡的食物

炒米和焦屑

小时读《板桥家书》“天寒冰冻时暮，穷亲戚朋友到门，先泡一大碗炒米送手中，佐以酱姜一小碟，最是暖老温贫之具”，觉得很亲切。郑板桥是兴化人，我的家乡是高邮，风气相似。这样的感情，是外地人们不易领会的。炒米是各地都有的。但是很多地方都做成了炒米糖。这是很便宜的食品。孩子买了，咯咯地嚼着。四川有“炒米糖开水”，车站码头都有得卖，那是泡着吃的。但四川的炒米糖似也是专业的作坊做的，不像我们那里。我们那里也有炒米糖，像别处一样，切成长方形的一块一块。也有搓成圆球的，叫做“欢喜团”。那也是作坊里做的。但通常所说的炒米，是不加糖黏结的，是“散装”的而且不是作坊里做出来，是自己家里炒的。

说是自己家里炒，其实是请了人来炒的。炒炒米也要点手艺，并不是人人都会的。入了冬，大概是过了冬至吧，有人背了一面大筛子，手执长柄的铁铲，大街小巷地走，这就是炒炒米的。有时带一个助手，多半是个半大孩子，是帮他烧火的。请到家里来，管一顿饭，给几个钱，炒一天。或二斗，或半石；像我们家人口多，一次得炒一石糯米。炒炒米都是把一年所需一次炒齐，没有零零碎碎炒的。过了这个季节，再找炒炒米的也找不着。一炒炒米，就让人觉得，快要过年了。

装炒米的坛子是固定的，这个坛子就叫“炒米坛子”，不作别的用途。舀炒米的东西也是固定的，一般人家大都是用一个香烟罐头。我的祖母用的是一个“柚子壳”。柚子，——我们那里柚子不多见，从顶上开一个洞，把里面的瓤掏出来，再塞上米糠，风干，就成了一个硬壳的钵状的东西。她用这个柚子壳用了一辈子。

我父亲有一个很怪的朋友，叫张仲陶。他很有学问，曾教我读过《项羽本纪》。他薄有田产，不治生业，整天在家研究《易经》，算卦。他算卦用蓍草。全城只有他一个人用蓍草算卦。据说他有几卦算得极灵。有一家，丢了一只金戒指，怀疑是女佣人偷了。这女佣人蒙了冤枉，来求张先生算一卦。张先生算了，说戒指没有丢，在你们家炒米坛盖子上。一找，果然。我小时就不大相信，算卦怎么能算得这样准，怎么能算得出在炒米坛盖子上呢？不过他的这一卦说明了一件事，即我们那里炒米坛子是几乎家家都有的。

炒米这东西实在说不上有什么好吃。家常预备，不过取其方便。用开水一泡，马上就可以吃。在没有什么东西好吃的时候，泡一碗，可代早晚茶。来了平常的客人，泡一碗，也算是点心。郑板桥说“穷亲戚朋友到门，先泡一大碗炒米送手中”，也是说其省事，比下一碗挂面还要简单。炒米是吃不饱人的。一大碗，其实没有多少东西。我们那里吃泡炒米，一般是抓上一把白糖，如板桥所说“佐以酱姜一小碟”，也有，少。我现在岁数大了，如有人请我吃泡炒米，我倒宁愿来一小碟酱生姜，——最好滴几滴香油，那倒是还有点意思的。另外还有一种吃法，用猪油煎两个嫩荷包蛋——我们那里叫做“蛋瘪子”，抓一把炒米和在一起吃。这种食品是只有“惯宝宝”才能吃得到的。谁家要是老给孩子吃这种东西，街坊就会有议论的。

我们那里还有一种可以急就的食品，叫做“焦屑”。糊锅巴磨成碎末，就是焦屑。我们那里，餐餐吃米饭，顿顿有锅巴。把饭铲出来，锅巴用小火烘焦，起出来，卷成一卷，存着。锅巴是不会坏的，不发馊，不长霉。攒够一定的数量，就用一具小石磨磨碎，放起来。焦屑也像炒米一样，用开水冲冲，就能吃了。焦屑调匀后成糊状，有点像北方的炒面，但比炒面爽口。

我们那里的人家预备炒米和焦屑，除了方便，原来还有一层意思，是应急。在不能正常煮饭时，可以用来充饥。这很有点像古代行军用的“糒”。有一年，记不得是哪一年，总之是我还小，还在上小学，党军（国民革命军）和联军（孙传芳的军队）在我们县境内开了仗，很多人都躲进了红十字会。不知道出于一种什么信念，大家都以为红十字会是哪一方的军队都不能打进去的，进了红十字会就安全了。红十字会设在炼阳观，这是一个道士观。我们一家带了一点行李进了炼阳观。祖母指挥着，特别关照，把一坛炒米和一坛焦屑带了去。我对这种打破常规的生活极感兴趣。晚上，爬到吕祖楼上去，看双方军队枪炮的火光在东北面不知什么地方一阵一阵地亮着，觉得有点紧张，也觉得好玩。很多人家住在一起，不能煮饭，这一晚上，我们是冲炒米、泡焦屑度过的。没有床铺，我把几个道士诵经用的蒲团拼起来，在上面睡了一夜。这实在是我小时候度过的一个浪漫主义的夜晚。

第二天，没事了，大家就都回家了。

炒米和焦屑和我家乡的贫穷和长期的动乱是有关系的。

端午的鸭蛋

家乡的端午，很多风俗和外地一样。系百索子。五色的丝线拧成小绳，系在手腕上。丝线是掉色的，洗脸时沾了水，手腕上就印得红一道绿一道的。做香角子。丝线缠成小粽子，里头装了香面，一个一个串起来，挂在帐钩上。贴五毒。红纸剪成五毒，贴在门槛上。贴符。这符是城隍庙送来的。城隍庙的老道士还是我的寄名干爹，他每年端午节前就派小道士送符来，还有两把小纸扇。符送来了，就贴在堂屋的门楣上。一尺来长的黄色、蓝色的纸条，上面用朱笔画些莫名其妙的道道，这就能辟邪么？喝雄黄酒。用酒和的雄黄在孩子的额头上画一个王字，这是很多地方都有的。有一个风俗不知别处有不：放黄烟子。黄烟子是大小如北方的麻雷子的炮仗，只是里面灌的不是硝药，而是雄黄。点着后不响，只是冒出一股黄烟，能冒好一会。把点着的黄烟子丢在橱柜下面，说是可以熏五毒。小孩子点了黄烟子，常把它的一头抵在板壁上写虎字。写黄烟虎字笔画不能断，所以我们那里的孩子都会写草书的“一笔虎”。还有一个风俗，是端午节的午饭要吃“十二红”，就是十二道红颜色的菜。十二红里我只记得有炒红苋菜、油爆虾、咸鸭蛋，其余的都记不清，数不出了。也许十二红只是一个名目，不一定真凑足十二样。不过午饭的菜都是红的，这一点是我没有记错的，而且，苋菜、虾、鸭蛋，一定是有的。这三样，在我的家乡，都不贵，多数人家是吃得起的。

我的家乡是水乡。出鸭。高邮大麻鸭是著名的鸭种。鸭多，鸭蛋也多。高邮人也善于腌鸭蛋。高邮咸鸭蛋于是出了名。我在苏南、浙江，每逢有人问起我的籍贯，回答之后，对方就会肃然起敬："哦！你们那里出咸鸭蛋！"上海的卖腌腊的店铺里也卖咸鸭蛋，必用纸条特别标明："高邮咸蛋"。高邮还出双黄鸭蛋。别处鸭蛋有偶有双黄的，但不如高邮的多，可以成批输出。双黄鸭蛋味道其实无特别处。还不就是个鸭蛋！只是切开之后，里面圆圆的两个黄，使人惊奇不已。我对异乡人称道高邮鸭蛋，是不大高兴的，好像我们那穷地方就出鸭蛋似的！不过高邮的咸鸭蛋，确实是好，我走的地方不少，所食鸭蛋多矣，但和我家乡的完全不能相比！曾经沧海难为水，他乡咸鸭蛋，我实在瞧不上。袁枚的《随园食单·小菜单》有"腌蛋"一条。袁子才这个人我不喜欢，他的《食单》好些菜的做法是听来的，他自己并不会做菜。但是"腌蛋"这一条我看后却觉得很亲切，而且"与有荣焉"。文不长，录如下：

> 腌蛋以高邮为佳，颜色红而油多，高文端公最喜食之。席间，先夹取以敬客。放盘中，总宜切开带壳，黄白兼用，不可存黄去白，使味不全，油亦走散。

高邮咸蛋的特点是质细而油多。蛋白柔嫩，不似别处的发干、发粉，入口如嚼石灰。油多尤为别处所不及。鸭蛋的吃法，如袁子才所说，带壳切开，是一种，那是席间待客的办法。平常食用，一般都是敲破"空头"用筷子挖着吃。筷子头一扎下去，吱——红油就冒出来了。高邮咸蛋的黄是通红的。苏北有一道名菜，叫做“朱砂豆腐”，就是用高邮鸭蛋黄炒的豆腐。我在北京吃的咸鸭蛋，蛋黄是浅黄色的，这叫什么咸鸭蛋呢！

端午节，我们那里的孩子兴挂“鸭蛋络子”。头一天，就由姑姑或姐姐用彩色丝线打好了络子。端午一早，鸭蛋煮熟了，由孩子自己去挑一个，鸭蛋有什么可挑的呢！有！一要挑淡青壳的。鸭蛋壳有白的和淡青的两种。二要挑形状好看的。别说鸭蛋都是一样的，细看却不同。有的样子蠢，有的秀气。挑好了，装在络子里，挂在大襟的纽扣上。这有什么好看呢？然而它是孩子心爱的饰物。鸭蛋络子挂了多半天，什么时候孩子一高兴，就把络子里的鸭蛋掏出来，吃了。端午的鸭蛋，新腌不久，只有一点淡淡的咸味，白嘴吃也可以。

孩子吃鸭蛋是很小心的，除了敲去空头，不把蛋壳碰破。蛋黄蛋白吃光了，用清水把鸭蛋里面洗净，晚上捉了萤火虫来，装在蛋壳里，空头的地方糊一层薄罗。萤火虫在鸭蛋壳里一闪一闪地亮，好看极了！

小时读囊萤映雪故事，觉得东晋的车胤用练囊盛了几十只萤火虫，照了读书，还不如用鸭蛋壳来装萤火虫。不过用萤火虫照亮来读书，而且一夜读到天亮，这能行么？车胤读的是手写的卷子，字大，若是读现在的新五号字，大概是不行的。

咸菜茨菰汤

一到下雪天，我们家就喝咸菜汤，不知是什么道理。是因为雪天买不到青菜？那也不见得。除非大雪三日，卖菜的出不了门，否则他们总还会上市卖菜的。这大概只是一种习惯。一早起来，看见飘雪花了，我就知道：今天中午是咸菜汤！

咸菜是青菜腌的。我们那里过去不种白菜，偶有卖的，叫做“黄芽菜”，是外地运去的，很名贵。一般黄芽菜炒肉丝，是上等菜。平常吃的，都是青菜，青菜似油菜，但高大得多。入秋，腌菜，这时青菜正肥。把青菜成担的买来，洗净，晾去水气，下缸。一层菜，一层盐，码实，即成。随吃随取，可以一直吃到第二年春天。

腌了四五天的新咸菜很好吃，不咸，细、嫩、脆、甜，难可比拟。

咸菜汤是咸菜切碎了煮成的。到了下雪的天气，咸菜已经腌得很咸了，而且已经发酸。咸菜汤的颜色是暗绿的。没有吃惯的人，是不容易引起食欲的。

咸菜汤里有时加了茨菰片，那就是咸菜茨菰汤。或者叫茨菰咸菜汤，都可以。

我小时候对茨菰实在没有好感。这东西有一种苦味。民国二十年，我们家乡闹大水，各种作物减产，只有茨菰却丰收。那一年我吃了很多茨菰，而且是不去茨菰的嘴子的，真难吃。

我十九岁离乡，辗转漂流，三四十年没有吃到茨菰，并不想。

前好几年，春节后数日，我到沈从文老师家去拜年，他留我吃饭，师母张兆和炒了一盘茨菰肉片。沈先生吃了两片茨菰，说：“这个好！格比土豆高。”我承认他这话。吃菜讲究“格”的高低，这种语言正是沈老师的语言。他是对什么事物都讲“格”的，包括对于茨菰、土豆。

因为久违，我对茨菰有了感情。前几年，北京的菜市场在春节前后有卖茨菰的。我见到，必要买一点回来加肉炒了。家里人都不怎么爱吃。所有的茨菰，都由我一个人“包圆儿”了。

北方人不识茨菰。我买茨菰，总要有人问我：“这是什么？”——“茨菰。”——“茨菰是什么？”这可不好回答。

北京的茨菰卖得很贵，价钱和“洞子货”（温室所产）的西红柿、野鸡脖韭菜差不多。

我很想喝一碗咸菜茨菰汤。

我想念家乡的雪。

虎头鲨、昂嗤鱼、砗螯、螺蛳、蚬子

苏州人特重塘鳢鱼。上海人也是，一提起塘鳢鱼，眉飞色舞。塘鳢鱼是什么鱼？我向往之久矣。到苏州，曾想尝尝塘鳢鱼，未能如愿。后来我知道：塘鳢鱼就是虎头鲨，嗐！

塘鳢鱼亦称土步鱼。《随园食单》：“杭州以土步鱼为上品，而金陵人贱之，目为虎头蛇，可发一笑。”虎头蛇即虎头鲨。这种鱼样子不好看，而且有点凶恶。浑身紫褐色，有细碎黑斑，头大而多骨，鳍如蝶翅。这种鱼在我们那里也是贱鱼，是不能上席的。苏州人做塘鳢鱼有清炒、椒盐多法。我们家乡通常的吃法是氽汤，加醋、胡椒。虎头鲨氽汤，鱼肉极细嫩，松而不散，汤味极鲜，开胃。

昂嗤鱼的样子也很怪，头扁嘴阔，有点像鲇鱼，无鳞，皮色黄，有浅黑色的不规整的大斑。无背鳍，而背上有一根很硬的尖锐的骨刺。用手捏起这根骨刺，它就发出昂嗤昂嗤小小的声音。

这声音是怎么发出来的，我一直没弄明白。这种鱼是由这种声音得名的。它的学名是什么，只有去问鱼类学专家了。这种鱼没有很大的，七八寸长的，就算难得的了。这种鱼也很贱，连乡下人也看不起。我的一个亲戚在农村插队，见到昂嗤鱼，买了一些，农民都笑他：“买这种鱼干什么！”昂嗤鱼其实是很好吃的。昂嗤鱼通常也是氽汤。虎头鲨是醋汤，昂嗤鱼不加醋，汤白如牛乳，是所谓“奶汤”。昂嗤也极细嫩，鳃边的两块蒜瓣肉有大拇指大，堪称至味。有一年，北京一家鱼店不知从哪里运来一些昂嗤鱼，无人问津。顾客都不识这是啥鱼。有一位卖鱼的老师傅倒知道：“这是昂嗤。”我看到，高兴极了，买了十来条。回家一做，满不是那么一回事！昂嗤要吃活的（虎头鲨也是活杀）。长途转运，又在冷库里冰了一些日子，肉质变硬，鲜味全失，一点意思都没有！

砗螯我的家乡叫馋螯，砗螯是扬州人的叫法。我在大连见到花蛤，我以为就是砗螯。不是。形状很相似，入口全不同。花蛤肉粗而硬，咬不动。砗螯极柔软细嫩。砗螯好像是淡水里产的，但味道却似海鲜。有点像蛎黄，但比蛎黄味道清爽。比青蛤、蚶子味厚。砗螯可清炒，烧豆腐，或与咸肉同煮。砗螯烧乌青菜（江南人叫塌苦菜），风味绝佳。乌青菜如是经霜而现拔的，尤美。我不食砗螯四十五年矣。

砗螯壳稍呈三角形，质坚，白如细磁，而有各种颜色的弧形花斑，有浅紫的，有暗红的，有赭石，墨蓝的，很好看。家里买了砗螯，挖出砗螯肉，我们就从一堆砗螯壳里去挑选，挑到好的，洗净了留起来玩。砗螯壳的铰合部有两个突出的尖嘴子，把尖嘴子在糙石上磨磨，不一会就磨出两个小圆洞，含在嘴里吹，呜呜地响，且有细细颤音，如风吹窗纸。

螺蛳处处有之。我们家乡清明吃螺蛳，谓可以明目。用五香煮熟螺蛳，分给孩子，一人半碗，由他们自己用竹签挑着吃，孩子吃了螺蛳，用小竹弓把螺蛳壳射到屋顶上，喀拉喀拉地响。夏天“检漏”，瓦匠总要扫下好些螺蛳壳。这种小弓不作别的用处，就叫做螺蛳弓，我在小说《戴东匠》里对螺蛳弓有较详细的描写。

蚬子是我所见过的贝类里最小的了，只有一粒瓜子大。蚬子是剥了壳卖的。剥蚬子的人家附近堆了好多蚬子壳，像一个坟头。蚬子炒韭菜，很下饭。这种东西非常便宜，为小户人家的恩物。

有一年修运河堤。按工程规定，有一段堤面应铺碎石，包工的贪污了款子，在堤面铺了一层蚬子壳。前来检收的委员，坐在汽车里，向外一看，白花花的一片，还抽着雪茄烟，连说：“很好！很好！”

我的家乡富水产。鱼之中名贵的是鳊鱼、白鱼（尤重翘嘴白）、鳜花鱼（即桂鱼），谓之“鳊、白、鳜”。虾有青虾、白虾。蟹极肥。以无特点。故不及。

野鸭、鹌鹑、斑鸠、鵽

过去我们那里野鸭子很多。水乡，野鸭子自然多。秋冬之际，天上有时“过”野鸭子，黑乎乎的一大片，在地上可以听到它们鼓翅的声音，呼呼的，好像刮大风。野鸭子是枪打的（野鸭肉里常常有很细的铁砂子，吃时要小心），但打野鸭子的人自己不进城来卖。卖野鸭子有专门的摊子。有时卖鱼的也卖野鸭子，把一个养活鱼的木盆翻过来，野鸭一对一对地摆在盆底，卖野鸭子是不用秤约的，都是一对一对地卖。野鸭子是有一定分量的。依分量大小，有一定的名称，如“对鸭”“八鸭”。哪一种有多大分量，我现在已经记不清了。卖野鸭子都是带毛的。卖野鸭子的可以代客当场去毛，拔野鸭毛是不能用开水烫的。野鸭子皮薄，一烫，皮就破了。干拔。卖野鸭子的把一只鸭子放入一个麻袋里，一手提鸭，一手拔毛，一会儿就拔净了。——放在麻袋里拔，是防止鸭毛飞散。代客拔毛，不另收费，卖野鸭子的只要那一点鸭毛。——野鸭毛是值钱的。

野鸭的吃法通常是切块红烧。清炖大概也可以吧，我没有吃过。野鸭子肉的特点是细、“酥”，不像家鸭每每肉老。野鸭烧咸菜是我们那里的家常菜。里面的咸菜尤其是佐粥的妙品。

现在我们那里的野鸭子很少了。前几年我回乡一次，偶有，卖得很贵。原因据说是因为县里对各乡水利做了全面综合治理，过去的水荡子、荒滩少了，野鸭子无处栖息。而且，野鸭子过去是吃收割后遗撒在田里的谷粒的，现在收割得很干净，颗粒归仓，野鸭子没有什么可吃的，不来了。

鹌鹑是网捕的。我们那里吃鹌鹑的人家少，因为这东西只有由乡下的亲戚送来，市面上没有卖的。鹌鹑大都是用五香卤了吃。也有用油炸了的。鹌鹑能斗，但我们那里无斗鹌鹑的风气。

我看见过猎人打斑鸠。我在读初中的时候。午饭后，我到学校后面的野地里去玩。野地里有小河，有野蔷薇，有金黄色的茼蒿花，有苍耳（苍耳子有小钩刺，能挂在衣裤上，我们管它叫“万把钩”），有才抽穗的芦荻。在一片树林里，我发现一个猎人。我们那里猎人很少，我从来没有见过猎人，但是我一看见他，就知道：他是一个猎人。这个猎人给我一个非常猛厉的印象。他穿了一身黑，下面却缠了鲜红的绑腿。他很瘦。他的眼睛黑，而冷。他握着枪。他在干什么？树林上面飞过一只斑鸠。他在追逐这只斑鸣。斑鸠分明已经发现猎人了。它想逃脱。斑鸠飞到北面，在树上落一落，猎人一步一步往北走。斑鸠连忙往南面飞，猎人扬头看了一眼，斑鸠落定了，猎人又一步一步往南走，非常冷静。这是一场无声的，然而非常紧张的，坚持的较量。斑鸠来回飞，猎人来回走。我很奇怪，为什么斑鸠不往树林外面飞。这样几个来回，斑鸠慌了神了，它飞得不稳了，歪歪倒倒的，失去了原来均匀的节奏。忽然，砰，——枪声一响，斑鸠应声而落。猎人走过去，拾起斑鸠，看了看，装在猎袋里。他的眼睛很黑，很冷。

我在小说《异秉》里提到王二的熏烧摊子上，春天，卖一种叫做“鵽”的野味。鸦这种东西我在别处没看见过。“鵽”这个字很多人也不认得。多数字典里不收。《辞海》里倒有这个字，标音为（duò，又读zhuā）。zhuā与我乡读音较近，但我们那里是读入声的，这只有用国际音标才标得出来。即使用国际音标标出，在不知道“短促急收藏”的北方人也是读不出来的。《辞海》“鵽”字条下注云“见鵽鸠”，似以为“鵽”即“鵽鸠”。而在“鵽鸠”条下注云：“鸟名。雉属。即‘沙鸡’。”这就不对了。沙鸡我是见过的，吃过的。内蒙、张家口多出沙鸡。《尔雅·释鸟》郭璞注：“出北方沙漠地”，不错。北京冬季偶尔也有卖的。沙鸡嘴短而红，腿也短。我们那里的鵽却是水鸟，嘴长，腿也长。鵽的滋味和沙鸡有天渊之别。沙鸡肉较粗，略有酸味；

鹞肉极细，非常香。我一辈子没有吃过比鹞更香的野味。

蒌蒿、枸杞、荠菜、马齿苋

小说《大淖记事》："春初水暖，沙洲上冒出很多紫红色的芦芽和灰绿色的蒌蒿，很快就是一片翠绿了。"我在书页下方加了一条注："蒌蒿是生于水边的野草，粗如笔管，有节，生狭长的小叶，初生二寸来高，叫做'蒌蒿薹子'，加肉炒食极清香。……"蒌蒿的蒌字，我小时不知怎么写，后来偶然看了一本什么书，才知道的。这个字音"吕"。我小学有一个同班同学，姓吕，我们就给他起了个外号，叫"蒌蒿薹子"（"蒌蒿薹子"家开了一糖坊，小学毕业后未升学，我们看见他坐在糖坊里当小老板，觉得很滑稽）。但我查了几本字典，"蒌"都音"楼"，我有点恍惚了。"楼""吕"一声之转。许多从"娄"的字都读"吕"，如"屡""缕""褛"……这本来无所谓，读"楼"读"吕"，关系不大。但字典上都说蒌蒿是蒿之一种，即白蒿，我却有点不以为然了。我小说里写的蒌蒿和蒿其实不相干。读苏东坡《惠崇春江晚景》诗："竹外桃花三两枝，春江水暖鸭先知。蒌蒿满地芦芽短，正是河豚欲上时。"此蒌蒿生于水边，与芦芽为伴，分明是我的家乡人所吃的蒌蒿，非白蒿。或者"即白蒿"的蒌蒿别是一种，未可知矣。深望懂诗、懂植物学，也懂吃的博雅君子有以教我。

我的小说注文中所说的"极清香"，很不具体。嗅觉和味觉是很难比方，无法具体的。昔人以为荔枝味似软枣，实在是风马牛不相及。我所谓“清香”，即食时如坐在河边闻到新涨的春水的气味。这是实话，并非故作玄言。

枸杞到处都有。开花后结长圆形的小浆果，即枸杞子。我们叫它“狗奶子”，形状颇像。本地产的枸杞子没有入药的，大概不如宁夏产的好。枸杞是多年生植物。春天，冒出嫩叶，即枸杞头。枸杞头是容易采到的。偶尔也有近城的乡村的女孩子采了，放在竹篮里叫卖：“枸杞头来！……”枸杞头可下油盐炒食；或用开水焯了，切碎，加香油、酱油、醋，凉拌了吃。那滋味，也只能说“极清香”。春天吃枸杞头，云可以清火，如北方人吃苣荬菜一样。

“三月三，荠菜花赛牡丹”。俗谓是日以荠菜花置灶上，则蚂蚁不上锅台。

北京也偶有荠菜卖。菜市上卖的是园子里种的，茎白叶大，颜色较野生者浅淡，无香气。农贸市场间有南方的老太太挑了野生的来卖，则又过于细瘦，如一团乱发，制熟后强硬扎嘴。总不如南方野生的有味。

江南人惯用荠菜包春卷，包馄饨，甚佳。我们家乡有用来包春卷的，用来包馄饨的没有，——我们家乡没有“菜肉馄饨”。一般是凉拌。芹菜焯熟剁碎，界首茶干切细丁，入虾米，同拌。这道菜是可以上酒席做凉菜的。酒席上的凉拌荠菜都用手抟成一座尖塔，临吃推倒。

马齿苋现在很少有人吃。古代这是相当重要的菜蔬。苋分人苋、马苋。人苋即今苋菜，马苋即马齿苋。我们祖母每于夏天摘肥嫩的马齿苋晾干，过年时做馅包包子。她是吃长斋的，这种包子只有她一个人吃。我有时从她的盘子里拿一个，蘸了香油吃，挺香。马齿苋有点淡淡的酸味。

马齿苋开花，花瓣如一小囊。我们有时捉了一个哑巴知了，——知了是应该会叫的，捉住一个哑巴，多么扫兴！于是就摘了两个马齿苋的花瓣套住它的眼睛，——马齿苋花瓣套知了眼睛正合适，一撒手，这知了就拼命往高处飞，一直飞到看不见！

三年自然灾害，我在张家口沙岭子吃过不少马齿苋。那时候，这是宝物！

（本篇原载《雨花》1986年第五期；
初收《汪曾祺自选集》，漓江出版社，1987年10月）

1989年

四方食事

（一）口味

“口之于味，有同嗜焉”。好吃的东西大家都爱吃。宴会上有烹大虾（得是极新鲜的），大都剩不下。但是也不尽然。羊肉是很好吃的。“羊大为美”。中国吃羊肉的历史大概和这个民族的历史同样久远。中国羊肉的吃法很多，不能列举。我以为最好吃的是手把羊肉。维吾尔、哈萨克都有手把肉，但似以内蒙为最好。内蒙很多盟旗都说他们那里的羊肉不膻，因为羊吃了草原上的野葱，生前已经自己把膻味解了。我以为不膻固好，膻亦无妨。我曾在达茂旗吃过“羊贝子”，即白煮全羊。整只羊放在锅里只煮45分钟（为了照顾远来的汉人客人，多煮了15分钟，他们自己吃，只煮半小时），各人用刀割取自己中意的部位，蘸一点作料（原来只备一碗盐水，近年有了较多的作料）吃。羊肉带生，一刀切下去，会汪出一点血，但是鲜嫩无比。内蒙人说，羊肉越煮越老，半熟的，才易消化，也能多吃。我几次到内蒙，吃羊肉吃得非常过瘾。同行有一位女同志，不但不吃，连闻都不能闻。一走进食堂，闻到羊肉气味就想吐。她只好每顿用开水泡饭，吃咸菜，真是苦煞。全国不吃羊肉的人，不在少数。

“鱼羊为鲜”，有一位老同志是获鹿县人，是回民，他倒是吃羊肉的，但是一生不解何所谓鲜。他的爱人是南京人，动辄说：“这个菜很鲜。”他说：“什么叫‘鲜’？我只知道什么东西吃着‘香’。”要解释什么是“鲜”，是困难的。我的家乡以为最能代表鲜味的是虾子。虾子冬笋、虾子豆腐羹，都很鲜。虾子放得太多，就会“鲜得连眉毛都掉了”的。我有个小孙女，很爱吃我配料煮的龙须挂面。有一次我放了虾子，她尝了一口，说：“有股什么味！”不吃。

中国不少省份的人都爱吃辣椒。云、贵、川、黔、湘、赣。延边朝鲜族也极能吃辣。人说吃辣椒爱上火。井冈山人说：“辣子冇补（没有营养），两头受苦。”我认识一个演员，他一天不吃辣椒，就会便秘！我认识一个干部，他每天在机关吃午饭，什么菜也不吃，只带了一小饭盒油炸辣椒来，吃辣椒下饭，顿顿如此。此人真是个吃辣椒专家，全国各地的辣椒，都设法弄了来吃。据他的品评，认为土家族的最好。有一次他带了一饭盒来，让我尝尝，真是又辣又香。然而有人是不吃辣的。我曾随剧团到重庆体验生活。四川尤菜不辣，有人实在受不了。有一个演员带了几个年轻的女演员去吃汤圆，一个唱老旦的演员进门就嚷嚷：“不要辣椒！”卖汤圆的白了她一眼：“汤圆没有放辣椒的！”

北方人爱吃生葱生蒜。山东人特爱吃葱，吃煎饼、锅盔，没有葱是不行的。有一个笑话：婆媳吵嘴，儿媳妇跳了井。儿子回来，婆婆说：“可了不得啦，你媳妇跳井啦！”儿子说：“不咋！”拿了一根葱在井口逛了一下，媳妇就上来了。山东大葱的确很好吃，葱白长至半尺，是甜的。江浙人不吃生葱蒜，做鱼肉时放葱，谓之“香葱”，实即北方的小葱，几根小葱，挽成一个疙瘩，叫做“葱结”。他们把大葱叫做“胡葱”，即做菜时也不大用。有一个著名女演员，不吃葱，她和大家一同去体验生活，菜都得给她单做。“文化大革命”斗她的时候，这成了一条罪状。北方人吃炸酱面，必须有几瓣蒜。在长影拍片时，有一天我起晚了，早饭已经开过，我到厨房里和几位炊事员一块吃。那天吃的是炸油饼，他们吃油饼就蒜。我说，“吃油饼哪有就蒜的！”一个河南籍的炊事员说：“嘿！你试试！”果然，“另一个味儿”。我前几年回家乡，接连吃了几天鸡鸭鱼虾，吃腻了，我跟家里人说：“给我下一碗阳春面，弄一碟葱，两头蒜来。”家里人看我生吃葱蒜，大为惊骇。

有些东西，本来不吃，吃吃也就习惯了。我曾经夸口，说我什么都吃，为此挨了两次捉弄。一次在家乡。我原来不吃芫荽（香菜），以为有臭虫味。一次，我家所开的中药铺请我去吃面，——那天是药王生日，铺中管事弄了一大碗凉拌芫荽，说：“你不是什么都吃吗？”我一咬牙，吃了。从此我就吃芫荽了。比来北地，每吃涮羊肉，调料里总要撒上大量芫荽。一次在昆明。苦瓜，我原来也是不吃的，——没有吃过。我们家乡有苦瓜，叫做癞葡萄，是放在磁盘里看着玩，不吃的。有一位诗人请我下小馆子，他要了三个菜：凉拌苦瓜、炒苦瓜、苦瓜汤。他说：“你不是什么都吃吗？”从此，我就吃苦瓜了。北京人原来是不吃苦瓜的，近年也学会吃了。不过他们用凉水连“拔”三次，基本上不苦了，那还有什么意思！

有些东西，自己尽可不吃，但不要反对旁人吃。不要以为自己不吃的东西，谁吃，就是岂有此理。比如广东人吃蛇，吃龙虱；傣族人爱吃苦肠，即牛肠里没有完全消化的粪汁，蘸肉吃。这在广东人、傣族人，是没有什么奇怪的。他们爱吃，你管得着吗？不过有些东西，我也以为以不吃为宜，比如炒肉芽——腐肉所生之蛆。

总之，一个人的口味要宽一点、杂一点，“南甜北咸东辣西酸”，都去尝尝。对食物如此，对文化也应该这样。

（二）切脍

《论语·乡党》：“食不厌精，脍不厌细。”中国的切脍不知始于何时。孔子以“食”“脍”对举，可见当时是相当普遍的。北魏贾思勰《齐民要术》提到切脍。唐人特重切脍，杜甫诗累见。宋代切脍之风亦盛。《东京梦华录·三月一日开金明池琼林苑》：“多垂钓之士，必于池苑所买牌子，方许捕鱼。游人得鱼，倍其价买之。临水斫脍，以荐芳樽，乃一时佳味也。”元代，关汉卿曾写过“望江亭中秋切脍”。明代切脍，也还是有的，但《金瓶梅》中未提及，很奇怪。《红楼梦》也没有提到。到了近代，很多人对切脍是怎么回事，都茫然了。

脍是什么？杜诗邵注：“鲙，即今之鱼生、肉生。”更多指鱼生，脍的繁体字是“鱠”，可知。

杜甫《阌乡姜七少府设鲙戏赠长歌》对切脍有较详细的描写。脍要切得极细，“脍不厌细”，杜诗亦云：“无声细下飞碎雪。”脍是切片还是切丝呢？段成式《酉阳杂俎·物革》云：

“进士段硕尝识南孝廉者，善斫脍，縠薄丝缕，轻可吹起。”看起来是片和丝都有的。切脍的鱼不能洗。杜诗云：“落碪何曾白纸湿”，邵注：“凡作鲙，以灰去血水，用纸以隔之”，大概是隔着一层纸用灰吸去鱼的血水。《齐民要术》：“切鲙不得洗，洗则鲙湿。”加什么佐料？一般是加葱的，杜诗：“有骨已剁觜春葱。”《内则》：“鲙，春用葱，夏用芥。”葱是葱花，不会是葱段。至于下不下盐或酱油，乃至酒、醉，则无从臆测，想来总得有点咸味，不会是淡吃。

切脍今无实物可验。杭州楼外楼解放前有名菜醋鱼带靶。所谓“带靶”即将活草鱼的脊背上的肉剔下，切成极薄的片，浇好酱油，生吃。我以为这很近乎切脍。我在1947年春天曾吃过，极鲜美。这道菜听说现在已经没有了，不知是因为有碍卫生，还是厨师无此手艺了。

日本鱼生我未吃过。北京西四牌楼的朝鲜冷面馆卖过鱼生、肉生。鱼生乃切成一寸见方、厚约二分的鱼片，蘸极辣的作料吃。这与“縠薄丝缕”的切脍似不是一回事。

与切脍有关联的，是“生吃螃蟹活吃虾”。生螃蟹我未吃过，想来一定非常好吃。活虾我可吃得多了。前几年回乡，家乡人知道我爱吃“呛虾”，于是餐餐有呛虾。我们家乡的呛虾是用酒把白虾（青虾不宜生吃）“醉”死了的。解放前杭州楼外楼呛虾，是酒醉而不待其死，活虾盛于大盘中，上覆大碗，上桌揭碗，虾蹦得满桌，客人捉而食之。用广东话说，这才真是“生猛”。听说楼外楼现在也不卖呛虾了，惜哉！

下生蟹活虾一等的，是将虾蟹之属稍加腌制。宁波的梭子蟹是用盐腌过的，醉蟹、醉泥螺、醉蚶子、醉蛏鼻，都是用高粱酒

“醉”过的。但这些都还是生的。因此，都很好吃。

我以为醉蟹是天下第一美味。家乡人贻我醉蟹一小坛。有天津客人来，特地为他剁了几只。他吃了一小块，问：“是生的？”就不敢再吃。

“生的”，为什么就不敢吃呢？法国人、俄罗斯人，吃牡蛎，都是生吃。我在纽约南海岸吃过鲜蚌，那是绝对是生的，刚打上来的，而且什么作料都不搁，经我要求，服务员才给了一点胡椒粉。好吃么？好吃极了！

为什么“切脍”、生鱼活虾好吃？曰：存其本味。

我以为切脍之风，可以恢复。如果觉得这不卫生，可以仿照纽约南海岸的办法：用“远红外”或什么东西处理一下，这样既不失本味，又无致病之虞。如果这样还觉得“膈应”，吞不下，吞下要反出来，那完全是观念上的问题。当然，我也不主张普遍推广，可以满足少数老饕的欲望，“内部发行”。

（三）河豚

阅报，江阴有人食河豚中毒，经解救，幸得不死，杨花扑面，节近清明，这使我想起，正是吃河豚的时候了。苏东坡诗：

竹外桃花三两枝，
春江水暖鸭先知。
蒌蒿满地芦芽短，
正是河豚欲上时。

梅圣俞诗：

河豚当此时，
贵不数鱼虾。

宋朝人是很爱吃河豚的，没有真河豚，就用了不知什么东西做出河豚的样子和味道，谓之“假河豚”，聊以过瘾，《东京梦华录》等书都有记载。

江阴当长江入海处不远，产河豚最多，也最好。每年春天，鱼市上有很多河豚卖。河豚的脾气很大，用小木棍捅捅它，它就把肚子鼓起来，再捅，再鼓，终至成了一个圆球。江阴河豚品种极多。我所就读的南菁中学的生物实验室里搜集了各种河豚，浸在装了福尔马林的玻璃器内。有的很大，有的小如金钱龟。颜色也各异，有带青绿色的，有白的，还有紫红的。这样齐全的河豚标本，大概只有江阴的中学才能搜集得到。

河豚有剧毒。我在读高中一年级时，江阴乡下出了一件命案，“谋杀亲夫”。“奸夫”“淫妇”在游街示众后，同时枪决。毒死亲夫的东西，即是一条煮熟的河豚。因为是“花案”，那天街的两旁有很多人鹄立伫观。但是实在没有什么好看，奸夫淫妇都蠢而且丑，奸夫还是个黑脸的麻子。这样的命案，也只能出在江阴。

但是河豚很好吃，江南谚云：“拼死吃河豚”，豁出命去，也要吃，可见其味美。据说整治得法，是不会中毒的。我的几个同学都曾约定请我上家里吃一次河豚，说是“保证不会出问题”。江阴正街上有一家饭馆，是卖河豚的。这家饭馆有一块祖传的木板，刷印保单，内容是如果在他家铺里吃河豚中毒致死，主人可以偿命。

河豚之毒在肝脏、生殖腺和血，这些可以小心地去掉。这种办法有例可援，即“洁本金瓶梅”是。

我在江阴读书两年，竟未吃过河豚，至今引为憾事。

（四）野菜

春天了，是挖野菜的时候了。踏青挑菜，是很好的风俗。人在屋里闷了一冬天，尤其是妇女，到野地里活动活动，呼吸一点新鲜空气，看看新鲜的绿色，身心一快。

南方的野菜，有枸杞、荠菜、马兰头……北方野菜则主要的是苣荬菜。枸杞、荠菜、马兰头用开水焯过，加酱油、醋、香油凉拌。苣荬菜则是洗净，去根，蘸甜面酱生吃。或曰吃野菜可以“清火”，有一定道理。野菜多半带一点苦味，凡苦味菜，皆可清火。但是更重要的是吃个新鲜。有诗人说：“这是吃春天”，这话说得有点做作，但也还说得过去。

敦煌变文、《云谣集杂曲子》、打枣杆、挂枝儿、吴歌，乃至《白雪遗音》等等，是野菜。因为它新鲜。

一九八九年四月十八日

（本篇原载《中国文化》1989年第一期（创刊号）“城南客话”专栏；初收《汪曾祺小品》，中国人民大学出版社，1992年10月）

1990年

七十书怀

六十岁生日，我曾经写过一首诗：

冻云欲湿上元灯，
漠漠春阴柳未青。
行过玉渊潭畔路，
去年残叶太分明。

这不是“自寿”，也没有“书怀”，“即事”而已。六十岁生日那天一早，我按惯例到所居近处的玉渊潭遛了一个弯，所写是即目所见。为什么提到上元灯？因为我的生日是旧历的正月十五。据说我是日落西时建生，那么正是要“上灯”的时候。沾了元宵节的光，我的生日总不会忘记。但是小时不做生日，到了那天，我总是鼓捣一个很大的，下面安四个轱辘的兔子灯，晚上牵了自制的兔子灯，里面插了蜡烛，在家里厅堂过道里到处跑，有时还要牵到相熟的店铺中去串门。我没有“今天是我的生日”的意识，只是觉得过“灯节”（我们那里把元宵叫做“灯节”）很好玩。十九岁离乡，四方漂泊，过什么生日！后来在北京安家，孩子也大了，家里人对我的生日渐渐重视起来。到了那天，总得“表示”一下。尤其是我的孙女和外孙女，她们对我的生日比别人更为热心，因为那天可以吃蛋糕。六十岁是个整寿。但我觉得无所谓。诗的后两句似乎有些感慨，因为这时“文化大革命”过去不久，容易触景生情，但是究竟有什么感慨，也说不清。那天是阴天，好像要下雪，天气其实是很舒服的，诗的前两句隐隐约约有一点喜悦。总之，并不衰瑟，更没有过一年少一年这样的颓唐的心情。

一晃，十年过去了，我七十岁了。七十岁生日那天写了一首《七十书怀出律不改》：

悠悠七十犹耽酒，
唯觉登山步履迟。
书画萧萧余宿墨，
文章淡淡忆儿时。
也写书评也作序，
不开风气不为师。
假我十年闲粥饭，
未知留得几囊诗。

这需要加一点注解。

中国人的平均寿命比以前增高多了。我记得小时候看家里大人和亲戚，过了五十，就是“老太爷”了。我祖父六十岁生日，已经被称为“老寿星”。“人生七十古来稀”，现在七十岁不算稀奇了。不过七十总是个“坎儿”。不知从什么时候起，别人对我的称呼从“老汪”改成了“汪老”。我并无老大之感。但从去年下半年，我一想我再没有六十几了，不免有一点紧张。我并不太怕死，但是进入七十，总觉得去日苦多，是无可奈何的事。所幸者，身体还好。去年年底，还上了一趟武夷山。武夷山是低山，但总是山。我一度心肌缺氧，一般不登山。这次到了武夷绝顶天游，没有感到心脏有负担。看来我的身体比前几年还要好一些，再工作几年，问题不大。当然，上山比年轻人要慢一些。因此，去年下半年偶尔会有的紧张感消失了。

我的写字画画本是遣兴自娱而已，偶尔送一两件给熟朋友。后来求字求画者渐多。大概求索者以为这是作家的字画，不同于书家画家之作，悬之室中，别有情趣耳，其实，都是不足观的。我写字画画，不暇研墨，只用墨汁。写完画完，也不洗砚盘色碟，连笔也不涮。下次再写、再画，加一点墨汁。“宿墨”是记实。今年（1990）1月15日，画水仙金鱼，题了两句诗：

宜入新春未是春，
残笺宿墨隔年人。

这幅画的调子是灰的，一望而知用的是宿墨。用宿墨，只是懒，并非追求一种风格。

有一个文学批评用语我始终不懂是什么意思，叫做“淡化”。淡化主题、淡化人物、淡化情节，当然，最终是淡化政治。“淡化”总是不好的。我是被有些人划入淡化一类了的。我所不懂的是：淡化，是本来是浓的，不淡的，或应该是不淡的，硬把它化得淡了。我的作品确实是比较淡的，但它本来就是那样，并没有经过一个“化”的过程。我想了想，说我淡化，无非是说没有写重大题材，没有写性格复杂的英雄人物，没有写强烈的，富于戏剧性的矛盾冲突。但这是我的生活经历，我的文化素养，我的气质所决定的。我没有经历过太多的波澜壮阔的生活，没有见过叱咤风云的人物，你叫我怎么写？我写作，强调真实，大都有过亲身感受，我不能靠材料写作。我只能写我所熟悉的平平常常的人和事，或者如姜白石所说“世间小儿女”。我只能用平平常常的思想感情去了解他们，用平平常常的方法表现他们。这结果就是淡。但是“你不能改变我”，我就是这样，谁也不能下命令叫我照另外一种样子去写。我想照你说的那样去写，也办不到。除非把我回一次炉，重新生活一次。我已经七十岁了，回炉怕是很难。前年《三月风》杂志发表我一篇随笔，请丁聪同志画了我一幅漫画头像，编辑部要我自己题几句话，题了四句诗：

近事模糊远事真，
双眸犹幸未全昏。
衰年变法谈何易，
唱罢莲花又一春。

《绣襦记》《教歌》两个叫花子唱的“莲花落”有句“一年春尽又是一年春”，我很喜欢这句唱词。七十岁了，只能一年又一年，唱几句莲花落。

《七十书怀出律不改》，“出律”指诗的第五六两句失粘，并因此影响最后两句平仄也颠倒了。我写的律诗往往有这种情况，五六两句失粘。为什么不改？因为这是我要说的主要两句话，特别是第六句，所书之怀，也仅此耳。改了，原意即不妥帖。

我是赞成作家写评论的，也爱看作家所写的评论。说实在的，我觉得评论家所写的评论实在有点让人受不了。结果是作法自毙。写评论的差事有时会落到我的头上。我认为评论家最让人受不了的，是他们总是那样自信。他们像我写的小说《鸡鸭名家》里的陆长庚一样，一眼就看出这只鸭是几斤几两，这个作家该打几分。我觉得写评论是非常冒险的事：你就能看得那样准？我没有这样的自信。人到一定岁数，就有为人写序的义务。我近年写了一些序。去年年底就写了三篇，真成了写序专家。写序也很难，主要是分寸不好掌握，深了不是，浅了不是。像周作人写序那样，不着边际，是个办法。但是一，我没有那样大的学问；二，丝毫不涉及所序的作品，似乎有欠诚恳。因此，临笔踌躇，煞费脑筋。好像是法朗士说过："关于莎士比亚，我所说的只是我自己。"写书评、写序，实际上是写写书评、写序的人自己。借题发挥，拿别人来"说事"，当然不太好，但是书评和序里总会流露出本人的观点，本人的文学主张。我不太希望我的观点、主张被了解，愿意和任何人保持一定的距离；但是自设屏障，拒人千里，把自己藏起来，完全不让人了解，似也不必。因此，"也写书评也作序"。

"不开风气不为师"，是从龚定庵的诗里套出来的。龚定庵的原句是："但开风气不为师"。龚定庵的诗貌似谦虚，实很狂傲。——龚定庵是谦虚的人么？但是龚定庵是有资格说这个话的。他确实是个"开风气"的。他的带有浓烈的民主色彩的个性解放思想撼动了一代人，他的宗法公羊家的奇崛矫矢的文体对于当时和后代都起了很大的影响。他的思想不成体系，不立门户，说是“不为师”倒也是对的。近四五年，有人说我是这个那个流派的始作俑者，这很出乎我的意外。我从来没有想到提倡什么，我绝无“来吾导乎先路也”的气魄，我只是“悄没声地”自己写一点东西而已。有一些青年作家受了我的影响，甚至有人有意地学我，这情况我是知道的。我要诚恳地对这些青年作家说：不要这样。第一，不要“学”任何人。第二，不要学我。我希望青年作家在起步的时候写得新一点，怪一点，朦胧一点，荒诞一点，狂妄一点，不要过早地归于平淡。三四十岁就写得很淡，那，到我这样的年龄，怕就什么也没有了。这个意思，我在几篇序文中都说到，是真话。

看相的说我能活九十岁，那太长了！不过我没有严重的器质性的病，再对付十年，大概还行。我不愿当什么“离休干部”，活着，就还得做一点事。我希望再出一本散文集，一本短篇小说集，把《聊斋新义》写完，如有可能，把酝酿已久的长篇历史小说《汉武帝》写出来。这样，就差不多了。

七十书怀，如此而已。

一九九〇年二月二十四日

（本篇原载《现代作家》1990年第五期；
初收《汪曾祺小品》，中国人民大学出版社，1992年10月）

多年父子成兄弟

这是我父亲的一句名言。

父亲是个绝顶聪明的人。他是画家，会刻图章，画写意花卉。图章初宗浙派，中年后治汉印。他会摆弄各种乐器，弹琵琶，拉胡琴，笙箫管笛，无一不通。他认为乐器中最难的其实是胡琴，看起来简单，只有两根弦，但是变化很多，两手都要有功夫。他拉的是老派胡琴，弓子硬，松香滴得很厚——现在拉胡琴的松香都只滴了薄薄的一层。他的胡琴音色刚亮。胡琴码子都是他自己刻的，他认为买来的不中使。他养蟋蟀，养金铃子。他养过花。他养的一盆素心兰在我母亲病故那年死了，从此他就不再养花。我母亲死后，他亲手给她做了几箱子冥衣——我们那里有烧冥衣的风俗。按照母亲生前的喜好，选购了各种花素色纸作衣料，单夹皮棉，四时不缺。他做的皮衣能分得出小麦穗羊羔、灰鼠、狐肷。

父亲是个很随和的人，我很少见他发过脾气，对待子女，从无疾言厉色。他爱孩子，喜欢孩子，爱跟孩子玩，带着孩子玩。我的姑妈称他为“孩子头”。春天，不到清明，他领一群孩子到麦田里放风筝。放的是他自己糊的蜈蚣（我们那里叫“百脚”），是用染了色的绢糊的。放风筝的线是胡琴的老弦。老弦结实而轻，这样风筝可笔直的飞上去，没有“肚儿”。用胡琴弦放风筝，我还未见过第二人。清明节前，小麦还没有“起身”，是不怕践踏的，而且越踏会越长得旺。孩子们在屋里闷了一冬天，在春天的田野里奔跑跳跃，身心都极其畅快。他用钻石刀把玻璃裁成不同形状的小块，再一块一块逗拢，接缝处用胶水粘牢，做成小桥、小亭子、八角玲珑水晶球。桥、亭、球是中空的，里面养了金铃子。从外面可以看到金铃子在里面自在爬行，振翅鸣叫。他会做各种灯。用浅绿透明的“鱼鳞纸”扎了一只纺织娘，栩栩如生。用西洋红染了色，上深下浅，通草做花瓣，做了一个重瓣荷花灯，真是美极了。用小西瓜（这是拉秧的小瓜，因其小，不中吃，叫做“打瓜”或“笃瓜”）上开小口挖净瓜瓤，在瓜皮上雕镂出极细的花纹，做成西瓜灯。我们在这些灯里点了蜡烛，穿街过巷，邻居的孩子都跟过来看，非常羡慕。

父亲对我的学业是关心的，但不强求。我小时了了，国文成绩一直是全班第一。我的作文，时得佳评，他就拿出去到处给人看。我的数学不好，他也不责怪，只要能及格，就行了。他画画，我小时也喜欢画画，但他从不指点我。他画画时，我在旁边看。其余时间由我自己乱翻画谱，瞎抹。我对写意花卉那时还不太会欣赏，只是画一些鲜艳的大桃子，或者我从来没有见过的瀑布。我小时字写得不错，他倒是给我出过一点主意。在我写过一阵“圭峰碑”和“多宝塔”以后，他建议我写写“张猛龙”。这建议是很好的，到现在我写的字还有“张猛龙”的影响。我初中时爱唱戏，唱青衣，我的嗓子很好，高亮甜润。在家里，他拉胡琴，我唱。我的同学有几个能唱戏的。学校开同乐会，他应我的邀请，到学校去伴奏。几个同学都只是清唱。有一个姓费的同学借到一顶纱帽，一件蓝官衣，扮起来唱《硃砂井》，但是没有配角，没有衙役，没有犯人，只是一个赵廉，摇着马鞭在台上走了两圈，唱了一段“郿坞县在马上心神不定”，便完事下场。父亲那么大的人陪着几个孩子玩了一下午，还挺高兴。我十七岁初恋，暑假里，在家写情书，他在一旁瞎出主意！我十几岁就学会了抽烟喝酒。他喝酒，给我也倒一杯。抽烟，一次抽出两根，他一根，我一根。他还总是先给我点上火。我们的这种关系，他人或以为怪。父亲说：“我们是多年父子成兄弟。”

我和儿子的关系也是不错的。我戴了“右派分子”的帽子下放张家口农村劳动，他那时还从幼儿园刚毕业，刚刚学会汉语拼音，用汉语拼音给我写了第一封信。我也只好赶紧学会汉语拼音，好给他写回信。“文化大革命”期间，我被打成“黑帮”，关进“牛棚”。偶尔回家，孩子们对我还是很亲热。我的老伴告诫他们“你们要和爸爸‘划清界限’”，儿子反问母亲：“那你怎么还给他打酒？”只有一件事，两代之间，曾有分歧。他下放山西忻县“插队落户”。按规定，春节可以回京探亲，我们等着他回来。不料他同时带回了一个同学。他的这个同学的父亲是一位正受林彪迫害，搞得人囚家破的空军将领。这个同学在北京已经没有家，按照大队的规定是不能回北京的，但是这孩子很想回北京，在一伙同学的秘密帮助下，我的儿子就偷偷地把他带回来了。他连“临时户口”也不能上，是个“黑人”，我们留他在家住，等于“窝藏”了他。公安局随时可以来查户口，街道办事处的大妈也可能举报。当时人人自危，自顾不暇，儿子惹了这么一个麻烦，使我们非常为难。我和老伴把他叫到我们的卧室，对他的冒失行为表示很不满。我责备他：“怎么事前也不和我们商量一下！”我的儿子哭了，哭得很委屈，很伤心。我们当时立刻明白了：他是对的，我们是错的。我们这种怕担干系的思想是庸俗的，我们对儿子和同学之间义气缺乏理解，对他的感情不够尊重。他的同学在我们家一直住了四十多天，才离去。

对儿子的几次恋爱，我采取的态度是“闻而不问”。了解，但不干涉。我们相信他自己的选择，他的决定。最后，他悄悄和一个小学时期女同学好上了，结了婚。有了一个女儿，已近七岁。

我的孩子有时叫我“爸”，有时叫我“老头子”！连我的孙女也跟着叫。我的亲家母说这孩子“没大没小”。我觉得一个现代的，充满人情味的家庭，首先必须做到“没大没小”。父母叫人敬畏，儿女“笔管条直”，最没有意思。

儿女是属于他们自己的。他们的现在，和他们的未来，都应由他们自己来设计。一个想用自己理想的模式塑造自己的孩子的父亲是愚蠢的，而且，可恶！另外，作为一个父亲，应该尽量保持一点童心。

一九九〇年九月一日

（本篇原载《福建文学》1991年第一期；
初收《汪曾祺小品》，中国人民大学出版社，1992年10月）

1991年

泰山片石

序

我从泰山归，
携归一片云，
开匣忽相视，
化作雨霖霖。

泰山很大

泰即太，太的本字是大。段玉裁以为太是后起的俗字，太字下面的一点是后人加上去的。金文、甲骨文的大字下面如果加上一点，也不成个样子，很容易让人误解，以为是表示人体上的某个器官。

因此描写泰山是很困难的。它太大了，写起来没有抓挠。三千年来，写泰山的诗里最好的，我以为是诗经的《鲁颂》：

“泰山岩岩，鲁邦所詹。”“岩岩”究竟是一种什么感觉，很难捉摸，但是登上泰山，似乎可以体会到泰山是有那么一股劲儿。詹即瞻。说是在鲁国，不论在哪里，抬起头来就能看到泰山。这是写实，然而写出了一个大境界。汉武帝登泰山封禅，对泰山简直不知道怎么说才好，只好发出一连串的感叹：“高矣！极矣！大矣！特矣！壮矣！赫矣！惑矣！”完全没说出个所以然。这倒也是一种办法，人到了超经验的景色之前，往往找不到合适的语言，就只好狗一样地乱叫。杜甫诗《望岳》，自是绝唱，“岱宗夫如何？齐鲁青未了”，一句话就把泰山概括了。杜甫真是一个深受儒家思想影响的伟大的现实主义者，这一句诗表现了他对祖国山河的无比的忠悃。相比之下，李白的“天门一长啸，万里清风来”，就有点洒狗血。李白写了很多好诗，很有气势，但有时底气不足，便只好洒狗血，装疯。他写泰山的几首诗都让人有底气不足之感。杜甫的诗当然受了《鲁颂》的影响，“齐鲁青未了”，当自“鲁邦所詹”出。张岱说：“泰山元气浑厚，绝不以玲珑小巧示人。”这话是说得对的。大概写泰山，只能从宏观处着笔。郦道元写三峡可以取法。柳宗元的《永州八记》刻琢精深，以其法写泰山即不大适用。

与风景，是和个人气质有关的。徐志摩写泰山日出，用了那么多华丽鲜明的颜色，真是“浓得化不开”。但我有点怀疑，这是写泰山日出，还是写徐志摩自己？我想周作人就不会这样写。周作人大概根本不会去写日出。

我是写不了泰山的，因为泰山太大。我对泰山不能认同。我对一切伟大的东西总有点格格不入。我十年间两登泰山，可谓了不相干。泰山既不能进入我的内部，我也不能外化为泰山。山自山，我自我，不能达到物我同一，山即是我，我即是山。泰山是强者之山，我自以为这个提法很合适，我不是强者，不论是登山还是处世。我是生长在水边的人，一个平常的、平和的人。我已经过了七十岁，对于高山，只好仰止。我是个安于竹篱茅舍、小桥流水的人。以惯写小桥流水之笔而写高大雄奇之山，殆矣。人贵有自知之明，不要“小鸡吃绿豆——强努”。

同样，我对一切伟大的人物也只能以常人视之。泰山的出名，一半由于封禅。封禅史上最突出的两个人物是秦皇、汉武。唐玄宗作《纪泰山铭》，文词华缛而空洞无物。宋真宗更是个沐猴而冠的小丑。对于秦始皇，我对他统一中国的丰功，不大感兴趣。他是不是“千古一帝”，与我无关。我只从人的角度来看他，对他的“蜂目豺声”印象很深。我认为汉武帝是个极不正常的人，是个妄想型精神病患者，一个变态心理的难得的标本。这两位大人物的封禅，可以说是他们的人格的夸大。看起来这两位伟大人物的封禅的实际效果都不怎么样，秦始皇上山，上了一半，遇到暴风雨，吓得退下来了。按照秦始皇的性格，暴风雨算什么呢？他横下心来，是可以不顾一切地上到山顶的。然而他害怕了，退下来了。于此可以看出，伟大人物也有虚弱的一面。汉武帝要封禅，召集群臣讨论封禅的制度。因无旧典可循，大家七嘴八舌瞎说一气。汉武帝恼了，自己规定了照祭东皇太乙的仪式，上山了。却谁也不让同去，只带了霍去病的儿子一个人。霍去病的儿子不久即得暴病而死。他的死因很可疑，于是汉武帝究竟在山顶上鼓捣了什么名堂，谁也不知道。封禅是大典，为什么要这样保密？看来汉武帝心里也有鬼，很怕他的那一套名堂不灵验，为人所讥。

但是，又一次登了泰山，看了秦刻石和无字碑（无字碑是一个了不起的杰作），在乱云密雾中坐下来，冷静地想想，我的心态比较透亮了。我承认泰山很雄伟，尽管我和它不能水乳交融，打成一片；承认伟大的人物确实是伟大的，尽管他们所做的许多事不近人情。他们是人里头的强者，这是毫无办法的事。在山上呆了七天，我对名山大川，伟大人物的偏激情绪有所平息。

同时我也更清楚地认识到我的微小，我的平常，更进一步安于微小，安于平常。

这是我在泰山受到的一次教育。

从某个意义上说，泰山是一面镜子，照出每个人的价值。

碧霞元君

泰山牵动人的感情，是因为它关系到人的生死。人死后，魂魄都要到蒿里集中。汉代挽歌有《薤露》《蒿里》两曲。或谓本是一曲，李延年裁之为二，《薤露》送王公贵人，《蒿里》送大夫士庶。我看二曲词义，各成首尾，似本即二曲。《蒿里》词云：

> 蒿里谁家地？
> 聚敛魂魄无贤愚。
> 鬼伯一何相催迫，
> 人命不得少踟蹰。

写得不如《薤露》感人，但如同说话，亦自悲切。十年前到泰山，就想到蒿里去看看，因为路不顺，未果。蒿里山才多大的地方，天下的鬼魂都聚在那里，怎么装得下呢？也许鬼有形无质，挤一点不要紧。后来不知怎么又出来个酆都城。这就麻烦了，鬼们将无所适从，是上山东呢，还是到四川？我看，随便吧。

泰山神是管死的。这位神不知是什么来头。或说他是金虹氏，或说是《封神榜》上的黄飞虎。道教的神多是随意瞎编出来的。编的时候也不查查档案，于是弄得乱七八糟。历代帝王对泰山神屡次加封，老百姓则称之为东岳大帝。全国各地几乎都有一座东岳庙，亦称泰山庙。我们县的泰山庙离我家很近，我对这位大帝是很熟悉的（一张油白发亮的长圆脸，疏眉细眼，五绺胡须）。我小小年纪便知道大帝是黄飞虎，并且小小年纪就觉得这很滑稽。

中国人死了，变成鬼，要经过层层转关系，手续相当麻烦。先由本宅灶君报给土地，土地给一纸“回文”，再到城隍那里“挂号”，最后转到东岳大帝那里听候发落。好人，登银桥。道教好人上天，要经过一道桥（这想象倒是颇美的），这桥就叫“升仙桥”。我是亲眼看见过的，是纸扎的。道士诵经后，桥即烧去。这个死掉的人升天是不是经过东岳大帝批准了，不知道。不过死者的家属要给道士一笔劳务费，我是知道的。坏人，下地狱。地狱设各种酷刑：上刀山、下油锅、锯人、磨人……这些都塑在东岳庙的两廊，叫做“七十二司”。听说泰山蒿里祠也有“司”，但不是七十二，而是七十五，是个单数，不知是何道理。据我的印象，人死了，登桥升天的很少，大部分都在地狱里受罪。人都不愿死，尤其不愿在七十二司里受酷刑——七十二司是很恐怖的，我小时即不敢多看，因此，大家对东岳大帝都没什么好感。香，还是要烧的，因为怕他。而泰山香火最盛处，为碧霞元君祠。

碧霞元君，或说是泰山神的侍女、女儿，或说是玉皇大帝的女儿，又说是玉皇大帝的妹妹。道教诸神的谱系很乱，差一辈不算什么。又一说是东汉人石守道之女。这个说法不可取，这把元君的血统降低了，从贵族降成了平民。封之为“天仙玉女碧霞元君”的，是宋真宗。老百姓则称之为泰山娘娘，或泰山老奶奶。碧霞元君实际上取代了东岳大帝，成为泰山的主神。“礼岱者皆祷于泰山娘娘祠庙，而弗旅岳神久矣”（福格《听雨丛谈》）。泰安百姓“终日仰对泰山，而不知有泰山，名之曰奶奶山”（王照《行脚山东记》）。

泰山神是女神，为什么？这很容易让人联想原始社会母性崇拜的远古隐秘心理的回归，想到母系社会，这不是没有道理的。我们不管活得多大，在深层心理中都封藏着不止一代人对母亲的记忆。母亲，意味着生。假如说东岳大帝是司死之神，那么，碧霞元君就是司生之神，是滋生繁衍之神。或者直截了当地说，是母亲神。人的一生，在残酷的现实生活之中，艰难辛苦，受尽委屈，特别需要得到母亲的抚慰。明万历八年（1580年），山东巡抚何起鸣登泰山，看到“四方以进香来谒元君者，辄号泣如赤子久离父母膝下者”。这里的“父”字可删。这种现象使这位巡抚大为震惊，“看出了群众这种感情背后隐藏着对冷酷现实强烈否定”（车锡伦《泰山女神的神话信仰与宗教》）。这位何巡抚是个有头脑、能看问题的人。对封建统治者来说，这种如醉如痴的半疯狂的感情，是一种可怕的力量。

碧霞元君当然被蒙上世俗宗教的唯利色彩，如各种人来许愿、求子。

车锡伦同志在他的《泰山女神的神话信仰与宗教》的最后提出一个很有意思的问题，即对碧霞元君“净化”的问题。怎样“净化”？我们不能把碧霞元君祠翻造成巴黎圣母院那样的建筑，也不能请巴赫那样的作曲家来写像《圣母颂》一样的《碧霞元君颂》。但是好像也不是一点办法都没有。比如能不能组织一个道教音乐乐队，演奏优美的道教乐曲，调集一些有文化的炼师诵唱道经，使碧霞元君在意象上升华起来，更诗意化起来？

任何名山都应该提高自己的文化层次，都有责任提高全民的文化素质。我希望主管全国旅游的当局，能思索一下这个问题。

泰山石刻

第一次看见经石峪字，是在昆明一个旧家，一副四言的集字对联，厚纸浓墨，是较早的拓本。百年老屋，光线晦暗，而字字神气俱足，不能忘。

经石峪在泰山中路的岔道上。这地方的地形很奇怪，在崇山峻岭之中，怎么会出现一片一亩大的基本平整的石坪呢？泰山石为花岗岩，多为青色，而这片石坪的颜色是姜黄的。四周都没有这样的石头，很奇怪。是一个什么人发现了这片石坪，并且想起在石坪上刻下一部《金刚经》呢？经字大径一尺半。摩崖大字，一般都是刻在直立的石崖上，这是刻在平铺的石坪上的，很少见。这样的字体，他处也极少见。

经石峪的时代，众说纷纭。说这是从隶书过渡到楷书之间的字体，则多数人都无异议。龚定庵有诗曰：

北书无过金刚经，
南书无过瘗鹤铭。
忽然二物相顾哑，
排闼一丈蛟龙青。

（龚集不在手边，此据记忆录出，或有错字。）

他所说的“金刚经”即经石峪字。他以为经石峪与瘗鹤的时代差不多，是有见地的。经石峪保存较多隶书笔意，但无蚕头雁尾，笔圆而体稍扁，可以上接石门铭，但不似石门铭的放肆。有人说这是王羲之写的，似无据。王羲之书多以偏侧取势，经石峪不也。瘗鹤铭结体稍长，用笔瘦劲，秀气扑人，说这近似二王书，还有几分道理（我以为应早于王羲之）。书法自晋唐以后，都贵瘦硬。杜甫诗“书贵瘦硬方通神”，是一时风气。经石峪字颇肥重，但是骨在肉中，肥而不痴，笔笔送到，而不板滞。假如用一个字评经石峪字，曰：稳。这是一个心平而志坚的学佛的人所写的字。这不是废话么，金刚经还能是不学佛的人写的？不，经字有佛性。

这样的字和泰山才相称。刻在他处，无此效果。十年前，我在经石峪呆了好大一会，觉得两天的疲劳，看了经石峪，也就值了。“经石峪”是“泰山”不可分离的一部分。泰山即使没有别的东西，没有碧霞元君祠，没有南天门，只有一个经石峪，也还是值得来看看的。

我很希望有人能拓印一份经石峪字的全文（得用好多张纸拼起来），在北京陈列起来，即便专为它盖一个大房子，也不为过。

名山之中，石刻最多也最好的，似为泰山。大观峰真是大观，那么多块摩崖大字，大都写得很好，这好像是摩崖大字大赛，哪一块都不寒碜。这块地场（这是山东话）也选得好。石岩壁立，上无遮盖，而石壁前有一片空地，看字的人可以在一个距离之外看，收其全貌，不必像壁虎似的趴在石壁上。其他各处的摩崖石碑的字也都写得不错。摩崖字多是真书体兼颜柳，是得这样，才压得住（蔡襄平日写行草，鼓山的大字题石却是真书。董其昌字甚飘逸，但写大字则用颜体）。看大字碑刻题名，很多都是山东巡抚。大概到山东来当巡抚，先得练好大字。

有些摩崖石刻，是当代人手笔。较之前人，不逮也。有的字甚至明显地看得出是用铅笔或圆珠笔写在纸上放大的。是乌可哉。

很奇怪，泰山上竟没有一块韩复榘写的碑。这位老兄在山东呆了那么久，为什么不想到泰山来留下一点字迹？看来他有点自知之明。韩复榘在他的任内曾大修过泰山一次，竣工后，电令泰山各处："嗣后除奉令准刊外，无论何人不准题字、题诗。"我准备投他一票。随便刻字，实在是糟蹋了泰山。

担山人

我在泰山遇了一点险，在由天街到神憩宾馆的石级上，叫一个担山人的扁担的铁尖在右眼角划了一下，当时出了血。这位担山人从我的后边走上来，在我身边换肩。担山人说："你注意一点。"话倒是挺和气，不过有点岂有此理，他在我后面，倒是我不注意！我看他担着重担，没有说什么（我能说什么呢？揪住他不放？这种事我还做不出来）。这个担山人年纪比较轻，担山、做人，都还少点经验。他担了四块正方形的水泥砖，一头两块（为什么不把原材料运到山上，在山上做砖，要这样一趟一趟担？）。我看了别的担山人，担什么的都有。有担啤酒的，不用筐箱，啤酒瓶直立着，缚紧了，两层。一担也就是担个五六十瓶吧。我们在山上喝啤酒，有时开了一瓶，没喝完，就扔下了，往后可不能这样，这瓶酒来之不易。泰山担山人有个特别处，担物不用绳系，直接结缚在扁担两头。这样重心就很高，有什么好处？大概因为用绳系，爬山级时易于碰腿。听泰山管理处的路宗元同志说，担山人一般能担一百四五十斤，多的能担一百八。他们走得不快，一步一步，脚脚落在实处，很稳，呼吸调得很匀，不出粗气。冯玉祥诗《上山的挑夫》说担山人“腿酸气喘，汗如雨滴”，要是这样，那算什么担山的呢？

泰山担山人的扁担较他处为长，当中宽厚，两头稍翘，一头有铁尖（这种带有铁尖的扁担湖南也有，谓之钎担）。扁担作紫黑色，不知是什么木料，看起来很结实，又有绵性，既能承重，也不压肩。

我的那点轻伤不算什么。到了宾馆，血就止了。大夫用酒精擦了擦，晚上来看看，说：“没有感染（我还真有点怕万一感染了破伤风什么的）。”又说：“你扎的那个地方可不好！如果再往下一点，扎得深一点……”

“那就麻烦了！”

扇子崖下

泰山散文笔会的作家去登扇子崖。我和斤澜没有上去。叶梦为了陪我们，上了一截又下来了。路宗元同志叫我们在下面随便走走，等登山的人下来。

这也是一个景区，竹林寺风景管理区，但竹林寺只存其名，寺已不存在。这里属泰山西路，不是登山的正路，游人很少。除了特意来登扇子崖的，几乎没有人来。这不大像风景区，倒像山里的一个村子。稍远处有农家，地里种着地瓜（即白薯）。一个树林里有近百只羊。一色是黑山羊。泰山的山羊和别处不大一样，毛色浓黑，眼圈和嘴头是棕黄色的——别处的黑山羊眼、嘴都是浅灰色。这些羊分散在石块上，或立或卧，都一动不动，只有嘴不停地磨动，在倒嚼。这些羊的样子很“古”。有一个小庙，叫无极庙。庙外有老妇人卖汽水。无极庙极小。正殿上塑着无极娘娘，两旁配殿一边塑送生娘娘，一边塑眼光娘娘，如碧霞元君祠简陋。中国人不知道为什么对眼光娘娘那样重视，很多庙里都有，是中国害眼的特多？无极庙小，没人来，亦无住持僧道，庭中有树两株，石凳一，很安静。在石凳上坐坐，舒服得很。出门时问卖汽水的老妇人：“有人买汽水么？”答曰：“有！”

出无极庙，沿山路徐行。路也有点起伏，石级崎岖处得由叶梦扶我一把，但基本上是平缓的。半山有石亭，在亭外坐下，眺望近处的长寿桥，远处的黑龙潭，如王旭《西溪》诗所说“一川烟景合，三面画屏开”，很美。许安仁《游泰山竹林》诗云：“客来总说游山好，不道山僧却厌山”，在游山诗中别开生面。我在泰山，虽不到“厌山”的程度，但连日上上下下，不免疲乏，能于雄、伟、奇、险之外得一幽境（王旭《游竹林寺》：“竹林开幽境”）偷闲半日，也是很好的休息。

薄暮，登山诸公下来，全都累得够呛，我与斤澜皆深以不登扇子崖为得计。

临走时，卖汽水的老妇人已经走了，无极庙的门开着。

回来翻翻资料，无极庙的来历原来是这样：1925年张宗昌督鲁时，兖州镇守使张培荣封其夫人为“无极真人”，并在竹林寺旧址建无极庙，不禁失笑。一个镇守使竟然“封”自己的老婆为“真人”，亦是怪事。这种事大概只有张宗昌的部下才干得出来。

中溪宾馆

中溪宾馆在中天门，一径通幽，两层楼客房，安安静静。楼外有个长长的庭院，种着小灌木，豆板黄杨、小叶冬青、日本枫。庭院两端有一石造方亭，突出于山岩之外，下临虚谷，不安四壁。亭中有石桌石凳。坐在亭子里，觉山色皆来相就，用四川话说，真是“安逸”。

伙食很好，餐餐有野菜吃。十年前我到泰山，就吃过野菜，但不如这次多。泰山可吃的野菜有一百多种，主要的有31种。野菜不外是两种吃法，一是开水焯后凉拌，一是裹了蛋清面糊油炸。我们这次吃过的野菜有这些：

灰菜（亦名雪里青，略焯，凉拌。亦可炒食，或裹面蒸食。）

野苋菜（凉拌或炒）

马齿苋（凉拌或炒）

蕨菜（即藜，焯后凉拌）

黄花菜（泰山顶上的黄花菜淡黄色，与他处金黄者不同，瓣亦较厚而嫩，甚香。凉拌或炒，亦可做汤）

藿香（即做藿香正气丸的藿香。山东人读“藿”音如“河”，初不知“河香”为何物，上桌后方知是一味中药。藿香叶裹面油炸）

薄荷（野生者。油炸，入口不凉，细嚼后有薄荷香味）

紫苏（本地叫苏叶，与南京女作家苏叶名字相同，但南京的苏叶不能裹面油炸了吃耳）

椿叶（香椿已经无嫩芽，但其叶仍可炸食）

木槿花（整朵油炸，炸出后花形不变，一朵一朵开在瓷盘里。吃起来只是酥脆，亦无特殊味道，好玩而已）

宾馆经理朱正伦把野菜移栽在食堂外面的空地上，要吃，由炊事员现采，故皆极新鲜。朱经理说港台客人对中溪宾馆的野菜宴非常感兴趣。那是，香港咋能吃到野菜呢！

宾馆的服务员都是小姑娘，对人很亲切，没有星级宾馆的服务员那样过多的职业性的礼貌。她们对“散文笔会”的十八位作家的底细大体都摸清了。一个叫米峰的姑娘戴一副眼镜，我戏称她为学者型的服务员。她拿了一本《蒲桥集》来让我签名，说是今年一月在岱安买的，说她最喜欢《昆明的雨》那几篇，说没想到我会来，看到了我，真高兴。我在扉页上签了名，并写了几句话。

山中七日，除了在山顶的神憩宾馆住过一晚上外，六天都住在中溪宾馆。早晨出发，薄暮归来。人真是怪，宾馆，宾馆耳，但踏进大门，即觉得是回家了。

我问朱正伦同志，这地方为什么叫中溪，他指指对面的山头，说山上有一条溪水，是泰山的主溪，因为在泰山之中，故名中溪。听人说，泰山山有多高，水有多高，信然。

写了两个晚上的字。为中溪宾馆写了一幅四尺横幅：溪流崇岭上，人在乱云中。

临走，宾馆人员全体出动，一直把我们送下山坡上汽车。桑下三宿，未免有情。再来泰山，我还住中溪。

泰山云雾

宿中溪宾馆第二天，我起得很早，推开客房楼门，到院里一看，大雾。雾在峰谷间缓缓移动，忽浓忽淡。远近诸山皆作浅黛，忽隐忽现。早饭后，雾渐散，群山皆如新沐。

登玉皇顶，下来，到探海石旁，不由常路转到后山。后山小路狭窄，未经斫治，有些地方仅能容足，颇险。我四月间在云南曾崴过一次脚，因有旧伤，所以格外小心。但是后山很值得一看。山皆壁立，直上直下，岩块皆数丈，笔致粗豪，如大斧劈。忽然起了大雾，回头看玉皇顶，完全没有了，只闻鸟啼。从鸟声中得出所来的山岭松林的方位，知道就在不远处。然而极目所见，但浓雾而已。

宿神憩宾馆，晚上，和张抗抗出宾馆大门看看，只见白茫茫一片，不辨为云为雾。想到天街走走，服务员劝我们不要去，危险，只好伏在石栏上看看。云雾那样浓，似乎扔一个鸡蛋下去也不会沉底。老是白茫茫一片，看到什么时候？回去吧。抗抗说她小时候看见云流进屋里，觉得非常神奇。不想我们回去，拉开了玻璃大门，云雾抢在我们前面先进来了，一点不客气，好像谁请了它似的。

离开泰山的那天夜晚，雾特大，开了车灯，能见度只有二尺。司机在泰山开了十年车，是老泰山了。他说外地司机，这天气不敢开车。我们就这样云里雾里，胡里胡涂地离开泰山了。

在车里，我想：泰山那么多的云雾，为什么不种茶？史载：中国的饮茶，始于泰山的灵岩寺，那么，泰山原来是有茶树的。泰山的水那样好（本地人云：泰山有三美，白菜、豆腐、水），以泰山水泡泰山茶，一定很棒。我想向泰山管委会作个建议：试种茶树。也许管委会早已想到了，下次再来泰山，希望能喝到泰山岩茶，或“碧霞新绿”。

一九九一年七月末，北京

（本篇原载《绿叶》1992年第一期（创刊号）；
初收《旅食集》，广东旅游出版社，1992年4月）

1992年

故乡的野菜

荠菜。荠菜是野菜，但在我的家乡却是可以上席的。我们那里，一般的酒席，开头都有八个凉碟，在客人入席前即已摆好。通常是火腿、变蛋（松花蛋）、风鸡、酱鸭、油爆虾（或呛虾）、蚶子（是从外面运来的，我们那里不产）、咸鸭蛋之类。若是春天，就会有两样应时凉拌小菜：杨花萝卜（即北京的小水萝卜）切细丝拌海蜇，和拌荠菜。荠菜焯过，碎切，和香干细丁同拌，加姜米，浇以麻酱油醋，或用虾米，或不用，均可。这道菜常抟成宝塔形，临吃推倒，拌匀。拌荠菜总是受欢迎的，吃个新鲜。凡野菜，都有一种园种的蔬菜所缺少的清香。

荠菜大都是凉拌，炒荠菜很少人吃。荠菜可包春卷，包圆子（汤团）。江南人用荠菜包馄饨，称为菜肉馄饨，亦称“大馄饨”。我们那里没有用荠菜包馄饨的。我们那里的面店中所卖的馄饨都是纯肉馅的馄饨，即江南所说的“小馄饨”。没有“大馄饨”。我在北京的一家有名的家庭餐馆吃过这一家的一道名菜：翡翠蛋羹。一个汤碗里一边是蛋羹，一边是荠菜，一边嫩黄，一边碧绿，绝不混淆，吃时搅在一起。这种讲究的吃法，我们家乡没有。

枸杞头。春天的早晨，尤其是下了一场小雨之后，就可听到叫卖枸杞头的声音。卖枸杞头的多是附近郭村的女孩子，声音很脆，极能传远：“卖枸杞头来！”枸杞头放在一个竹篮子里，一种长圆形的竹篮，叫做元宝篮子。枸杞头带着雨水，女孩子的声音也带着雨水。枸杞头不值什么钱，也从不用秤约，给几个钱，她们就能把整篮子倒给你。女孩子也不把这当做正经买卖，卖一点钱，够打一瓶梳头油就行了。

自己去摘，也不费事。一会儿工夫，就能摘一堆。枸杞到处都是。我的小学的操场原是祭天地的空地，叫做“天地坛”。天地坛的四边围墙的墙根，长的都是这东西。枸杞夏天开小白花，秋天结很多小红果子，即枸杞子，我们小时候叫它“狗奶子”，因为很像狗的奶子。

枸杞头也都是凉拌，清香似尤甚于荠菜。

蒌蒿。小说《大淖记事》：“春初水暖，沙洲上冒出很多紫红色的芦芽和灰绿色的蒌蒿，很快就是一片翠绿了。”我在书页下面加了一条注：“蒌蒿是生于水边的野草，粗如笔管，有节，生狭长的小叶，初生二寸来高，叫做‘蒌蒿薹子’，加肉炒食极清香。……”蒌蒿，字典上都注“蒌”音楼，蒿之一种，即白蒿。我以为蒌蒿不是蒿之一种，蒌蒿掐断，没有那种蒿子气，倒是有一种水草气。苏东坡诗：“蒌蒿满地芦芽短”，以蒌蒿与芦芽并举，证明是水边的植物，就是我的家乡所说“蒌蒿薹子”。“蒌”字我的家乡不读楼，读吕。蒌蒿好像都是和瘦猪肉同炒，素炒好像没有。我小时候非常爱吃炒蒌蒿薹子。桌上有一盘炒蒌蒿薹子，我就非常兴奋，胃口大开。蒌蒿薹子除了清香，还有就是很脆，嚼之有声。

荠菜、枸杞我在外地偶尔吃过，蒌蒿薹子自十九岁离乡后从未吃过，非常想念。去年我的家乡有人开了汽车到北京来办事，我的弟妹托他们带了一塑料袋蒌蒿薹子来，因为路上耽搁，到北京时已经焐坏了。我挑了一些还不太烂的，炒了一盘，还有那么一点意思。

马齿苋。中国古代吃马齿苋是很普遍的，马苋与人苋（即红白苋菜）并提。后来不知怎么吃的人少了。我的祖母每年夏天都要摘一些马齿苋，晾干了，过年包包子。我的家乡普通人家平常是不包包子的，只有过年才包，自己家里人吃，有客人来蒸一盘待客。不是家里人包的，一般的家庭妇女不会包，都是备了面、馅，请包子店里的师傅到家里做，做一上午，就够正月里吃了。我的祖母吃长斋，她的马齿苋包子只有她自己吃。我尝过一个，马齿苋有点酸酸的味道，不难吃，也不好吃。

马齿苋南北皆有。我在北京的甘家口住过，离玉渊潭很近，玉渊潭马齿苋极多。北京人叫做马苋儿菜，吃的人很少。养鸟的拔了喂画眉。据说画眉吃了能清火。画眉还会有“火”么？

莼菜。第一次喝莼菜汤是在杭州西湖的楼外楼，1948年4月。这以前我没有吃过莼菜，也没有见过。我的家乡人大都不知莼菜为何物。但是秦少游有《以莼姜法鱼糟蟹寄子瞻》诗，则高邮原来是有莼菜的。诗最后一句是“泽居备礼无麇鹿”，秦少游当时盖在高邮居住，送给苏东坡的是高邮的土产。高邮现在还有没有莼菜，什么时候回高邮，我得调查调查。

明朝的时候，我的家乡出过一个散曲作家王磐。王磐字鸿渐，号西楼，散曲作品有《西楼乐府》。王磐当时名声很大，与散曲大家陈大声并称为“南曲之冠”。王西楼还是画家。高邮现在还有一句歇后语：“王西楼嫁女儿——画（话）多银子少。”王西楼有一本有点特别的著作：《野菜谱》。《野菜谱》收野菜五十二种。五十二种中有些我是认识的，如白鼓钉（蒲公英）、蒲儿根、马栏头、青蒿儿（即茵陈蒿）、枸杞头、野菉豆、蒌蒿、荠菜儿、马齿苋、灰条。江南人重马栏头。小时读周作人的《故乡的野菜》，提到儿歌：“荠菜马栏头，姐姐嫁在后门头”，很是向往，但是我的家乡是不大有人吃的。灰条的“条”字，正字应是“藋”，通称灰菜。这东西我的家乡不吃。我第一次吃灰菜是在一个山东同学的家里，蘸了稀面，蒸熟，就烂蒜，别具滋味。后来在昆明黄土坡一中学教书，学校发不出薪水，我们时常断炊，就掳了灰菜来炒了吃。在北京我也摘过灰菜炒食。有一次发现钓鱼台国宾馆的墙外长了很多灰菜，极肥嫩，就弯下腰来摘了好些，装在书包里。门卫发现，走过来问：“你干什么？”他大概以为我在埋定时炸弹。我把书包里的灰菜抓出来给他看，他没有再说什么，走开了。灰菜有点碱味，我很喜欢这种味道。王西楼《野菜谱》中有一些，我不但没有吃过，见过，连听都没听说过，如：“燕子不来香”“油灼灼”……

《野菜谱》上图下文。图画的是这种野菜的样子，文则简单地说这种野菜的生长季节，吃法。文后皆系以一诗，一首近似谣曲的小乐府，都是借题发挥，以野菜名起兴，写人民疾苦。如：

眼子菜

眼子菜，如张目。年年盼春怀布谷，犹向秋来望时熟。何事频年倦不开，愁看四野波漂屋。

猫耳朵

猫耳朵，听我歌，今年水患伤田禾，仓廪空虚鼠弃窝，猫兮猫兮将奈何！

江荠

江荠青青江水绿，江边挑菜女儿哭。爷娘新死兄趁熟，止存我与妹看屋。

抱娘蒿

抱娘蒿，结根牢，解不散，如漆胶。君不见昨朝儿卖客船上，儿抱娘哭不肯放。

这些诗的感情都很真挚，读之令人酸鼻。我的家乡本是个穷地方，灾荒很多，主要是水灾，家破人亡，卖儿卖女的事是常有的。我小时就见过。现在水利大有改进，去年那样的特大洪水，也没死一个人，王西楼所写的悲惨景象不复存在了。想到这一点，我为我的家乡感到欣慰。过去，我的家乡人吃野菜主要是为了度荒，现在吃野菜则是为了尝新了。喔，我的家乡的野菜！

一九九二年四月十四日

（本篇原载《钟山》1992年第三期；
初收《汪曾祺散文随笔选集》，沈阳出版社，1993年6月）

食豆饮水斋闲笔

豌豆

在北市口卖熏烧炒货的摊子上，和我写的小说《异秉》里的王二的摊子上，都能买到炒豌豆和油炸豌豆。二十文（两枚当十的铜元）即可买一小包，洒一点盐，一路上吃着往家里走。到家门口，也就吃完了。

离我家不远的越塘旁边的空地上，经常有几副卖零吃的担子。卖花生糖的。大粒去皮的花生仁，炒熟仍是雪白的，平摊在抹了油的白石板上，冰糖熬好，均匀地浇在花生米上，候冷，铲起。这种花生糖晶亮透明，不用刀切，大片，放在玻璃匣里，要买，取出一片，现约，论价。冰糖极脆，花生很香。卖豆腐脑的。我们那里的豆腐脑不像北京浇口蘑渣羊肉卤，只倒一点酱油、醋，加一滴麻油——用一只一头缚着一枚制钱的筷子，在油壶里一蘸，滴在碗里，真正只有一滴。但是加很多样零碎佐料：小虾米、葱花、蒜泥、榨菜末、药芹末——我们那里没有旱芹，只有水芹即药芹，我很喜欢药芹的气味。我觉得这样的豆腐脑清清爽爽，比北京的勾芡的黏黏糊糊的羊肉卤的要好吃。卖糖豌豆粥的。香粳晚米和豌豆一同在铜锅中熬熟，盛出后加洋糖（绵白糖）一勺。夏日于柳阴下喝一碗，风味不恶。我离乡五十多年，至今还记得豌豆粥的香味。

北京以豌豆制成的食品，最有名的是“豌豆黄”。这东西其实制法很简单，豌豆熬烂，去皮，澄出细沙，加少量白糖，摊开压扁，切成5寸×3寸的长方块，再加刀割出四方小块，分而不离，以牙签扎取而食。据说这是“宫廷小吃”，过去是小饭铺里都卖的，很便宜，现在只仿膳这样的大餐馆里有了，而且卖得很贵。

夏天连阴雨天，则有卖煮豌豆的。整粒的豌豆煮熟，加少量盐，搁两个大料瓣在浮头上，用豆绿茶碗量了卖。虎坊桥有一个傻子卖煮豌豆，给的多。虎坊桥一带流传一句歇后语：“傻子的豌豆——多给。”北京别的地区没有这样的歇后语。想起煮豌豆，就会叫人想起北京夏天的雨。

早年前有磕豌豆模子的。豌豆煮成泥，想在雕成花样的木模子里，磕出来，就成了一个一个小玩意儿，小猫、小狗、小兔、小猪。买的都是孩子，也玩了，也吃了。

以上说的是干豌豆。新豌豆都是当菜吃。烩豌豆是应时当令的新鲜菜。加一点火腿丁或鸡茸自然很好，就是素烩，也极鲜美。烩豌豆不宜久煮，久煮则汤色发灰，不透亮。

全国兴起了吃荷兰豌豆也就近几年的事。我吃过的荷兰豆以厦门为最好，宽大而嫩。厦门的汤米粉中都要加几片荷兰豆，可以解海鲜的腥味。北京吃的荷兰豆都是从南方运来的。我在厦门郊区的田里看到正在生长着的荷兰豆，搭小架，水红色的小花，嫩绿的叶子，嫣然可爱。

豌豆的嫩头，我的家乡叫豌豆头，但将“豌”字读成“安”。云南叫豌豆尖，四川叫豌豆颠。我的家乡一般都是油盐炒食。云南、四川加在汤面上面，叫做“飘”或“青”。不要加豌豆苗，叫“免飘”；“多青重红”则是多要豌豆苗和辣椒。吃毛肚火锅，在涮了各种荤料后，浓汤之中推进一大盘豌豆颠，美不可言。

豌豆可以入画。曾在山东看到钱舜举的册页，画的是豌豆，不能忘。钱舜举的画设色娇而不俗，用笔稍细而能潇洒，我很喜欢。见过一幅日本竹内栖凤的画，豌豆花，叶颜色较钱舜举尤为鲜丽，但不知道为什么在豌豆前面画了一条赭色的长蛇，非常逼真。是不是日本人觉得蛇也很美？

一九九二年五月七日

绿豆

绿豆在粮食里是最重的。一麻袋绿豆270斤，非壮劳力扛不起。

绿豆性凉，夏天喝绿豆汤、绿豆粥、绿豆水饭，可祛暑。

绿豆的最大用途是做粉丝。粉丝好像是中国的特产。外国名之曰玻璃面条。常见的粉丝的吃法是下在汤里。华侨很爱吃粉丝，大概这会引起他们的故国之思。每年国内要运销大量粉丝到东南亚各地，一律称为“龙口细粉”，华侨多称之为“山东粉”。我有个亲戚，是闽籍马来西亚归侨，我在她家吃饭，她在什么汤里都必放两样东西：粉丝和榨菜。苏南人爱吃“油豆腐线粉”，是小吃，乃以粉丝及豆腐泡下在冬菇扁尖汤里。午饭已经消化完了，晚饭还不到时候，吃一碗油豆腐线粉，蛮好。北京的镇江馆子森隆以前有一道菜，银丝牛肉：粉丝温油炸脆，浇宽汁小炒牛肉丝，哧拉有声。不知这是不是镇江菜。做银丝牛肉的粉丝必须是纯绿豆的，否则易于焦糊。我曾在自己家里做过一次，粉丝大概掺了不知别的什么东西，炸后成了一团黑炭。“蚂蚁上树”原是四川菜，肉末炒粉丝。有一个剧团的伙食办得不好，演员意见很大。剧团的团长为了关心群众生活，深入到食堂去亲自考察，看到菜牌上写的菜名有“蚂蚁上树”，说：“啊呀，伙食是有问题，蚂蚁怎么可以吃呢？”这样的人怎么可以当团长呢？

绿豆乳的面条叫“杂面”。《红楼梦》里尤三姐说：“咱们清水下杂面，你吃我看。”或说杂面要下羊肉汤里，清水下杂面是说没有吃头的。究竟这句话是什么意思，我还不太明白。不过杂面是要有点荤汤的，素汤杂面我还没有吃过。那么，吃长斋的人是不吃杂面的？

凉粉皮原来都是绿豆的，现在纯绿豆的很少，多是杂豆的。大块凉粉则是白薯粉的。

凉粉以川北凉粉为最好，是豌豆粉，颜色是黄的。川北凉粉放很多油辣椒，吃时嘴里要嘘嘘出气。

广东人爱吃绿豆沙。昆明正义路南头近金碧路处有一家广东人开的甜品店，卖绿豆沙、芝麻糊和番薯糖水。绿豆沙、芝麻糊都好吃，番薯糖水则没有多大意思。

绿豆糕以昆明的吉庆祥和苏州采芝斋最好，油重，且加了玫瑰花。北京的绿豆糕不加油，是干的，吃起来噎人。我有一阵生胆囊炎，不宜吃油，买了一盒回来，我的孙女很爱吃，一气吃了几块，我觉得不可理解。

一九九二年五月十一日

黄豆

豆叶在古代是可以当菜吃的。吃法想必是做羹。后来就没有人吃了。没有听说过有人吃凉拌豆叶、炒豆叶、豆叶汤。

我们那里，夏天，家家都要吃几次炒毛豆，加青辣椒。中秋节煮毛豆供月，带壳煮。我父亲会做一种毛豆：毛豆剥出粒，与小青椒（不切）同煮，加酱油、糖，候豆熟收汤，摊在筛子里晾至半干，豆皮起皱，收入小坛。下酒甚妙，做一次可以吃几天。

北京的小酒馆里盐水煮毛豆，有的酒馆是整棵地煮的，不将豆荚剪下，酒客用手摘了吃，似比装了一盘吃起来更香。

香椿豆甚佳。香椿嫩头在开水中略烫，沥去水，碎切，加盐；毛豆加盐煮熟，与香椿同拌匀，候冷，贮之玻璃瓶中，隔日取食。

北京人吃炸酱面，讲究的要有十几种菜码，黄瓜丝、小萝卜、青蒜……还得有一撮毛豆或青豆。肉丁（不用副食店买的绞肉末）炸酱与青豆同嚼，相得益彰。

北京人炒麻豆腐要放几个青豆嘴儿——青豆发一点芽。

三十年前北京稻香村卖熏青豆，以佐茶甚佳。这种豆大概未必是熏的，只是加一点茴香，入轻盐煮后晾成的。皮亦微皱，不软不硬，有咬劲。现在没有了，想是因为费工而利薄，熏青豆是很便宜的。

江阴出粉盐豆。不知怎么能把黄豆发得那样大，长可半寸，盐炒，豆不收缩，皮色发白，极酥松，一嚼即成细粉，故名粉盐豆。味甚隽，远胜花生米。吃粉盐豆，喝百花酒，很相配。我那时还不怎么会喝酒，只是喝白开水。星期天，坐在自修室里，喝水，吃豆，读李清照、辛弃疾词，别是一番滋味。我在江阴南菁中学读过两年，星期天多半是这样消磨过去的。前年我到江阴寻梦，向老同学问起粉盐豆，说现在已经没有了。

稻香村、桂香村、全素斋等处过去都卖笋豆。黄豆、笋干切碎，加酱油、糖煮。现在不大见了。

三年自然灾害时，对十七级干部有一点照顾，每月发几斤黄豆、一斤白糖，叫做“糖豆干部”。我用煮笋豆法煮之，没有笋干，放一点口蘑。口蘑是我在张家口坝上自己采得晒干的。我做的口蘑豆自家吃，还送人。曾给黄永玉送去过。永玉的儿子黑蛮吃了，在日记里写道：“黄豆是不好吃的东西，汪伯伯却能把它做得很好吃，汪伯伯很伟大！”

炒黄豆芽宜烹糖醋。

黄豆芽吊汤甚鲜。南方的素菜馆、供素斋的寺庙，都用豆芽汤取鲜。有一老饕在一个庙里吃了素斋，怀疑汤里放了虾子包，跑到厨房里去验看，只见一口大锅里熬着一锅黄豆芽和香菇蒂的汤。黄豆芽汤加酸雪里蕻，泡饭甚佳。此味北人不解也。

黄豆对中国人民最大的贡献是能做豆腐及各种豆制品。如果没有豆腐，中国人民的生活将会缺一大块，和尚、尼姑、素菜馆的大师傅就通通“没戏”了。素菜除了冬菇、口蘑、金针、木耳、冬笋、竹笋，主要是靠豆腐、豆制品。素这个，素那个，只是豆制品变出的花样而已。关于豆腐，应另写专文，此不及。

一九九二年五月十日

扁豆

我们那一带的扁豆原来只有北京人所说的“宽扁豆”的那一种。郑板桥写过一副对联：“一庭春雨瓢儿菜，满架秋风扁豆花”，指的当是这种扁豆。这副对子写的是尚可温饱的寒士家的景况，有钱的阔人家是不会在庭院里种菜种扁豆的。扁豆有紫花和白花的两种，紫花的较多，白花的少。郑板桥眼中的扁豆花大概是紫的。紫花扁豆结的豆角皮色亦微带紫，白花扁豆则是浅绿色的。吃起来味道都差不多。唯入药用，则必为“白扁豆”，两种扁豆药性可能不同。扁豆初秋即开花，旋即结角，可随时摘食。板桥所说“满架秋风”，给人的感觉是已是深秋了。画扁豆花的画家喜欢画一只纺织娘，这是一个季节的东西。暑尽天凉，月色如水，听纺织娘在扁豆架上沙沙地振羽，至有情味。北京有种红扁豆的，花是大红的，豆角则是深紫红的。这种红扁豆似没人吃，只供观赏。我觉得这种扁豆红得不正常，不如紫花、白花有韵致。

北京通常所说的扁豆，上海人叫四季豆。我的家乡原来没有，现在有种的了。北京的扁豆有几种，一般的就叫扁豆，有上架的，叫“架豆”。一种叫“棍儿扁豆”，豆角如小圆棍。“棍儿扁豆”字面自相矛盾，既似棍儿，不当叫扁。有一种豆角较宽而甚嫩的，叫“焖儿豆”，我想是“眉豆”的讹读。北京人吃扁豆无非是焯熟凉拌，炒，或焖。“焖扁豆面”挺不错。扁豆焖熟，加水，面条下在上面，面熟，将扁豆翻到上面来，再稍焖，即得。扁夏不管怎么做，总宜加蒜。

我在泰山顶上一个招待所里吃过一盘炒棍儿扁豆，非常嫩。

平生所吃扁豆，此为第一。能在泰山顶上吃到，尤为难得。

一九九二年五月十二日

芸豆

我在昆明吃了几年芸豆。西南联大的食堂里有几个常吃的菜：炒猪血（云南叫“旺子”），炒莲花白（即北京的圆白菜、上海的卷心菜、张家口的疙瘩白），灰色的魔芋豆腐……几乎每天都有的是煮芸豆。府甬道菜市上有卖芸豆的，盐煮，我们有时买了当零嘴吃，因为很便宜。芸豆有红的和白的两种，我们在昆明吃的是红的。

北京小饭铺里过去有芸豆粥卖，是白芸豆。芸豆粥粥汁甚黏，好像勾了芡。

芸豆卷和豌豆黄一样，也是“宫廷小吃”。白芸豆煮成沙，入糖，制为小卷。过去北海漪澜堂茶馆里有卖，现在不知还有没有。

在乌鲁木齐逛“巴扎”，见白芸豆极大，有大拇指头顶儿那样大，很想买一点，但是数千里外带一包芸豆回北京，有点“神经”，遂作罢。

一九九二年五月十二日

红小豆

红小豆上海叫赤豆：赤豆汤，赤豆棒冰。北京叫小豆：小豆粥，小豆冰棍。我的家乡叫红饭豆，因为可掺在米里蒸成饭。

红小豆最大的用途是做豆沙。北方的豆沙有不去皮的，只是小豆煮烂而已。豆包、炸糕的馅都是这样的粗制豆沙。水滤去皮，成为细沙，北方叫“澄沙”，南方叫“洗沙”。做月饼、甜包、汤圆，都离不开豆沙。豆沙最能吸油，故宜作馅。我们家大年初一早起吃汤圆，洗沙是年前就用大量的猪油拌了，每天在饭锅头上蒸一次，沙色紫得发黑，已经吸足了油。我们家的汤圆又很大，我只能吃两三个，因为一咬一嘴油。

四川菜有夹沙肉，乃以肥多瘦少的带皮臀肩肉整块煮至六七成熟，捞出，稍凉后，切成厚二三分的大片，两片之间肉皮不切通，中夹洗沙，上笼蒸扒。这道菜是放糖的，很甜。肥肉已经脱了油，吃起来不腻。但也不能多吃，我只能来两片。我的儿子会做夹沙肉，每次都很成功。

一九九二年五月十三日

豇豆

我小时最讨厌吃豇豆，只有两层皮，味道寡淡。后来北京，岁数大了，觉得豇豆也还好吃。人的口味是可以变的。比如我小时不吃猪肺，觉得泡泡囊囊的，嚼起来很不舒服。老了，觉得肺头挺好吃，于老人牙齿甚相宜。

嫩豇豆切寸段，入开水锅焯熟，以轻盐稍腌，滗去盐水，以好酱油、镇江醋、姜、蒜末同拌，滴香油数滴，可以“渗”酒。炒食亦佳。

河北省酱菜中有酱豇豆，别处似没有。北京的六必居、天源，南方扬州酱菜中都没有。保定酱豇豆是整根酱的，甚脆嫩，而极咸。河北人口重，酱菜无不甚咸。

豇豆米老后，表皮光洁，淡绿中泛浅紫红晕斑。瓷器中有一种“豇豆红”就是这种颜色。曾见一豇豆红小石榴瓶，莹润可爱。中国人很会为瓷器的釉色取名，如“老僧衣”“芝麻酱”“茶叶末”，都甚肖。

一九九二年五月十七日

（本篇原载《长城》1993年第二期；
初收《榆树村杂记》，中国华侨出版社，1993年9月）

1995年

难得最是得从容

——《裘盛戎影集》前言

千秋一净裘盛戎，
遗像宛然沐清风。
虎啸龙吟余事耳，
难能最是得从容。

裘盛戎幼年失学，文化不高，但是对艺术有特殊的秉赋。他的艺术感极好，对剧情、人物理解极深，反应极快，而且表现得非常准确。导演有什么要求，一点就破，和编剧、导演很默契。导过他的戏的导演都说：给盛戎导戏，很省事，不用“阐述”“启发”这一套，几句话就行了。

《杜鹃山》（老本）有一场“打长工”，雷刚认为长工和地主是一回事，把长工打了，事后看到长工身上的伤痕，非常后悔。有这样两句唱：

他遍体伤痕都是豪绅罪证，我怎能在他的旧伤痕上再加新伤痕！

唱腔是流水。练唱的时候我在旁边，说："老兄，你不能就这样'数'过去，得有个过程，得真看到伤痕，心里悔恨。"盛戎想了想说："我再来来。"其实也很简单，他把"旧伤痕上"唱"散了"，加了一个单音的弹拨乐小垫头，然后再回到原尺寸。这样，眼里、心里就都充满仇恨。在场听唱的，齐声说："好！就是这样！"《杜鹃山》有一稿有一场"烤番薯"。毒蛇胆在山下杀人放火，残害乡亲，雷刚受军纪约束，一时不能下山拯救百姓，心如火焚，按捺不住。山上断粮，只能每人发一个番薯当饭。番薯在火里烤出了香味，勾起雷刚想起乡亲们多年对他的好处：

一块番薯掰两半，
曾受深恩三十年……

盛戎把两句压低了音量，唱得很"虚"，表现出雷刚对乡亲们的思念，既深且远。

盛戎善于运用音色、体形的变化塑造不同的人物。他演的姚期端肃威重，俨然是一位坐镇一方的开国老臣，一位王爷。他演的周处（《除三害》），把开氅往肩上一搭，倚里歪斜地就下了场了，完全是一个痞子，一个天桥耍胳臂的"杂不地"。——这种不从程式而从生活出发塑造人物的方法在花脸里很少见。

盛戎的身体条件不太好，不像"十全大面"金少山那样的魁梧。他比较瘦，但是也有他的优越条件：肩宽，腰细，扮戏很"受装"。他扮出来的《盗御马》的窦尔墩，箭衣板平。这样的箭衣装当得起北京人爱说的一个字：帅。裘派装是很讲究的。盛戎有一件平金白蟒，全用金线，绣的是一条整龙。这件一条龙的平金绣蟒真是美极了，——当然也得看是什么人穿。

盛戎的脸比较瘦削，勾出脸来不易好看，但是他能弥补自己的缺陷。他一般不演曹操，因为曹操的盔头压得低，更显得演员脸小。盛戎勾脸的特点是干净，细致，每一笔都有起落，有交待。姚期的眉子是略有深浅的，不是简单两个圆形的黑点子。包拯两颊揉红，恰到好处，不像有些唱花脸的演员把脸画成了两个大海茄子。即便是窦尔墩的花三块瓦，也是清清楚楚，一笔是一笔，不让人有“乱七八糟”之感。他弥补脸形的诀窍是以神带形，首先要表现出人物的品格气质，这样本来是一般化的脸谱就有了不一般的表情。他演的姚期，透过眼窝还能充分表现出眼神，并且眼神的内涵很丰富。

盛戎的戏也有节奏较快的，如《盗御马》，但是快而不乱。一般人物都演得很从容，不火暴，不论是什么性格，都有一种发自于中的儒雅，即一般常说的“书卷气”。这就提高了人物的品格，增加了人物的深度。花脸而有书卷气，此裘派之所以为裘派，这是寻常花脸所达不到的。

盛戎不大爱活动。他常出来遛个小弯，从西河沿到虎坊桥，脚步较慢，不慌不忙，潇潇洒洒，比许多知识分子更像知识分子，——盛戎曾自嘲，说他是个没有文化的文化人，一个没有知识的高级知识分子。到虎坊桥练功厅略坐一坐，找人聊聊天，工夫不大，就遛达回去了。他的家居生活也比较清简，他不喜欢高朋满座，吵嚷喧哗。偶尔在家请几个熟朋友，菜不过数道，但做得很讲究。有一次请唐在炘、熊承旭和我吃饭，有一盘香菜炒鸡丝。香菜是特供的，香菜肥而极嫩。有一次在鸿宾楼请我吃涮肉，涮的不是羊肉，而是鸿宾楼特为给留下的一块极嫩的牛肉。不要乱七八糟的佐料，只是一碟酱油，切几个蒜片。盛戎这种饮食口味，淡而能浓，存本味，得清香，和他对艺术的赏鉴是相关的。

除了看看报，给儿子拉胡琴吊嗓子，教徒弟，作身段示范，大部分时间盘膝坐在床上一个人捉摸戏。晚年特别重视气口。他说：花脸一句唱得用多少气？年轻时全凭火力壮，现在上了岁数，得在气口上下功夫。他精研气口，深有心得。比如《智取威虎山》李勇奇唱的“扫平那威虎山我一马当先”，一般花脸都唱成“一马——当先”，盛戎说，教我，我唱成这样：“我一马当——先”，“当”字唱在上面，和“一马当”一口气，然后换气，再单独唱“先”，这样“先”字气才显足。他很欣赏《智取威虎山》“同志们语重心长”的“长”字唱断，不拖泥带水。他是唱花脸的，但对程派兴趣很大，认为花脸运腔，可以参考。

盛戎在台上，在平常生活里，都从容不迫，他走得可是过于匆匆了。他去世时才56岁，活到今天，也只是80岁，本来可以留下更多的东西，现在只搜集到不多的图片，可供后人凝眸怀想，是可悲也。

一九九五年九月二日

（本篇原载《新剧本》1995年第六期；
初收《汪曾祺全集》第六卷，北京师范大学出版社，
1998年8月）

铁凝印象

“我对给他人写印象记一直持谨慎态度，我以为真正理解一个人是困难的，通过一篇短文便对一个人下结论则更显得滑稽。”（《铁凝文集·5·写在卷首》）铁凝说得很对。我接受了让我写写铁凝的任务，但是到快交卷的时候，想了想，我其实并不了解铁凝。也没有更多的时间温习一下一些印象的片段，考虑考虑。文章发排在即，只好匆匆忙忙把一枚没有结熟的“生疙瘩”送到读者面前，——张家口一带把不熟的瓜果叫做“生疙瘩”。

四次作代会期间，有一位较铁凝年长的作家问铁凝：“铁凝，你是姓铁吗？”她正儿八经地回答：“是呀。”这是一点小狡狯。她不姓铁，姓屈，屈原的屈。我不知道她为什么不告诉那年纪稍长的作家实话。姓屈，很好嘛！她父亲作画署名“铁扬”，她们姊妹就跟着一起姓起铁来。铁凝有一个值得叫人羡慕的家庭，一个艺术的家庭。铁凝是在一个艺术的环境长大的。铁扬是个“不凡”的画家。——铁凝拿了我在石家庄写的大字对联给铁扬看，铁扬说了两个字：“不凡。”我很喜欢这个高度概括，无可再简的评语，这两个字我可以回赠铁扬，也同样可以回赠给他的女儿。铁凝的母亲是教音乐的。铁扬夫妇是更叫人羡慕的，因他们生了铁凝这样的女儿。“生子当如孙仲谋”，生女当如屈铁凝。上帝对铁扬一家好像特别钟爱。且不说别的，铁凝每天要供应父亲一瓶啤酒。一瓶啤酒，能值几何？但是倒在啤酒杯里的是女儿的爱！

上帝在人的样本里挑了一个最好的，造成了铁凝。又聪明，又好看。四次作代会之后，作协组织了一场晚会，让有模有样的作家登台亮相。策划这场晚会的是疯疯癫癫的张辛欣和《人民文学》的一个胖胖乎乎的女编辑，——对不起，我忘了她叫什么。二位一致认为，一定得让铁凝出台。那位小胖子也是小疯子的编辑说：“女作家里，我认为最漂亮的是铁凝！”我准备投她一票，但我没有表态，因为女作家选美，不干我这大老头什么事。

铁凝长得不高不矮，不胖不瘦。两腿修长，双足秀美，行步动作都很矫健轻快。假如要用最简练的语言形容铁凝的体态，只有两个最普通的字：挺拔。她面部线条清楚，不是圆乎乎地像一颗大青白杏儿。眉浓而稍直，眼亮而略狭长。不论什么时候都是精精神神，清清爽爽的，好像是刚刚洗了一个澡。我见过铁凝的一些照片。她的照片大致可分为两类。一类是露齿而笑的。不是“巧笑倩兮”那样自我欣赏，也叫人欣赏的“巧笑”，而是坦率真诚，胸无渣滓的开怀一笑。一类是略带忧郁地沉思。大概这是同时写在她的眉宇间的性格的两个方面。她有时表现出有点像英格丽褒曼的气质，天生的纯净和高雅。有一张放大的照片，梳着蓬松的鬈发（铁凝很少梳这样的发型），很像费雯丽。当我告诉铁凝，铁凝笑了，说：“又说我像费雯丽，你把我越说越美了。”她没有表示反对。但是铁凝不是英格丽褒曼，也不是费雯丽，铁凝就是铁凝，人世间只有一个铁凝。

铁凝胆子很大。我没想到她爱玩枪，而且枪打得不错。她大概也敢骑马！她还会开汽车。在她挂职到涞水期间，有一次乘车回涞水，从驾驶员手里接过方向盘，呼呼就开起来。后排坐着两个干部，一个歪着脑袋睡着了，另一个推醒了他，说："快醒醒！你知道谁在开车吗？——铁凝！"睡着了的干部两眼一睁，睡意全消。把性命交给这么个姑奶奶手上，那可太玄乎了！她什么都敢干。她写东西也是这样：什么都敢写。

铁凝爱说爱笑。她不是腼腆的，不是矜持渊默的，但也不是家雀一样叽叽喳喳，吵起来没个完。有一次我说了一个嘲笑河北人的有点粗俗的笑话：一个保定老乡到北京，坐电车，车门关得急，把他夹住了。老乡大叫："夹住咱腚了！夹住俺腚了！"售票员问："怎么啦？"——"夹住俺腚了！"售票员明白了，说："北京这不叫腚。"——"叫什么？"——"叫屁股。"——"哦！"——"老大爷你买票吧。您到哪儿呀？"——"安屁股门！"铁凝大笑，她给续了一段："车开了，车上人多，车门被挤开了，老乡被挤下去了，——哦，自动的！"铁凝很有幽默感。这在女作家里是比较少见的。

关于铁凝的作品，我不想多谈，因为我只看过一部分，没有时间通读一遍，就印象言，铁凝的小说也可以大致分为两类。一类是像《哦，香雪》一样清新秀润的。"清新"二字被人用滥了，其实这是很不容易做到的。河北省作家当得起清新二字的，我看只有两个人，一是孙犁，一是铁凝。这一类作品抒情性强，笔下含蓄。另一类，则是社会性较强的，笔下比较老辣。像《玫瑰门》里的若干章节，如"生吃大黄猫"，下笔实可谓带着点残忍，惊心动魄。王蒙深为铁凝丢失了清新而惋惜，我见稍有不同。现实生活有时是梦，有时是严酷的，粗粝的。对粗粝的生活只能用粗粝的笔触写之。即使是女作家，也不能一辈子只是写“女郎诗”。我以为铁凝小说有时亦有男子气，这正是她在走向成熟的路上迈出的坚实的一步。

我很希望能和铁凝相处一段时间，仔仔细细读一遍她的全部作品，好好地写一写她，但是恐怕没有这样的机遇。而且一个人感觉到有人对她跟踪观察，便会不自然起来。那么到哪儿算哪儿吧。

一九九七年五月八日凌晨

（本篇原载1997年6月16日《北京晚报》，

又载《时代文学》1997年第四期“名家侧影”栏；

初收《汪曾祺全集》第六卷，

北京师范大学出版社，1998年8月）

如果你喜欢《人间滋味：汪曾祺散文精选》，你可能还会喜欢：

《受戒：汪曾祺小说精选》

汪曾祺 著

躲进汪曾祺的文学桃花源，真的好治愈啊！

读客三个圈经典文库

精神成长树

你想成为什么样的人？
对你来说什么是重要的？
这个世界应该是什么样子？

我们在生命中遇到的问题，每个时空的人都经历过，一些伟大的人留下一些伟大作品，流传下来，就成了经典。正是这些经典，共同塑造并丰富着人类的精神世界。

我们重新梳理了浩若烟海的文学经典，为您制作了精神成长树。跟随读客三个圈经典文库，汲取大师与巨匠淬炼的精神力量，完成你自己的精神成长！

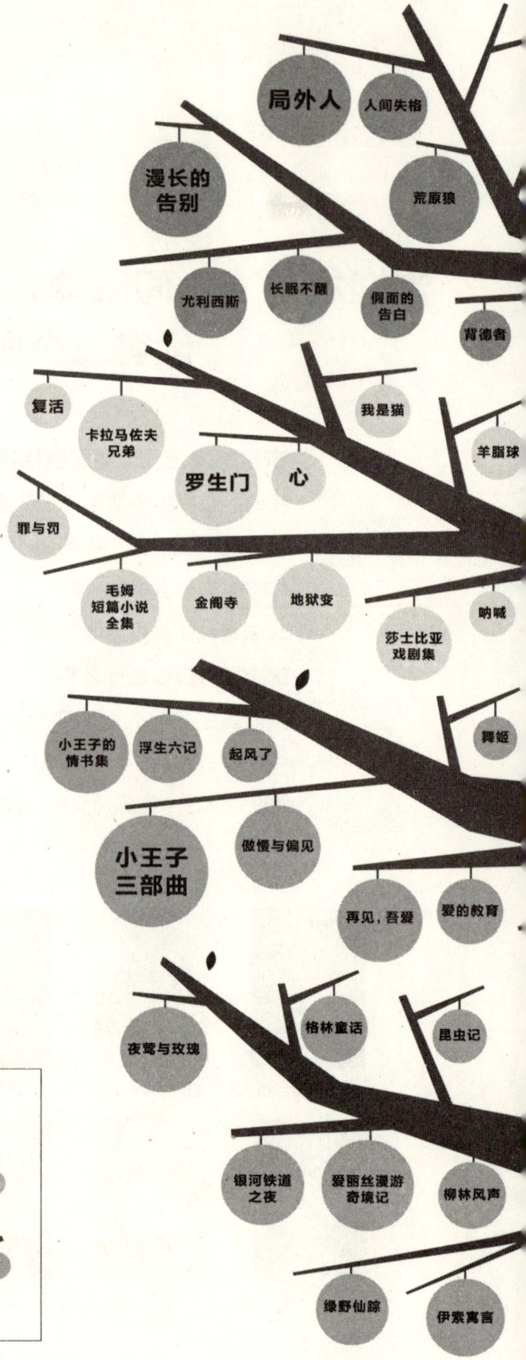

树干：

不同的精神成长主题，您可以挑选任意感兴趣的主题进行深入阅读

例如：
寻找人生意义
探索自己的内心
拥有强大意志力
理解复杂的人性
…………

枝丫上的果实：

我们为您精选的经典文学作品

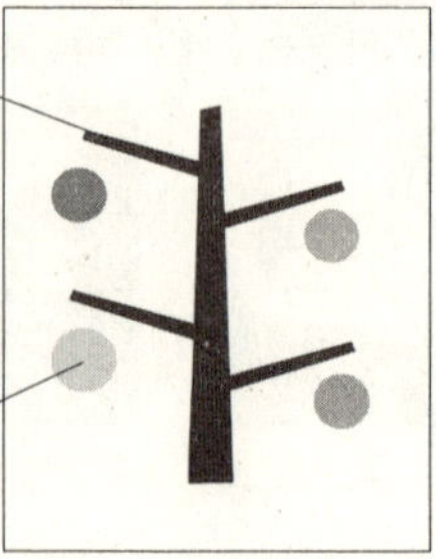

精神成长树示意图

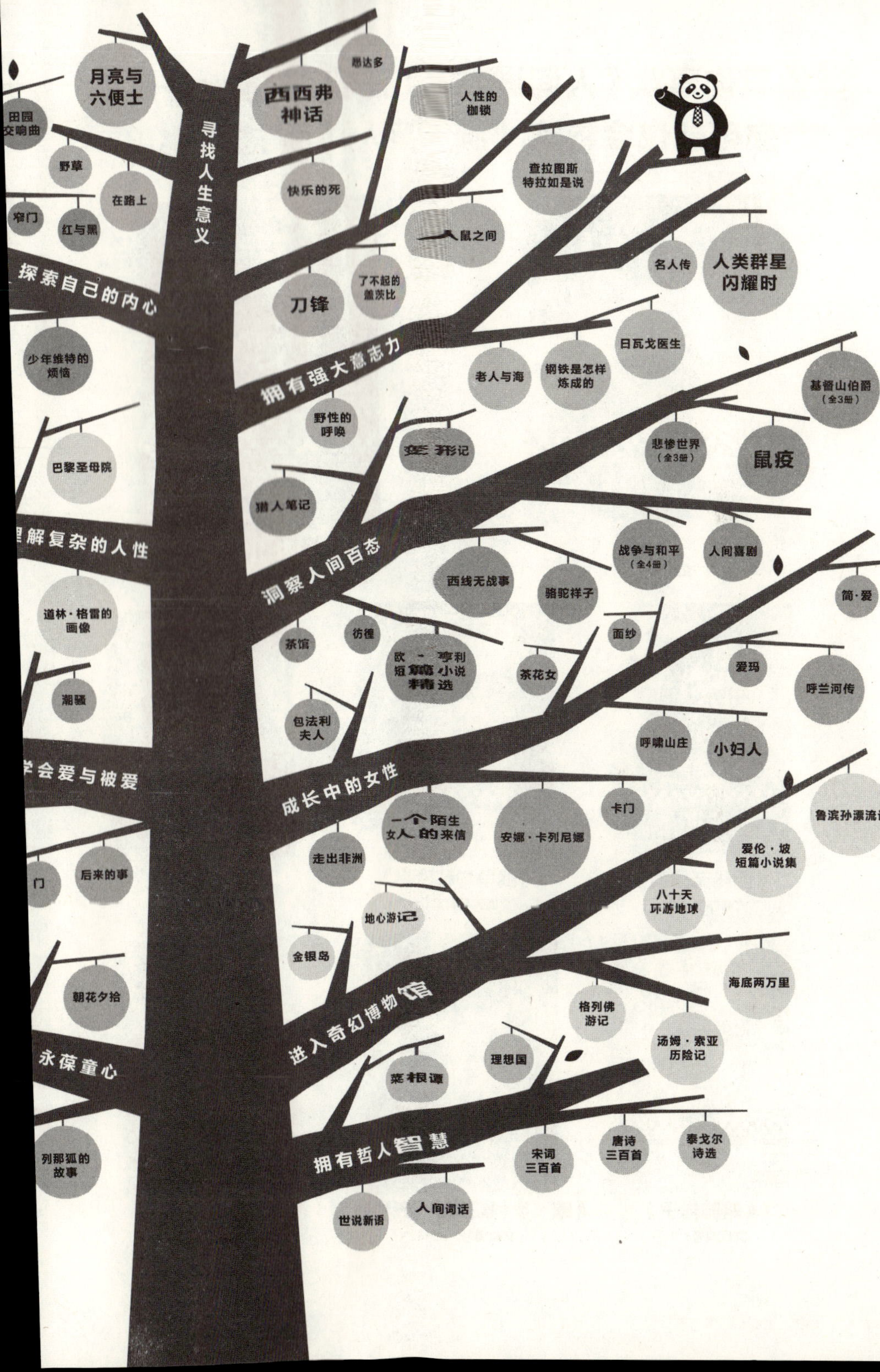

寻找人生意义
月亮与六便士
西西弗神话
恩达多
人性的枷锁
田园交响曲
野草
在路上
快乐的死
查拉图斯特拉如是说
窄门
红与黑
鼠之间
探索自己的内心
刀锋
了不起的盖茨比
名人传
人类群星闪耀时
少年维特的烦恼
拥有强大意志力
老人与海
钢铁是怎样炼成的
日瓦戈医生
野性的呼唤
变形记
基督山伯爵（全3册）
悲惨世界（全3册）
鼠疫
巴黎圣母院
猎人笔记
理解复杂的人性
洞察人间百态
战争与和平（全4册）
人间喜剧
西线无战事
骆驼祥子
道林·格雷的画像
茶馆
彷徨
欧·亨利短篇小说精选
面纱
简·爱
茶花女
爱玛
呼兰河传
潮骚
包法利夫人
呼啸山庄
小妇人
学会爱与被爱
成长中的女性
一个陌生女人的来信
安娜·卡列尼娜
卡门
鲁滨孙漂流记
门
后来的事
走出非洲
爱伦·坡短篇小说集
八十天环游地球
地心游记
金银岛
海底两万里
朝花夕拾
进入奇幻博物馆
格列佛游记
理想国
汤姆·索亚历险记
永葆童心
菜根谭
拥有哲人智慧
宋词三百首
唐诗三百首
泰戈尔诗选
列那狐的故事
世说新语
人间词话

如果你喜欢《人间滋味：汪曾祺散文精选》
你可能也会喜欢“洞察人间百态”书单

《鼠疫》

文库编号：080

《基督山伯爵》

文库编号：012

《西线无战事》

文库编号：162

《战争与和平》

文库编号：060

《悲惨世界》

文库编号：037

《骆驼祥子》

文库编号：159

《欧·亨利短篇小说精选》

文库编号：090

《变形记》

文库编号：102

读客

激发个人成长

多年以来，千千万万有经验的读者，都会定期查看熊猫君家的最新书目，挑选满足自己成长需求的新书。

读客图书以“激发个人成长”为使命，在以下三个方面为您精选优质图书：

1．精神成长

熊猫君家精彩绝伦的小说文库和人文类图书，帮助你成为永远充满梦想、勇气和爱的人！

2．知识结构成长

熊猫君家的历史类、社科类图书，帮助你了解从宇宙诞生、文明演变直至今日世界之形成的方方面面。

3．工作技能成长

熊猫君家的经管类、家教类图书，指引你更好地工作、更有效率地生活，减少人生中的烦恼。

每一本读客图书都轻松好读，精彩绝伦，充满无穷阅读乐趣！

图书在版编目（CIP）数据

人间滋味 ： 汪曾祺散文精选 / 汪曾祺著. -- 上海 ： 文汇出版社，2020.6

ISBN 978-7-5496-3138-4

Ⅰ. ①人… Ⅱ. ①汪… Ⅲ. ①散文集－中国－当代 Ⅳ. ①I267

中国版本图书馆CIP数据核字(2020)第062491号

人间滋味：汪曾祺散文精选

作　　者 / 汪曾祺

责任编辑 / 徐曙蕾
特邀编辑 / 黄文娟　　李颖荷
封面装帧 / 刘小梅

出版发行 / 文匯出版社
上海市威海路 755 号
（邮政编码 200041）
经　　销 / 全国新华书店
印刷装订 / 三河市龙大印装有限公司
版　　次 / 2020 年 6 月第 1 版
印　　次 / 2022 年 7 月第 3 次印刷
开　　本 / 890mm × 1270mm　1/32
字　　数 / 202 千字
印　　张 / 9

ISBN 978-7-5496-3138-4
定　　价 / 45.00 元